云鲸记事

THE WHALE RIDER

阿　缺等　著

台海出版社

图书在版编目（CIP）数据

云鲸记事 / 阿缺等著. -- 北京 ： 台海出版社，
2020.6
ISBN 978-7-5168-2509-9

Ⅰ．①云… Ⅱ．①阿… Ⅲ．①幻想小说－小说集－
中国－当代 Ⅳ．① I247.7

中国版本图书馆 CIP 数据核字（2019）第 278549 号

云鲸记事

著　　者：阿　缺等

出 版 人：蔡　旭　　　　　　　责任编辑：武　波

策划编辑：李　雷　刘　琦　　　封面设计：天下书装

出版发行：台海出版社

地　　址：北京市东城区景山东街20号　　邮政编码：100009

电　　话：010-64041652（发行，邮购）

传　　真：010-84045799（总编室）

网　　址：http://www.taimeng.org.cn/thcbs/default.htm

E－m a i l：thcbs@126.com

经　　销：全国各地新华书店

印　　刷：三河市嘉科万达彩色印刷有限公司

本书如有破损、缺页、装订错误，请与本社联系调换

开　　本：880毫米×1230毫米　　　　1/32

字　　数：190千字　　　　　　　印　　张：9

版　　次：2020年6月第1版　　　　印　　次：2020年6月第1次印刷

书　　号：ISBN 978-7-5168-2509-9

定　　价：45.00元

器物与制度：东西方乌托邦狂想曲

文／陈楸帆

1978 年,叶永烈的《小灵通漫游未来》一时洛阳纸贵,畅销数百万册,代表了一代中国人对于乌托邦生活的标准模板，而今，我们只把它当成天真而过时的童话。

如果将托马斯·莫尔 1516 年出版的《乌托邦》作为这一复杂概念的滥觞，至今成为检验历经 500 年风云变幻的历史与社会变迁。当我们环顾四周，难免惊讶却又略带失落地发现，继承当年构建理想人类社会形态的纯正乌托邦文本已经不复兴盛。相反，以批判与讽喻为主要目的的"反乌托邦"（Dystopia）及其变种则大行其道，尤其是在科幻类型文学中。

我们不免要问这样的一个问题，经受了 20 世纪残酷的世界大战、核弹阴影、种族灭绝及极权统治冲击之后的人类，是否已经丧失了对于乌托邦的想象力与信念。对于东西方不同文化背景的思想传承者来说，乌托邦各自意味着什么？如果今天我们再次讨论乌托邦，我们应该讨论什么？

Part I　乌托邦与逃托邦：两种乐园

公元前 500 年，老子提出了"小国寡民"的乐园模型，在其中人民可以"甘其食，美其服，安其居，乐其俗……民至老死，不相往来"。这或许是有史书记载以来人类所提出的第一个乌托邦草图。

一百多年后的古希腊，柏拉图将诗人赶出了他的理想国，并将王冠和权杖授予哲学家，政府可以为公众利益而撒谎，而每一个人都行其分内之事，满足社会的需求。放到如今，我们可能会称之为极权国家，但柏拉图的思想却滋养了西方文明关于乌托邦的所有想象。

究竟是"美好之地"（Eutopia），还是"乌有之乡"（Outopia）？西方语境中的"乌托邦"（Utopia）一词从一开始便带有模棱两可的双关色彩，它是个玩笑，美好愿望，还是恶毒讽刺？也许兼而有之。

相比柏拉图语录式的《理想国》，出版于 16 世纪大航海与宗教改革背景下的《乌托邦》尽管尚跳脱不出时代局限性，但已经设想出一个建制完整的政治制度和社会秩序。托马斯·莫尔笔下的小岛"乌托邦"原是住着化外之民，名叫"乌托邦"的文明人来到岛上后，逐渐将他们改造成文化与仁爱的民族，建立起富足强大的国度，追求符合自然的至善生活，信仰自由，财产公有，全民劳动，按需分配，除奴隶外人人享有民主。

类似风格的作品还包括康帕内拉的《太阳城》（1623）、弗朗西斯·培根未完成的《新大西岛》（1627）以及塞巴斯蒂恩·默西埃匿名出版的

《2440》（1770）等。尽管后人在形式、内容与功能上对《乌托邦》有着不同的延展与变形，但精神气质却是一脉相承。

这类被统称为"经典乌托邦"的作品往往有一种禁欲系乐园的气质，强调有节制、平衡的理性生活，而过分贬低了物质追求与肉欲享受。同时，作者有一种为全人类代言的整体主义情节，着力展望一种全景式的社会改造与制度变革，试图构建一种终极的人类价值观与精神归宿。聚焦于抽象理念与规则建立，却往往忽略专业上的实操性与细节，呈现出一种"亦庄亦谐"的风格。这与世界另一端，来自东方的乐园想象截然不同。

在东方，无论是东晋陶渊明的《桃花源记》中"与外人间隔。问今是何世，乃不知有汉，无论魏晋"的封闭空间乐园；抑或是唐代浦岛故事中，某人误入山中洞穴，受到仙人招待，洞中数日，人间已过百年的封闭时间乐园，都毫无疑问地与老子思想一脉相承，描绘了一种逃避主义的"逃托邦"景象。

唐传奇小说《南柯一梦》或清代李汝珍的《镜花缘记》都可以视为"逃托邦"精神的延续，主人公或做梦或乘船游历，进入一个隔绝于现实的封闭时空，见证奇人异事、风土文物，但最终都选择了归隐道门或出世离尘。可见乐园在这一脉传统中并不是超越于现实之上的理想存在，更多是为了与主人公的世俗遭遇两相对比，印证"如梦幻泡影，如雾亦如电"的虚无主义落笔。

也难怪在"逃托邦"的文化脉络中，我们看不到对于现存制度的打破与重构，毕竟在循环史观占统治地位的中国古代，王朝兴衰更替都是天道的一部分，再怎么变，最终都会回到原点。倒不如带领读者去看遍花花世界之后，告诉你一切尽是镜中花，梁上梦，让人更加安于现状，更符合"君君臣臣父父子子"的儒家等级观念与统治艺术。

在乌托邦这件事上，儒释道的文化谜米发挥了高度一致的作用，它们将追寻者引向自我内心与身体。

东方人转向"内观""丹术""大小周天"，信奉通过冥想、坐禅、念诵、修真等带有神秘主义的方式，试图在身体与精神的宫殿中建立起一套不易受外界干扰的平衡系统，来实现终极意义上的平静喜乐，找到身体里的乐园。

与这些追求"无我""止观"的东方修行者不同，西方世界来到19世纪上半叶，以法国圣西门、傅里叶和英国欧文为代表的乌托邦社会主义者，则是真刀真枪地提出改造社会的政治纲领。

无独有偶，他们都认为自己的方案基于对人性的科学理解。比如，圣西门的理想社会由三个阶级组成，对应于人类的三种天赋：科学家、艺术家和生产者。而傅里叶则认为人性由 12 种激情组成，进而推演出 810 种不同气质，因此一个和谐社群的人口理想值在 1700～1800 之间。

无论鼓吹爱的教义、提倡小型社区或是建立全能工会的尝试都最终宣告失败，有趣的是，他们都拒绝被冠以"乌托邦"称号，因为其含义为不可实现。而在相当长一段时间内，乌托邦社会主义都受到来自"科学社会主义者"马克思与恩格斯的猛烈批判，分歧的根本并不在于目标或未来景象的价值，而在于转变的过程。

相比"经典乌托邦"的正襟危坐心怀天下，"世俗乌托邦"的发展脉络则要欢快精彩得多。

如欧洲中世纪民间诗歌《乐土》，集结了世界各地世俗天堂神话中常见的主题，如永不竭尽的食物与水、宁静无争的社会、完美气候与青春之泉，也包括了伊甸园与西方乐园元素，但结果却是塑造了一个女性随时乐意发生性行为的男性乌托邦。

正如博斯在经典的三联画《人间乐园》所描绘的超现实场景，奇幻作家 Peter S.Beagle 评价道："色情紊乱，将我们全部变成了窥淫癖者，充满了令人陶醉的完美自由的空气。"无疑是这种纵欲主义乐园主题的光大。

到了神秘主义者爱伦坡的笔下，《阿恩海姆乐园》位于一圆形盆地，要抵达这神秘的所在不明的封闭空间，须逆流而上，穿越迷宫般的峡谷。这固然可以追溯到乌托邦与牧歌传统，但倘若与以桃花源为代表的中国乐园模型等齐观之，则不难看出两者跨越时空的相似性。

无论东西，进入 20 世纪后，人类的乌托邦幻象被战争机器一路碾压得粉碎，直到苏联解体、铁幕落下，宣告人类历史上最庞大的乌托邦实验失败。全球化与消费主义的浪潮不可阻挡，人类对于乐园的欲望与想象需要寻找新的出口，于是我们有了凝固童年与将一切现实冲突简单化娱乐化的迪士尼乐园，于是我们有了延续反文化运动和嬉皮精神，每年只在内华达沙漠里存在八天的"火人节"。

中国"逃托邦"式乐园想象在这场全球化浪潮中被冲刷得更加狼藉不堪，只剩下终南山上自力更生搭建民宿的隐居者，勉强延续着老子在数千年前的避世寓言，并接受媒体与外界猎奇式的检阅，而国学"大师"则号召民众追寻内心净土。

Part II 制度焦虑：从乌托邦到西部世界

如果乌托邦就是指美好的不可能的社会，那么它可以涵盖文学虚构、讽刺、幻想、科幻、宗教或者世俗天堂、政治理论、政治纲领或者宣言、创造理想社群的小规模尝试和创造美好社会的举国努力等许多领域，它们都可以被视为人类叙事的一种。而在这种叙事背后，隐藏着对人类个体之间由于绝对差异所导致的不平等所产生的制度性焦虑。无论外部环境如何改变，这种焦虑始终草蛇灰线地埋藏在人类文明整体中，不时以各种形态显形。

若以1818年玛丽·雪莱《弗兰肯斯坦》为起点，诞生不过200年历史的科幻小说，迅速地成为乌托邦叙事的重要组成部分，并将其推向更为广阔多元的方向。它反映的是人类对于科技发展所带来的焦虑。

在莫尔的《乌托邦》以及接下来几个世纪"经典乌托邦"的众多版本中，我们总能看到一个旅行者，登陆偏远的岛屿或未被发现的大陆，受到当地人的欢迎，乌托邦社会就像一个禁欲主义的本笃会修道院，每个人都恪守教规、禁锢原罪，为了社会的共同利益而生活劳作。

在更晚近的科幻版本中，岛屿被换成了另一个星球，或者遥远未来，但它们毫无例外都会提出一种在最大限度上消除不平等的理想制度。

到了19世纪后期，大多数乌托邦小说提供的制度被各种社会主义所替代。爱德华·贝拉米的小说《回顾》（1888）描绘了一个未经革命冲突便诞生于垄断资本主义的中央集权制社会主义社会，他所憧憬的21世纪波士顿其实是当时郊区中产阶级的生活。而两年后作为回应，威廉·莫里斯的《乌有乡消息》以梦游21世纪伦敦的方式，叙述了无产阶级革命以及随之而来的国家衰亡：城乡差别遭废除，产品按需分配，货币和学校不复存在，国会大厦被用来存储粪肥，可以看出其在高度简化社会下的反工业基调。

而无论贝拉米还是莫里斯都一如既往地塑造了女性地位与权利隐而

不现的男性乌托邦模式。这个问题在美国作家夏洛蒂·吉尔曼的科幻小说《她乡》（1907）、《赫兰德》（1915 年）以及后者的续集《与她在欧兰德》（1916）中通过塑造单性繁殖的女性乌托邦来得以深入探讨可能的制度解决方案。

进入 20 世纪之后，科技的迅猛发展（交通工具、通信技术、太空探索等）所带来的现代思想让"经典乌托邦"所试图塑造的封闭空间或独立王国不复存在，个体不得不走出民族国家的认知框架，从行星 - 宇宙的视角重新审视自我存在的位置与价值。而乌托邦式的写作，越来越多地被视为科幻小说的一个分支，如达科·苏文所说的"科幻的社会政治体裁"。伴随着这一过程出现的巨大社会影响，可以说是来自"反乌托邦"小说类型的盛行。

反乌托邦类型最初建立于这样一种假设，建立乌托邦的努力也可能走向失控极权主义，比如卡尔·波普尔和弗里德里希·哈耶克都是反乌托邦立场的代表。许多反乌托邦小说描绘出复杂而多元的社会模式，从而实现对于无孔不入监控（《1984》），消费主义与娱乐至死（《美丽新世界》），极端保守官僚机构（《大机器停止》）以及人性中自然主义本能的批判（《我们》）。本质上它们依然延续了自由 - 人文主义的乌托邦思想传统，并试图加入技术元素令局面变得复杂化。

几乎所有这些反乌托邦小说的经典之作都无法给出令人满意的解答，即，我们如何能够在追求乌托邦的道路上避免坠入反乌托邦的深渊，或者在坠落之后再爬出来。这就好比是热力学定律在乌托邦领域的一种映射，追求制度上极度的控制和秩序，最终将导致系统的封闭与熵增，必然走向整体崩塌与热寂。

作为全球反建制主义思潮的发酵产物，女性主义、环境问题以及互联网技术在 20 世纪 60 年代末之后频繁出现在反乌托邦科幻小说中，引发新一轮的焦虑。厄休拉·勒古恩在《一无所有》(1974) 中探讨了无政府主义经济共同体的可能性；约翰·布鲁纳《站在桑给巴尔》(1968) 展现了人类面对人口膨胀，城市衰败和环境灾难的恐惧；威廉·吉布森的《神经漫游者》(1984) 创造了反英雄在虚拟空间对抗垄断大企业的"赛博朋克"亚类型。这些都极大地丰富了乌托邦 / 反乌托邦思想在不同领域与议题中的深入与影响。

可以毫不夸张地说，直至今日，乌托邦 / 反乌托邦文本为全球娱乐业提供了源源不绝的故事题材与影像灵感，并支撑起数以千亿美元计的庞大产值，这本身就是一个近乎乌托邦式的消费主义寓言。从库布里克的《2001 太空漫游》，到雷利·斯科特的《银翼杀手》，再到最近探讨人类与人工智能关系的 HBO 科幻剧集《西部世界》，我们看到一个个乐园的兴建与崩塌，将源自莫尔的乌托邦形态不断变形、打碎、组合，出现无穷无尽的可能性。但从精神核心上却是一脉相承，始终不弃地追寻着人类作为个体或者整体在世间的位置与价值，并反复质疑任何贬损其存在的制度设计。

乐园，终究是人的乐园。

Part III　器物迷恋：晚清以降的中国乌托邦小说

如果说西方乌托邦科幻与乌托邦源起的理想一脉相承，到了中国却完全是另外一派景象。

世纪之交的晚清，"科学小说"被作为"新小说"的一种，经梁启超、林纾、鲁迅、包天笑等知识分子引入中国，意在"导中国人以行进"（鲁迅）。在见识了西洋科技的强悍之后，没有人会认为中国仅凭道德与政制便能重振雄风，科技进步成为新世界想象中不可或缺的一环，因此，"兼理想、科学、社会、政治而有之"的科学乌托邦便成了晚清小说中不容忽视的重要现象，短短五六年间连续涌现了《新石头记》(1905)、《新纪元》(1908)、《电世界》(1909)、《新野叟曝言》(1909) 等颇有分量的作品。

这实际上从立意上已经抛弃了"小国寡民""老死不相往来"的"逃托邦"模式，与西方的"经典乌托邦"在思想上接了轨。

那么这样的接轨在文本实践层面上又进行得如何呢？

较之晚清被译介入中国的凡尔纳小说对物理、博物、天文等知识不厌其烦的罗列和阐释，晚清科幻小说对于科技的奇想显得相当混搭而随意，尤其是其中对于器物的迷恋往往超过了制度性的想象，成为区别于西方乌托邦的关键。

如在《电世界》中，大发明家、工业巨子黄震球横空出世，他梳着大辫子，凭借一双神奇的电翅在天空自由翱翔，宛如超级英雄般单枪匹马消灭了欧洲入侵者，威震全球，之后又几乎凭一己之力，苦心经营 200 年，依靠神奇的电气技术，缔造了天下大同。而实现这一切的关键，是电王发现的一块天外陨石，在加热到一万三千摄氏度后，陨石熔炼成一种叫"鋰"的原质，在大气中摩擦一下便可产生电气，如永动机般源源不绝，"比起 20 世纪的电机来，已经强了几千倍"。

在这些乌托邦作品中我们不难发现，尽管世外桃源已经不复存在，对历史循环论有所突破，以及超越了传统天下观，但知识分子们在文本中展现出的，依然是寄望于某种"机械降神"(Deus Ex Machina)式的法宝神器，戏剧性地改变整个国民性与社会发展轨迹的奇想。

有趣的是，这种对于器物的迷恋甚至延续到了中华人民共和国成立之后，乌托邦科幻小说中反复出现的"食物巨大化想象"。

这一想象最早可溯源到晚清《电世界》中对农业革命的描写："……鸡鸭猪羊也因食料富足，格外养得硕大繁滋，说也好笑，金华的白毛猪，的确像印度的驯象了"。1935 年筱竹在《冰尸冷梦记》里写到"巨大的鸡生下的蛋有足球那么大，巨大的牛可以产出大量的奶"。甚至到了 1999 年，何夕在《异域》中也创造了一块超脱于现有时空流速的"试验田"，在其中动植物以百万倍的速度进化，变成巨大而陌生的怪物。

这种对"食物巨大化"的反复书写，究竟是来自对科技的盲目乐观，还是来自记忆深处的饥饿感作祟，很值得探讨。

无论根源何在，我们都可以看到如王瑶所说，中国科幻对于"乌托邦"的描绘，一方面总是以那个永远距离我们一步之遥的"西方 / 世界 / 现代"为蓝本，并以"科学""启蒙"与"发展"的现代性神话，在"现实"与"梦"之间搭建起一架想象的天梯。另一方面，这些童话又因为种种历史和现实条件的制约而具有浓厚的"中国特色"，从而在"梦"与"现实"之间呈现出无法轻易跨越的裂隙和空白。器物迷恋毫无疑问就是这种裂隙与空白的集中体现。

这其中，当然有如王德威在《被压抑的现代性：晚清小说新论》中所总结，"传统神怪小说的许多特性依然发生作用"，但倘若深究起来，是否写作者在集体无意识中，归根结底还是信奉"中学为体，西学为用"的实用主义道统，只接受器物层面的革新，却始终对于制度层面的全盘颠覆抱持怀疑呢？

结　语

　　无论是西方的制度焦虑，还是东方的器物迷恋，归根到底，乌托邦都是对人性趋于更善更美更高生活欲望的唤醒，是对于大众社会想象力的动员，它跟随历史而动，也随着科技和环境而变迁，无论东西。如果我们看到了乌托邦的枯竭，那只能说代表着我们作为人类共同体自我探索与突破的动力枯竭。

　　但终究如曼海姆所说"放弃了乌托邦，人类将失去塑造历史的意志，从而失去理解历史的能力"。

　　历史尚未终结，愿人类群星继续闪耀。

目 录 Contents

云鲸记

文／阿　缺

飞船进入比蒙星大气层时，正是深夜。我被播报声吵醒，拉开遮光板，清朗朗的月光立刻照进来，睡在邻座的中年女人晃了下头，又继续沉睡。我凑近窗子向下望，鱼鳞一样的云层在飞船下铺展开来，延伸到视野尽头。一头白色的鲸在云层里游弋，巨大而优美的身躯翻舞出来，划出一道弧线，又一头扎进云里，再也看不见。

窗外，是三万英尺（1 英尺为 0.3048 米）的高空，气温零下五十多摄氏度。不知这些在温暖的金色海里生长起来的生物，会不会感觉到寒冷。

我额头抵着窗，只看了几秒，便产生了眩晕感，手脚都抖了起来。为了阿叶，我鼓起勇气，咬着牙，穿越星海来到这颗位于黄金航线末端的星球，但这并不代表我克服了航行恐惧症。在漫长的航行中，它无时无刻不在折磨着我。

幸好，这已是最后一程，我马上就能拥抱阿叶了。

飞船穿越厚厚的云层，降落在比蒙星七号港口。这个由纯钢铁建成的庞然大物，直插云霄，上千个船坞不停地吞吐着飞船，其中，超过百分之九十的都是货船。它是一个巨型水蛭，每一个船坞都是快速收缩的吸盘，吮吸这颗星球的资源——从矿石到木材，从走兽到鱼群。甚至连金色海的海水，都被从外空间垂下的高轨甬道，一刻不停地抽走。

人类走出群星，靠的正是这种永无止歇的榨取和掠夺。

"你来比蒙星打算做什么？"出港疫检时，消瘦的黑人检察官一边问我，一边低着头看我的个人信息。他的头发很短，掺着星星点点的白。

"我来带回我的女朋友。"

"噢，她在这颗星球上做什么？"

"她是行星生物学家，主要在比蒙星上研究云鲸的生理习性。"

黑人抬起头，做出一个夸张的表情："真厉害！这里的人都是来淘金的，你女朋友与众不同。不过她做这么厉害的事，你为什么要把她带回去呢？"

"因为她死了，"我沉默了一会儿，"我要把她的骨灰带回地球——她的家乡，我们相遇的地方。"

黑人闭上嘴，上下打量着我，好半天才说："可是，先生，你知道根据《星际疫情防范法》，公民若在哪颗星球上死亡，无论是正常还是非正常，都必须埋葬在当地。如果你带着骨灰，是不能从港口通过的，也不会有人愿意跟你坐同一艘飞船。"

"我知道。"

黑人看了我一会儿，叹口气，在我的通关材料上盖下电子章。我向他道谢，提着包走向过关通道。

"先生，祝你好运。"他在我身后说，"你会需要的。"

刚出港口，我就看到了迈克尔。

尽管我们从未谋面，但我一眼就在人群里认出了他——这得多亏阿叶的社交主页。阿叶是那种向世界敞开怀抱的女人，每天都会在主页上更新动态，有他们在实验室里相遇的照片，在酒吧里聊天的照片，在云鲸背上穿梭云层大声欢呼的照片。多少个夜里，我把这些全息照片点开，光和影勾勒出他们的模样，在我面前栩栩如生，却又触不可及。

现在，他穿着旧夹克，举着一个牌子，上面歪歪斜斜地写着我的中文名字。他是一个高大的男人，但面色很憔悴，几天没刮脸了，胡子拉碴。

我向他走过去，他看到我，指了指外面，然后转身拨开人群向外走。我跟在他后面。我们没有说话，我们也不会说话。对于这个男人，我一直矛盾——我不知道该责怪他得到了阿叶却没有照顾好她，还是应该给予他同情，一起缅怀我们共同的爱人。他肯定也有同样的矛盾。所以沉默是我们最好的选择。

我跟着他走出灯火通明的港口，黑暗向我们涌过来。他开着科研谷的车，有些破旧，反重力引擎发动了好几次才喷出稳定的淡蓝色离子流，悬在低空半米处。我坐上副驾驶，有点挤，就把座位调低。迈克尔看了，想说什么，但最终没有开口，专心开着车。

我突然意识到，阿叶要是跟迈克尔一起外出科考，也是坐在我现在的位置。她如此娇小，所以座位会调得很高。这个联想让我鼻子一酸，格外压抑，只能扭头看着车窗外。

我们正在快速远离城市，进入山野，地势由平缓变得陡峭，山石嶙峋，群峰突起。车贴着地形，上上下下。车灯一闪一闪，微弱地照亮前路，在浓黑的夜里如一只迷途的萤火虫。

科研谷名副其实，十几层的大楼倚山谷而建，混凝土做主体，外围以钢铁加固，但已经很老旧了，估计是比蒙星刚被发现时建的。历经了数百年风沙和潮湿的侵袭，钢铁锈得厉害，有些与两岸岸坡接驳的地方都出现了裂缝。

时近深夜，山风很大。我们穿上防护服，下了车，夜风拍打在我们身上。我呼吸的是头盔内供氧泵输出的氧气，但仍感觉到了风中的咸味，一愣，看向西边。

虽有浓云聚集，月光还是穿过云层，微微照亮了这个夜晚。但西边，是一大团黏稠无比的黑暗，似乎连光线都吞噬了。

金色海。

原来科研谷离金色海海岸不远，难怪潮湿得这么严重。

我远眺了好久，迈克尔咳嗽了一声，我才跟着进了他的宿舍。他收拾出一张床，说："今晚你睡我这里，我出去住。"

"阿叶的——"我顿了顿，"阿叶呢？"

迈克尔转身出去，不一会儿抱着一个黑布包裹住的金属盒子进来，放在桌子上。

我知道盒子里面是阿叶的骨灰，一时有些站立不稳。

"骨灰不能过海关，我给你联系了别的船。你什么时候走？"

"明天早上。"我的声音如同梦呓。

"嗯。他们早上会来接你。"迈克尔退出房间，把门合上。

我捧着骨灰盒，坐在床边。即使已经有过无数次预想，但真的看到鲜活美丽的阿叶变成灰烬，收拢在冰冷的盒子里，我还是觉得一切都不真实。

"放心，"我把骨灰盒放在脸侧，轻声说，"阿叶，我带你回家。"

我在床上辗转，试了很多种方法入眠，都没有效果后，索性起床。这时已经是凌晨，整栋大楼的灯都熄灭了，但我路过一间还亮着的实验室时，透过窗子，看到了迈克尔落寞的身影。

他独自坐在实验室的墙脚，面无表情，手上拿着啤酒，不时灌一口。他脚边已经横七竖八倒了十来个空酒瓶了。

我摇摇头，离开了大楼。外面并不冷，便只戴了面罩，走到海边，坐在沙滩上。风很大，吹散了云，吹得我通体发凉。潮水起伏，有时会舔到我的脚。金色海的海水，在夜里是温暖的。

比蒙星有六颗卫星会在夜晚反射恒星的光，但很少人能看到六月凌空的奇景。今晚我也没有这个运气，西边天空垂着三轮月亮，另外三轮被云遮住了。

月下有一群白鲸，在海和天之间游弋着，几头幼鲸上下追逐，发出悠扬的鲸咏。它们速度不快，在天空中如同一片片风筝，但当它们飞过我头顶，投下巨大阴影时，我才意识到这是这颗星球上最为庞大的物种。我仰望着它们向东飘去，掠过科研谷，消失在一片黑暗里。

真好，它们可以飞翔。

可惜人类的狩猎船飞得更快，且无处不在，云鲸再也飞翔不了多久。

太晚了，我起身回去。迈克尔还在实验室里，已经喝醉了，枕着墙壁沉沉入睡，嘴里在说着什么，但含混不清。

我扶他回宿舍，把他扔在床上，自己也累极了，趴在桌子上。时差带来的困倦让我很快入睡，又很早醒来。天还没亮，我抱着阿叶的骨灰来到大楼顶层，在晨风中等待。

离开房间的时候，迈克尔还在熟睡。我想，我再也不会见到他了。

一艘"鬼三"级飞船悬在楼顶，跳下来一个秃头大汉和一个穿得破破烂烂的瘦子。透过呼吸面罩，我看到瘦子的右眼眶是空的，有些瘆人。他用一只独眼上下打量我，问了我的名字，说："就是你要回地球？"

我在晨风中瑟瑟发抖，连忙点头。

"迈克尔呢？"

"在里面睡着。"

瘦子点点头，说："上去吧，找个空位坐着，远着呢，得好几天。"见我露出疑惑的目光，继续道，"我们要去二号港口，那里有熟人，检查松些。"

我把骨灰盒抱在怀里，准备登船。

"等等，"秃头突然拦住我，朝我怀中点了点下巴，"这里面装的是什么？"

他的手臂比我大腿还粗，裸露在清晨的寒风中，肌肉虬结，上面还有一道伤疤。我抬头与他对视。他冷着脸，说："怎么，想惹麻烦？"

独眼瘦子干笑两声，过来拉开秃子，说："迈克尔给了钱，管他带的是什么，只要不是炸弹，我们就顺路给运回地球。"

秃子哼了一声，扭头上了飞船。独眼凑到我耳边，小声说："别跟人说这里面是骨灰，我们跑偷猎的，迷信得很，最怕晦气的东西。"

"你怎么不怕？"

"呵呵，比起晦气，"独眼笑起来，"我更怕没钱。"

"鬼三"级的飞船很小，只有二十几平方米大，像个扁平的房间。现在，这个房间被数百个金属桶塞满了。我弯腰走到角落里，一屁股坐下来。周围还有七八个人，也跟我一样，木然着脸，抱膝而坐。这些都是要偷渡的人，出于各种各样的原因，我不知道，我也不关心。

秃子坐在驾驶位，独眼则笑嘻嘻地数那些铁桶，越数脸上笑意越浓，说："一共三百二十二桶，光头，这一笔我们要挣疯了。"

"你都数了十几遍了。"秃子启动飞船，专心驾驶，头也没转过来。

"数多少遍都乐意。现在行情好了，云鲸血涨到了十个联盟点一斤，一桶就是一百五，这一趟，"他用手指敲着金属桶壁，算了半天，"能挣四万多呢。到时候我们一人一半分掉。"

"阿泽的那份呢，你想吞掉？"

"他死都死了，我帮他个忙，帮他把钱花了。"

"不行，要不是他，我们估计早就被那怪物给吞了。他还有家人，拿四成给他那个瞎眼老娘吧。"

"四成太多，一成就够了。"

"也行。"

瘦子点点头，又笑嘻嘻地数起来。

我终于明白过来，原来我旁边这些全是保温桶，里面装的都是云鲸的血。

即使远在地球，我也听说过云鲸血的交易。在浩瀚的金色海里，有一种被称为"F937"的神奇元素，其单质能抵消重力。现在被广泛应用的反重力引擎，都是利用了这种元素。F937的获取，有两种途径——一种是直接从海水中萃取，但萃取所需的环境极端苛刻，比蒙星根本达不到，只有靠高轨空间站抽取海水，在真空零重力实验室中操作。一千立方米的海水，大概能萃取出十微克的 F937 单质。另一种方法，便是从云鲸血中提炼。

云鲸是一种神奇的生物，刚发现它们时，人们对它们的习性感到既费解又着迷，这种兴趣至今还吸引着生物学家前赴后继地来到比蒙星——其中包括阿叶。

云鲸出生在遥远的科尔星海洋里，每年一度的卫星掠过时，星球引力会被抵消，云鲸便从海洋里一跃而起，进入星际空间。它们会在漫长的黄金航线上洄游，途径七颗行星，靠张开身上的薄膜获取加速度，同时躲避神出鬼没的龙狰兽，直至游到比蒙星的金色海中，进行第二次蜕变。这条艰辛的航线上，有无数故事发生，无数云鲸的尸体静静漂浮。成功抵达的云鲸少之又少，蜕变后的云鲸没了薄膜，却能吸收海水中的 F937，融入血液，凭此彻底摆脱重力的束缚，游弋天际，栖于风中，眠于云间。

而正是这 F937 含量百万倍于普通海水的血液，给云鲸带来了灭顶之灾。人类驾驶着全副武装的飞船，捕杀云鲸，用抽水泵抽干它们的血液。不到百年，比蒙星上的云鲸被屠得险些灭绝。幸好随后联盟把云鲸列入保护物种，出台了禁猎令，只供研究，它们的生存状况才略有缓和。但仍然有不少偷猎者在活动，显然，我所在的这艘船，目的正是偷猎云鲸，将其血运到黑市售卖，顺便接收我这样的偷渡客，挣点外快。

从这艘船里云鲸血的数量来看，至少有十头云鲸被抽成了干尸。

想到这里，我耳边隐隐传来了昨夜听到的鲸咏，如幽魂呜咽。我下意识抱紧阿叶，往角落里缩了缩。

这个动作救了我一命。

一阵巨大的冲撞袭击了飞船。我所在的这一侧墙壁，被生生撞出了凸起，旁边一个贴墙睡觉的男人正好被凸起击中。在这场碰撞中，他的脑袋输给了金属，于是，我看到他的头上绽开了一朵血色的花。

如果不是我刚才缩了头，这朵花也会在我头上开出来。

飞船被撞得在空中剧烈翻滚，金属桶漫天横飞，有两个人被当场砸死，我的左腿也被砸中，骨折的声音在一片混乱中清晰可闻。我紧紧抓住护杠，好歹没掉进这一片翻滚中，秃头的反应也很迅速，撞击的一瞬间趴在操作台上，同时打开了平衡调制器。

飞船两侧的一百七十个制动引擎逆着翻滚的方向开启，以最大功率运转，共同抵消撞击带来的冲量。

三秒钟后，飞船稳在空中。

"妈的，是它！"秃子满脸是血，大吼道，"它一直在跟着我们！"

但没人回应他。

独眼歪歪斜斜地躺在座位上，断裂的操纵杆贯入了他的腹部，而真正的致命伤，是一个金属罐的撞击。伤口很诡异，右边太阳穴凹了进去，像是新开的一只眼睛。

第二次撞击转瞬即至，但这次秃子有了准备，猛地下沉，飞船与那巨大的阴影堪堪滑过。

透过破碎的舷窗，我看到了一头云鲸。

一头愤怒的云鲸。

我发誓，在此之前，我从来没有把愤怒这种情绪跟云鲸联系在一起。在所有的研究报告里，云鲸都是温顺的，面对屠杀只会逃窜，一边被抽干鲜血一边悲鸣。它们曾经对人类表示友好，当血流得足够多之后，也仅仅学会了防范。这是我第一次见到它们攻击人类。

我感到呼吸困难，在四周看了一圈，扑过去把骨灰盒抢到怀里，幸好，它没有被损坏。然后我戴上了呼吸面罩。这时，天空中的云鲸已经滑行到百米外，巨尾一摆，划过一道弧线，掉转方向，向飞船俯冲过来。

秃子喊了独眼几声，确信他已经死了，他再回身环顾，满舱狼藉，金属桶被撞破，淡金色的云鲸血淌了一地。偷渡的人大多在撞击中丧生，只有我活着，但他的视线扫过我，没有任何停留，仿佛我跟那些尸体无异。

我从他眼中看出一丝不详。

"不要啊！"我大喊。

但秃子听也未听，眼眶充血，大吼一声："你要赶尽杀绝，老子跟你拼了！"他用力按住加速器，飞船"嗡嗡"震动起来，旋即猛向前蹿。

"鬼三"级飞船不大，厉害的是机动性，能很快加速到极限。它在三秒内把自己变成了一颗子弹，破风呼啸。我也在这三秒内扑进了救生舱，按下按钮，缓冲泡沫立刻充斥了全身。

而那头云鲸，丝毫不惧。它的身躯上流满了金色的血液，像有一个太阳在从它体内喷薄出来。它张嘴嘶吼，四野震动，巨尾如蒲扇般摆动，俯冲过来。越来越近。它是如此巨大，一轮眼睛就高过了我，飞船甚至比不过它的头。

我听阿叶说过，当云鲸难得暴躁时，瞳孔会由白色呈现出罕见的灰色。但现在，我看得清清楚楚，面前这头云鲸的双眼，是纯黑的。

黑得如同梦魇。

下一瞬间，云鲸与飞船相撞。

救生舱还未弹出，我在缓冲泡沫中天旋地转，意识迅速流失。昏迷之前，我唯一记得的事情，就是把阿叶的骨灰盒紧紧抱在怀里。

阿叶离开我的那天，我也是这么紧紧抱着她的。仿佛再用力一点，阿叶就会被勒进我的怀里，骨头相连，血液相融，再也不会离开。

但她不动声色地，一点一点挣开我的怀抱，后退一步，说："以后你好好照顾自己。天冷了记得加衣服，饿了要叫外卖，最好自己做着吃。别宅在家里了，设计是做不完的，多认识别的女生，你去跟她们聊天气、食物和艺术，她们就会照顾你。"

"我不要她们，我只要你。"

或许是我可怜兮兮的样子打动了她，她犹豫了一下，说："那你跟我一起走吧。"

我几乎就要答应了，可这时一艘去往天鹅座 KP90 的飞船升起来了，巨大的引擎轰鸣传来。我的眼角跳了跳，肩膀下意识地缩起。

阿叶说："你克服不了飞行恐惧的，而我要去遥远的比蒙星，每天都要用到飞船。我在空中的时候比踩在地上的时间多，你适应不了。"

"再给我一点时间，"我哀求道，"再过半年？半年要是我还克服不了，不能跟你一起去，我就让你走，好不好？"

"我已经给了你五年时间，你还是每次听到引擎的声音就会颤抖。你不要勉强，在地球上待着也没错，远航时代之前，人们都是在地球上过完一生的。"

"那你为什么不能……"

"我说过了，因为，"她打断我的嗫嚅，抬起头，视线穿过伦敦港独特的透明穹顶，穿过如萤火虫般起起落落的飞船，投到了夜幕深处，

"因为我的征途是星辰大海呀。"

她的眼里盈出星星点点的渴望。在我看来，夜空是如此深不可测，但在她眼里，想必如瑰玉般迷人。我知道她的离去已不可挽回，但还是做了最后的努力，握住她的手，说："宇宙这么危险，你要是出事了该怎么办呢？"

"不要紧，那是我的归宿。"她把我的手指一根根掰开，提起行李，走了几步，转头看见满脸沮丧的我，笑着说，"那我给你一个任务吧，要是我真的死在群星间了，你就把我的骨灰带回来，带回地球。"

说完，她向我扬了扬眉毛："要记得哦。"她转身走向登机口，人潮迅速淹没了她。

那时我伸出手，穹顶的星光落在手指上。我就这样僵硬了很久，似乎这样一直伸着，阿叶就会从人群里又钻出来，再次拥抱我。但直到人群散去，直到星光敛隐，我都没有再见到她。我再也没有见过她了。

我睁开眼睛，泪水在脸上流淌，模糊了视线。浑身痛楚弥漫，我弓起身子，大口呼吸，过了好一阵子才弄清此时的处境。

救生舱掉在一片荒野里，已经散架，但缓冲泡沫替我抵消了大部分冲击。我挣扎着看去，不远处有一座硕大的山丘。此时已经入夜，四野空旷而黑暗，这说明我至少昏睡了十个比蒙时。我的呼吸面罩还能用，但定位器出了问题，我全身至少有十几处伤口，其中包括左腿小腿骨折。我在身上摸了半天，没发现致命伤口，刚要松口气，又立刻紧张得屏住呼吸——我也没有摸到骨灰盒。

阿叶不见了。

我发出一声惊惶惨叫，一下子站起来，随即又因左腿爆发出的剧痛而摔倒。我用手撑着，在干硬黑暗的地面上摸索。

"阿叶，阿叶，我怎么能失去你，怎么能辜负你嘱托给我的最后一件事？"

但我摸到的，永远是硬土、枯草，间或有石头划破手指。我感觉不到疼痛。摸索了一会儿，眼睛渐渐适应黑暗，隐约见到前方有一团阴影。我凑过去，三只蓝幽幽的眼睛突然张开，像夜空里突然点燃了三团火焰。我吓了一跳，手上一软，又摔在地上——我看到一张毛茸茸的脸上，三只眼睛在脸盘上均匀铺开，中间是一张密布着两圈利牙的口器。眼睛放出的蓝光还残留在牙齿上，流转泛光，一股腥臭涌出来。

这是三目兽，学名克科尔罗盘尼兽，或者是克科尔肉斑兽——名字很拗口，我没有记住。要是阿叶在，一定对它的名字脱口而出，并让我赶紧跑。这种习性暴躁的肉食性动物，最擅长做的事情，就是用外圈牙齿咬住猎物，用内圈牙齿把它们的肉剐下来吞进去。

我不能死在这里，我要把阿叶找回来！

我两手撑着，外加一只脚蹬地，向后拖着身体。三目兽不紧不慢地跟着，三只眼睛在夜里闪出蓝光，形成了一个诡异的正三角形。

它在试探，在确定我是否落单。它短小但强健的六条腿行在地上时，发出令人头皮发麻的沙沙声。

退了几分钟，我的背部靠到那座山丘，再也无路可退。

三目兽的六条腿全部弯曲，中间大嘴张开，发出嘶嘶声。它要扑过来了。我在地上摸到一块石头，颤巍巍地拿在手里。这时，身后传来一声巨大的吼叫，如同飓风从深渊中狂啸而出，带着颤音，让我心胆欲裂，刚抓稳的石头又丢了。

我转头去看，借着夜空露出的星光，看清了这座本来黑黝黝的山丘——这哪里是山丘，明明是一头鲸鱼！

那头追踪飞船并将之撞毁的云鲸。

此时，它张开了巨嘴，滚雷般的吼声从那黑暗食道里奔涌而出，沿着肥大的舌头，震碎了这个夜晚。三目兽的腿部灵活地反向弯曲，瞬间向后弹跑，嗖的一声消失在夜色里。

我也被鲸吼掠起的风吹得歪倒，但倒下之前，瞥见了熟悉的东西。

骨灰盒。

它在云鲸舌头右侧的下颌处，被几块软骨卡住了，我不顾危险，扑过去，但这时云鲸闭上了嘴。似乎这一声吼叫花光了它所有的力气，它一动不动，在黑夜里重新恢复了山的姿态。

"张嘴啊，"我努力站起来，但踮起脚也够不着它的下唇，只能勉强够到下颚。它的下颚上长满了瘤状凸起，每个都有我的脑袋大，我拍上去感觉软绵绵的，像某种囊。它无动于衷。

"你张张嘴，把阿叶还给我。"我用石头去扔云鲸，试了半天也毫无反应。我累得气喘吁吁，坐在这头庞然巨兽面前，才反应过来我刚才的举动有多么可笑。

在云鲸看来，大概就像一只蚂蚁在拼命用灰尘砸人类的脚一样。它甚至懒得张嘴吹口气把我赶走。

再醒过来，天已经亮了。头顶一轮烈日暴晒，东边天幕垂着一颗小一点的，南边还有两颗。灼热在皮肤上流淌。

但我不是被热醒的，而是被饿醒的。

我爬起来，首先去撬云鲸的嘴，但又是徒劳无功。我这才发现，它身上布满了可怖的伤口，有的伤口血都凝固了，有的还在冒着金色的血。

按秃子的话说，它早先就跟飞船交过手，然后千里跟踪，再直接撞毁飞船。就算它有再强的生命力，到此时也撑不住了。我把耳朵贴在它身上，很认真才能听到它身体里传来的细微震动，像是脉搏，又像潮汐。

它还在微弱地呼吸，但应该撑不了多久，昨晚，它还用最后的嘶吼救了我。不过我转念又想，恐怕也不见得是救我，它如此地恨着人类——多半是巧合，三目兽袭击我的时候，它正好到了生命的尽头，只能对着漆黑夜幕和惨烈世界发出最后的怒吼。

试了一阵，腹中的饥饿更加强烈了，我爬到云鲸的背上，举目四眺。

我正好是在荒原的低陷处，周围像小型盆地一样渐渐往上斜。我环视一周，发现盆地外散落着飞船的零件。

我爬过去，在零件里翻找，万幸找到了一些压缩食物，狼吞虎咽之后，还发现了几件散乱的防护服。居然有一件能用，我连忙穿上——比蒙星的大气层虽然挡住了绝大多数有害的宇宙射线，但肌肤直接裸露在四轮太阳的暴晒之下，也很危险。

穿上衣服后，我感觉恢复了些力气，又从零件中找了一块断掉的钢板，断面很尖。我用手试了一下，足够锋利。

我一瘸一拐地回到低陷处。太阳更烈了，地面上的石头都被晒得灼热，云鲸白色的身躯竟散射着阳光。

"大哥，别怪我呀。"我拍了拍云鲸的下颚，拿起钢板，"你不把阿叶还给我，我只能用你和我都不喜欢的办法了……"

云鲸沉默着，呼吸断断续续。

我咬咬牙，两手扣住钢板，闭眼就刺向云鲸。在刺到它的皮肤之前，我又停下了，算了算位置，从下颚挖要多花很多功夫。按照骨灰盒卡住的地方，最直接的路线应该是从它右眼下侧下手挖。

我爬到它背上，这一路，那些密布的伤口更加触目惊心。尤其是脑袋上那条伤痕，简直像是被铁犁犁过一样，粉色的肉翻开，一些白色的虫已经开始滋生。

这应该是与飞船对撞造成的。

我暗自叹息，小心爬到它脑袋右侧，坐在它的眼皮上。

"对不住了，我知道人类对你们很残忍，那个秃子和独眼抽三百多桶血，估计杀了十几头鲸，说不定其中有你的亲人。但是我没有在你们身上花过钱，没有买卖，就没有杀害。对对对，我没有伤害过你们。"我颤巍巍举起钢板，断口上阳光流转，继续念叨，"但我一定要把阿叶带回去的。你不知道，我真的很爱她，虽然没有留住她，但这是她求我的最后一件事，我一定要完成。你能理解的，是不是？"

它能理解吗？它不能的，我心里很清楚，它目睹了所有的杀戮，对于我这样的种族，只有仇恨，所以眼睛才会变成完全的黑色。

但无论它能不能理解，这一刀，一定要插下去。"阿叶"，我默念这个名字，"阿叶，阿叶，我带你回家"。

这时，云鲸睁了睁眼。它没有把眼睛全部睁开的力气，只是开了一条缝，但这一刻，我看到了它一丝灰白色的瞳仁——不再是黑色了，仿佛它的恨意随着生命一起在流失殆尽。

这一抹瞳仁露出的神色，我很熟悉。

因为那是阿叶离开我之后，我每次照镜子时都能看到的眼神。

有些痛楚，有些哀伤。

阿叶离开我的第一天，我觉得生活并没有什么改变——除了屋子空了一些，床的面积大了一些。我依然在家里干活儿，用全息投影和光感手套来设计"大风"级飞船的布线和驾驶舱排列。晚上睡觉时，我下意识地去抱右边，结果手直接落到了床单上。这一瞬间，手指有针扎一样的痛，但转瞬即逝。

第二天我起得很晚，开始玩游戏。我化身中世纪的刺客，不停地杀杀杀，饿了就吃冰箱里的食物。有些是阿叶做的，我把它们倒掉，吃速冻的。我从下午玩到凌晨，育碧的健康系统检测我的身体已经极度疲劳，于是将我强制下线。

第三天，我一直在沉睡，做了很多梦。梦里光怪陆离，梦里没有阿叶。

第四天，我拉开窗子，阳光迎面扑来。我打算出去走走，换上了衣服，穿好鞋子，乘电梯下楼。但在楼底的出口处，我浑身颤抖，不敢踏入阳光之中。

第五天，朋友实在忍不住，组了局，拉我出门。他特意叫了个女孩子，挺漂亮，对我的收入很满意，还能懂我的那些冷笑话。我们聊得很愉快。傍晚时，我送女孩回家，但进她家门之前，一股战栗袭来，我的脚无论如何迈不进去。"怎么了？"她回头看我，手指绕着乌黑发尾。我落荒而逃。

第六天，我在社交网站上把阿叶从黑名单中移除，发现她已经将状态从"恋爱"改为"单身"。她上传了最新照片，有一张照片是她和一头云鲸的合影，全息影像里，她笑得格外开心。我伸手去摸，只有冷冰冰的空气。

第七天，我缩在阳台的角落里，在紫罗兰和玉兰花中间，呜咽不已。晚上照镜子时，我的眼睛勉强能睁开，里面一片阴影。就像这头云鲸一闪而过的眼神。

这是失恋的标准程序。无论人类怎么进化，从在地球上爬行到乘飞船遍布宇宙，文明开枝散叶，有些东西从来都没有更改。

比如失恋，比如同病相怜。

"见鬼了！"我暗骂一声，把钢板扔在旁边，拍拍云鲸的眼皮，"你他妈快点死，死了我再动手！"

云鲸浑然不动，但还是传来若有若无的呼吸。在这样缺水和流血的情况下，它活不到明天早上，到时我再把骨灰盒挖出来。

但挖出来之后呢？这里荒无一人，通信系统也坏了，我该怎么回到人类居住区呢？

我摇摇头，把这个忧虑抛出脑袋，翻个身躺在了云鲸背上。

傍晚，四轮太阳垂在天边，荒野上蒙了一层奇异的瑰红色，仿佛泛起的雾。空气有些燥热，远处云很稀薄，也压得低，在傍晚霞光的侵染下，像一抹红色的笔轻轻点过。除了太阳，还隐约看得到几颗卫星的轮廓，其中一个有由陨石带组成的环，静静旋转。

真是美啊！我在心里默默赞叹，难怪阿叶会抛开地球的舒适，来到如此荒芜的星球。

太阳次第沉下，光线一缕缕收进去。我用手枕着后脑勺，右腿平放，左腿屈起，看着四轮斜阳一个个消失，瑰丽的景象渐渐被黑暗吞噬，突然恍惚起来。

"我们真是难兄难弟啊，"我拍了拍身下的云鲸，"都困在这里了。"云鲸依旧无声无息，有一阵子我都以为它没有呼吸了，但吹过来一阵风，把灰尘带进它的鼻腔中，它"吭哧"打了个喷嚏，然后继续保持着沉默。

一个垂死的人，一头垂死的鲸，在异星球的黄昏中，等待黑夜的降临。

与黑夜一同降临的，还有暴雨。

雨从夜幕中落下来，初时还细小温润，很快就狂暴起来了，大滴大滴，打在身上生疼。我坐起来，瞧了瞧天色，雨丝毫没有停歇的迹象。于是我从云鲸背上爬下来，躲到它的颚下。

乌云集卷，电闪雷鸣，雨越来越大，在脚下都积成了水洼。这里是个凹地，地势低，四周的雨水全部汇聚到这里。按照这趋势，不到一个比蒙时，水就要漫过我的脖子了。

我刚想离开这里，一道闪电划过，照亮了一个黑暗的影子。

三目兽！

它站在凹地边缘的坡上，浑身被雨水打湿，三只眼睛更加幽蓝，正居高临下地看着我。

昨晚被云鲸吓走之后，这只三目兽并没有放弃，此时趁夜色又来了。但它只是观望着，不敢下来，应该是在忌惮云鲸。

如此那我就不上去了，继续坐在云鲸颚下。但水越来越深，漫过我的腰，我不得不站了起来，准备爬到云鲸背上。

一声尖锐的啸叫突然响起，听得我浑身一颤，牙齿发酸。那是三目兽的嚎叫，在雨夜中远远荡开。我心里升起一丝不祥。

果然，这声嚎叫引来了更多的三目兽。它们在凹地边站成一圈，蓝幽幽的眼睛望着我，两圈利齿被蓝光沾染，像是一个个噩梦。我颤巍巍数了一下，数到二十只的时候，就停了下来。

它们的目标恐怕不只是我，还有这头云鲸，毕竟是上千吨肉。我扶着云鲸下颚上的瘤状凸起，心惊胆战地想。

最先的那头三目兽谨慎地从坡上走下来，涉着水，绕云鲸走了一圈。

它眼中的蓝光游移不定，突然上前，一口咬住了云鲸的侧面，然后立刻跳开。只这一瞬，云鲸便被撕下了一块肉，金色的血流下来。

三目兽仰起头，云鲸肉落进它脸中间的口器里，两圈牙齿张合着，把肉绞成了碎片。吃完了，云鲸也一动不动。三目兽再次发出一声嚎叫，坡上的同伴都迈步而下。

完了完了，我几乎站立不稳，早知道会葬身在野兽腹中，还不如直接在飞船上被炸死。

这时，我手上传来了怪异的感觉——云鲸下颚上的瘤状凸起渐渐膨胀起来了。我惊讶地看去，没错，这些瘤本身只有我脑袋大小，很快就涨大了四五倍。而同时，地上的水开始变浅，本来已漫至我腰间，只过了几秒，就重新下降到我的膝盖深。

云鲸在吸水！

三目兽们也被惊到，停止了前进。夜幕上云层卷过，这个雨夜里最剧烈的惊雷爆发出来，与此同时，一直沉默的云鲸张嘴怒吼，威势更胜雷声。地上的水在一瞬间被吸得干干净净。

我在云鲸张嘴时，猛扑进它嘴里，向它右边下颚爬过去。"阿叶，阿叶。"我念着这两个字，顶住云鲸怒吼时夹带着的腥臭的风，扑到骨灰盒前。骨灰盒卡得太紧，我不顾左腿骨折的痛，用脚蹬住云鲸墙壁似的口腔内侧，使出吃奶的劲，终于把骨灰盒拉了出来。

这时，云鲸闭上了嘴，彻底的黑暗袭来。我向它的食道滑去，还没进去，冰凉的水又将我包围。一阵天旋地转，我已经失去了思考能力，凭着本能抱紧骨灰盒。

我被水流裹挟着，打转，上升，突然冲出了云鲸的嘴，像喷泉里的鱼一样冲向夜空。

是云鲸在喷水。

我上升了七八米，又摔下来，落在云鲸背上，惊魂还未定，又感到了一阵摇晃。这次的摇晃，来自云鲸的身体，它喷出了所有的水后，身体离开了地面，但离地还没一米高，就又落了下去。大地震了震。

这一瞬，我流出了眼泪。我爬到它的眼睛中间，用力拍着，声音嘶哑，吼道："飞呀，飞起来啊！"

云鲸睁开眼睛，粗重的呼吸如同喘息。

"你他妈是云鲸啊，要么死在海里，要么死在天上，不能被这些畜生吃掉啊——飞起来！"

它喷出长长的气息，鸣声悠扬，身体再次震动。大雨滂沱之下，这头鲸飘离地面，越升越高，突然加速向斜上方飞去。地上的三目兽被震慑住了，在积水中缩成一团，发出胆怯的呜咽。

"这就对了！"我趴在云鲸背上，抓紧它眼睛旁的褶皱，泪流满面，哈哈大笑，"飞起来了，飞得越高越好！"

它一路冲进云层，继续往上，浓云中有闪电划过。其中一道枝状闪电离我们特别近，我吓得闭上了眼睛。云鲸摆动尾巴，速度加快，穿过了厚厚的云层，如跃出海面，停在了云海之上。

我睁开眼，被眼前的景象震撼得不能呼吸。暴雨雷电在身下远去，云海上一片平静，六轮月亮排成一条线，悬挂天边，清辉迎面扑来。

"阿叶，"我把骨灰盒举起来，"你看到了吗，我们飞到天上了。我再也不害怕了，我也飞起来了，你看到了吗？"

对于飞翔，阿叶有一种近乎执拗的迷恋。

尽管她有一双长腿，但她觉得这是她身上最没有用的部位，因为她厌恶走路。

"我承认腿在人类进化中的作用，我们从海里爬到陆地上时，鳍进化成双腿，这确实是自然的奥妙。但为什么进化之路就此止住了呢？"她一边说着，一边愤愤不平地敲打着自己的腿，"现在，我们已经从陆地飞到了天空，却依然是靠一双腿！"

我无言以对，只是心疼她的腿——那么修长、白皙，仿佛由古老的玉砌成。

"我们应该飞起来啊，小豆豆，"阿叶叫着她给我起的小名，"我们应该像云鲸一样飞起来，在天之下，在云之上，而不是一步步踩在泥泞的地上。小豆豆，你都不知道我的脚有多疼……"

听到这句话后，我分外心疼，花了一个月工资给她买了一双高跟鞋。

那是奢侈品柜里最中心的一双鞋，顶级设计师制作，镶钻带彩，奢华高调。当阿叶从盒子里拿出它们时，我看到她的脸被照亮了。但我不知道是因为她高兴，还是只是钻石彩带的光华照耀。

"傻瓜。"阿叶把鞋放下，"你买这种鞋，我没地方用啊。"

但很快，这双鞋就派上用场了。

阿叶是在太空新生物种研究所工作，主要研究云鲸习性，大部分经费由疆域公司赞助。秋天的时候，疆域公司举办庆功晚宴，作为一群工科男女中唯一形象出众的研究员，阿叶自然要出席。

她一袭盛装，踩着高跟鞋出门，并叮嘱我晚上十一点的时候去接她。

然而，九点半的时候，我就接到了阿叶的电话。外面下着大雨，我好不容易赶到疆域公司大厦时，看到阿叶站在公交站牌下，一脸沮丧，漏下来的雨水打湿了她的裙摆。她赤脚踩在泥水里，周围全是驶过的车辆和藏在黑伞下面的行色匆匆的人们。

后来我才知道，在舞会上，疆域公司提供了一种透着淡淡金色的饮料。阿叶饮了一小口，口感清凉，入喉却温润。她正好奇是什么饮料时，一个疆域公司的中层走过来，微笑着同阿叶说话。

"像你这样漂亮的女孩子，"他轻轻晃着手里的酒，金色液体泛着光泽，"很难想象会一天到晚待在研究所里。"

阿叶漫不经心地回道："在实验室工作也很有趣的。"

"也是，感谢你们的工作。不少外星新物种的研究成果，都能够被直接商业化。"西装革履的男人微笑起来，举起手里的酒杯，"比如这种酒，你知道里面掺了什么吗？"

阿叶从他的微笑里看到了一丝残忍，还未回话，就听他继续说道："是云鲸血。你们研究出来的成果：云鲸血里的微量 F937，配合适当的酒精，不但让口感更好，也能改善体质。哈哈，当然了，这是不能大规模使用的，但在这样的高档酒会上，我们会准备这样的美酒，以招待尊贵的……"

后面的话阿叶没有听清，因为她感觉到了胃部传来的抽搐。她强忍着去了卫生间，干呕一阵，但什么都没有吐出来。于是她给我打了电话，失魂落魄地下楼，下楼时鞋跟断了，脚被扭伤。

我当时不知道这些，只觉得心疼，上前抱住了她。她在我怀里颤抖，小声哭泣。

离我们一米之外的街道旁，污水横流，那双断了的高跟鞋被淹没在水里。

云鲸的飞行时高时低，有时高踞云上，有时它自己钻进云中滑行，把我露在云层的表面。

那些烟雾般的云就在手边，我伸手去摸，云便被划得散开，又很快在我身后愈合，像是泛起了涟漪。六轮月亮都垂得很低，又大又圆，看久了会让我有一种马上就要飞到月亮上的错觉。月光在云上被散射出星星点点，很像海面上的波光。

或许，对云鲸来说，云也是它们的另一种海吧。

我沉浸在美景的震撼中，过了好久才恢复过来，对身下的云鲸问道："喂，你要去哪里啊？要不找个地方放我下来？"

云鲸当然不会回答我。它如此恨着人类，肯定不会落在人类居住地，而我一直待在城市里，没有野外生存能力——更别说荒芜且布满危险的比蒙星腹地了。

这么一想，我倒是没什么可忧虑的了，反正自己无力改变，随遇而安吧。

云鲸闭上眼睛，睡着了，在云上稳稳地飘着。我也被一股睡意袭击，打了个哈欠，躺在它背上，也很快入睡。

醒来时已经是第二天了，云开雨霁，我们飘在晴朗的天空下。身下已经由荒野变成了森林，比蒙星上的植物都比地球要茂盛，且颜色绚烂。云鲸飞行了一夜，显出疲态，开始下降，庞大的身子掠过树林，压断了许多树枝，一些兽类也被惊走。最后它落在一条河里。

这河还不及它的身躯宽，潜不下去，它一边用瘤状囊吸水，一边发出哀鸣。

它的声音充满了痛苦，我站起来，巡视一圈，才发现它背上的伤口已经溃烂了，肉虫密布。如果不是有呼吸面罩，我肯定会闻到让人欲呕的腐臭味。

我取下挂在腰间的钢板，割掉腐肉，把拼命往肉里钻的虫子拽出来。这种虫子恶心极了，肉色的，肥嘟嘟的，没有眼睛却长满了脚，像是肥大版的猪肉绦虫和蜈蚣的结合体。如果是平时，我一定会远离这种恶心的生物，但现在，在这个陌生的星球上，在这样绝望的处境里，云鲸是我唯一的依靠了。

清理了烂肉和上百条腐虫后，云鲸停止了哀鸣，只吭哧吭哧地呼吸。我则累得浑身是汗，又累又饿，摸遍了全身也没找到食物，身下的河水也不能喝。我精疲力竭地躺下来，喘着气，过了好一阵，云鲸再次起飞，比之前稳了很多。

飞起来吧，我迷迷糊糊地想，飞回地球，带阿叶回家。

接下来的一天一夜，我处于一片昏沉中，一动不动地躺着，眼睛时而睁开时而闭上，看天空从明到暗，再到明。这是身体因饥饿做出的应激反应，减少消耗，我屈从于它。

如果不是一阵鲸鸣响起，恐怕我会陷进这种昏沉中，再也醒不来。

我勉强睁开眼，撑起身子，看到这条云鲸身边不知何时飞来了十几条比它小很多的云鲸。它们簇拥在下方，呜呜鸣叫，声音并不凄厉，却浑厚，在天地间远远传开。

看它们的体型，恐怕还是未成年的云鲸。它们随母亲穿过漫长的黄金航线，在星月光辉下游弋，但来到金色海之后，还未长大，母亲就被人类捕杀，只有鸣叫着在云海间游弋。这非常危险，如果遇到捕猎飞船，它们唯一的下场便是死亡。

但好在，它们先遇到了我们。

我身下的云鲸也昂首嘶鸣，作为回应。这是我跟它在一起这两天多时间里，唯一听到它的鸣叫中带着温情的感觉。

小云鲸们纷纷发出鲸咏，在它周围上下翻飞。我发现不管它们怎么飞，都没有高过我所在的位置。

"嘿，大灰，看不出来，"我艰难地敲了敲云鲸的脑袋，干涩的嘴角扯出一抹笑容，"原来你混得不错啊，这么多小弟。"

说完我便愣住——我给它取了名字？

我第一次见到阿叶时，就在心里给她取了这个名字——我也不知道为什么，或许是看到湖边柳叶摇摆，或许是预见了日后她飘零远去的结局。

但当她知道我给她取了名字后，郑重地告诉我，以后不要随便取名，因为这是一种赋予，赋予其独有的属性。所以取了名字，便有了责任。

后来阿叶住到了我家里，给我的每一个盆栽、每一个电器和每一张桌椅都取了名字。我记得很清楚，电脑叫"方方"，书柜叫"詹米"，洗衣机叫"滚滚"，卧室的门叫"小黑"，马桶叫"阿缺"，沙发叫"长脚"……她逐一取完名字后，看着我说："你就叫'小豆豆'，因为你喜欢吃豆子。现在这里每一个物品都被我取了名字，都是我的了，你放心，我会对你们负责，一直照顾你们的。"

但后来比蒙星征召云鲸研究员时，她义无反顾地报了名。她离开的时候太匆忙，甚至没有来得及向她的方方、詹米、滚滚、阿缺和长脚道一声别。

我把骨灰盒放在耳边，风声簌簌，像是里面传来了低语。我听了一会儿，听不太清，便侧过头，看向四周的小云鲸们。

云鲸都通体泛白，如同云汽凝结，但细看的话还是会发现各不一样。我闲得无聊，就一一给它们都取了名字，比如两个鳍特别长的，就叫"大雁"，有条飞得特别快的叫"闪闪"，旁边那条鲸尾特别短小的，叫作"小短短"……

"呜！"

一声惨嘶突然打断了我的兴致，我挣扎着朝声音发出的方向看去：名叫小短短的小云鲸被炮弹击中，却没有产生爆炸，而是散出几十个电极，贴在小短短的背上。炮弹背后有一根线，顺着线看过去，云缓缓散开，露出一直藏在云后面的城堡般的飞船。

是"大风三"级别的飞船。

巨大的咚声从飞船上传来，是强电压输出的声音。几乎是同时，小短短浑身一震，停止惨嘶，被电得晕了过去，飘在空中。随后两艘"鬼四"飞船射出来，悬在它两侧，探出粗粗的探头，扎进小短短的身体里，高压泵发出轰隆隆的声音，云鲸血被抽出来，顺着探头后面的管道流进飞船里。

这种泵的功率很大，只要半个小时，就能把小短短的血完全抽干。云鲸没有了富含 F937 的血，也就失去了在天空的支撑，会轰然坠地——是的，人类在榨干它们生命的同时，也剥夺了它们的信仰。

剧痛让小短短醒了过来，但残余的电流依然让它大部分身体麻痹，挣脱不开。

它摆动短小的尾巴，发出一阵阵的哀鸣，声音凄惨，像是哀求，又像挽歌。

"停下来啊！"我眼睛都快裂开了，拼起全身力气大喊，但风太大，吹散了我的呼喊。我只能用脚剁大灰的背，嘶着嗓子叫道："快跑啊，还愣着干什么！"

云鲸们似乎这才反应过来，鸣叫着向四面飞去，但"大风三"里像产卵般射出几十个小飞船，分工有序地各自追击。

从他们的熟稔程度来看，都是专业的盗猎者，这些云鲸只怕一头都逃不掉。

大灰的眼睛开始变浓，荫翳加深，长鸣一声，逃窜的小云鲸们似乎听到指引，向它这边会聚过来。然后它猛地向下倾斜，开始下坠，其余鲸也跟上。

它的下坠让我猝不及防，一下没抓稳，从云鲸背上摔下去。耳畔风声呼啸。这下完了，我只来得及抱紧骨灰盒，闭上眼睛，但意料中的粉身碎骨并没有到来。

我摔在一片温暖的海水里。

金色海。

大灰从荒原起飞，千里迢迢，原来是要回到这片海里。就像我千里迢迢要带着阿叶回到地球一样。

大灰和十几条小云鲸一头扎进海水里，迅速下潜，只留下一个个漩涡。漩涡差点把我吞噬了，我扑腾着，好容易游到边缘，环视海面，只有一根根巨型管道散落着，从海面直升入天空。这是高轨道空间站在抽取海水。除此之外，海面已经没有了云鲸的身影。我暗自松了口气。

"鬼四"飞船们划出一道弧线，堪堪掠过海面。有一艘经过我身旁时，我大声喊，它停了下来。在我许诺给里面的驾驶员一千联盟点后，他放了探爪将我从水里带出来。

进了舱室，里面只有驾驶员，他给我丢了一件新防护服、几瓶水和一块压缩饼干。在我狼吞虎咽的时候，这个脸上有伤疤的高大男人抱着肩膀，饶有兴趣地看着我："哥们儿，怎么一个人掉进海里了？飞船毁了？"

我大口灌水，点点头。

"那你运气真好，遇到了我们。刚才我们在追一群云鲸，妈的，差点就追上了它们了。"他摇摇头，"不过这群鲸领头的那个，似乎是鬼眼鲸，抓不到也正常。"

"鬼眼鲸？"我停止吞咽，问道。

驾驶员点点头，说："它的眼睛会变黑，像灌了墨一样。这头鲸在我们偷猎者中很有名的，我们杀鲸，它杀我们。嘿嘿，厉害着呢，'刃'级飞船它直接咬在嘴里，连人带船吞下去，'鬼'级的它撞毁了十几艘，听说它还搞炸了一艘'大风'级的，现在它在黑市里的悬赏已经到了百万联盟点了。"

"它为什么要专门跟你们过不去？"

"听说它原来是一个鲸群的头头，带着一群鲸穿越黄金航线，来到比蒙星。结果从金色海出来第一次起飞时，被同行发现了。"说到这里，他露出羡慕的笑容，"那一笔可挣得多啊，五十多头鲸，据说抽血抽了一天一夜，最后保温桶都不够用了，血直接灌进船舱里，漫到了大腿这么深。后来卖钱的时候，他们把裤子都脱了——上面凝固的云鲸血也值几个点呢。"他比了一下自己的大腿，脸上的笑容牵动了刀疤，显得狰狞，"当时就只有这头鲸逃走了，它的后代和伴侣全部被杀，就开始报复我们了。说真的，刚才追它时，我还有点儿害怕——对了，隔得近的时候，我好像看到它背上有个什么东西，你在海里看到了吗？"

我摇摇头，继续啃压缩饼干。这时，通信模块里传来声音："刀疤你停在那里干吗？快上来。"

刀疤冲我眨眨眼，示意我不要说话，对模块回道："上面怎么样？"

"没定位到那群鲸，幸好还是抓到了一头，等抽完血就回去休息。

跑了一夜，早累得不行了。"

"不落空就好。"刀疤点点头，转身去操控台启动飞船。

我的肚子不再饥饿，我的嘴里也不再干涩，我搂着骨灰盒，抱紧了，它坚硬的棱角硌到了我的胸口。我深吸一口气，走到刀疤身后，抡起骨灰盒砸向他的后脑勺。

他一声不响地晕了过去。

我把骨灰盒放在操作台上，轻声说："阿叶，原谅我。"

我是从阿叶的社交页面上看出端倪的。

阿叶居然连着三天没有更新状态，我不停地刷新，渐渐感到一阵不安。"阿叶，阿叶。"我焦躁地念叨着，最后忍不住给她留了言。

但回复我的，是一个叫迈克尔的男人。我点进他的社交页面，看到了许多他和阿叶的照片，原来，他就是阿叶的新男友。

他点开了全息视频通信，我犹豫了好一会儿，还是接通了。

"你好，"他说，"你是小豆豆吧，阿叶经常提到你。"

他也叫她阿叶！我心里没来由地冒火，但转念一想，肯定是阿叶让他这么叫的。她远在光年之外，还用着我给她取的名字，说明她没有忘了我。我又涌起了一阵甜蜜，急切地问道："阿叶呢？"

"阿叶，"他顿了顿，"阿叶遇难了。"

我一时没反应过来："什么？"

"阿叶死了。死了三天了。"

"你胡说！怎么会……不可能！"

迈克尔站在全息影像里，沉默地看着我，他的视线又冷又悲伤，像是午夜卷起的潮水。他不是在开玩笑，但我拒绝相信，又过了一阵，我张开嘴，但没发出声音，于是敲了敲胸膛，沉闷的回声终于冲开了喉咙："阿叶死了？"

"阿叶死了。"

这四个字在我脑袋里扭成了利刃，一下一下地切割着。阿叶死了，一座火山爆发了，浓烟遮天蔽日；阿叶死了，一场地震袭击了整个城市，高楼大厦积木般倾倒；阿叶死了，一颗行星从遥远幽深的宇宙中呼啸而来，气势汹汹地撞击地球，排山倒海般的冲击波席卷全球。

我脑袋剧痛，坐倒在地。

迈克尔告诉我，阿叶是为了救云鲸而死的。她在例行野外考察过后，独自回科研谷的途中，发现了一群搁浅的云鲸。

那是七八头小云鲸围着一头母鲸，母鲸受了严重的伤，下腹有一道触目惊心的伤口，血正汩汩流出，将山石染得金黄。它试图飞起来，但血流得太多，每次堪堪飞起来就摔了下去。小云鲸们围绕着它哀鸣。

阿叶当即向科研谷发了消息，请求派人过来支援，但母鲸已经奄奄一息，无法支撑到科研队两个小时后的援救。阿叶焦急如焚，私自做了决定——用绳索吊着母鲸，把它运到一公里外的河流中。

困住母鲸并不复杂。她趁母鲸拼命飞起来时，向地面喷射了三条承重带，母鲸落下后，头尾和腹部便被捆住了。刚才这一跃，已经花掉了它最后的力气，它安静地躺着，身上的承重带被逐渐收紧也无力挣扎。但困难在于，阿叶的科研车只是轻量级，不能进行重达两百吨的运输。

但阿叶听着四周不绝的悲鸣声，一咬牙，不顾通信频道里迈克尔的阻止，把反重力引擎开到最大功率，摇摇晃晃地吊起母鲸，向河流飞去。小云鲸们停止鸣叫，缓缓地跟在她们后面。

阿叶小心操作，短短一公里，花了半个小时。飞到河流上空时，她松开了承重带，云鲸坠向河面。这条河通向金色海，水里也有 F937。

意外也就是在这一刻发生的。

超负荷运行的反重力引擎急剧发热，熔断了一块已经老化的电路板。整个飞车发出几声类似咳嗽的声音，突然失去了动力，也落到了河里。这一切只在电光火石间，阿叶没有来得及从车里逃出来，河水充斥了整个车厢，她泡在水里，被捞出来时已经泛白，已经冰凉，已经没有了呼吸。

"这里面有很大一部分是我的错，如果我的语气强烈一点，她或许会听我的话，不去救云鲸。但我当时也想让她施救，虽然是违规操作……我们都没有预料到引擎会出意外……"

我已经听不进迈克尔的话了，呆滞了很久，突然想起阿叶离别时说的话，挣扎着站起来，说："阿叶呢，你们把她怎么样了？"

"阿叶已经死了……"迈克尔的声音哽了一下。

我使劲摇头："我是说——她的尸体呢？"

"我们把她火化了，很快会葬在科研谷对面的山坡上。"

"不！"我发出一声嘶吼，"我要把她带回来！"

迈克尔愣了愣，说："按照联盟法律，在比蒙——"

"去他妈的联盟，我要把阿叶带回来！这是她说的，如果她客死在群星间，我要把她的骨灰带回来，埋在柳树下！"

我的执着和疯狂吓到了迈克尔，他考虑了很久，最终答应了。毕竟我是跟阿叶生活过最长时间的人，他得到了阿叶最后的爱，而我也必须执行阿叶最后的承诺。

"但我没有时间把她送回来，而且，那也是非法的。"迈克尔有些歉意。

我立刻说："我自己来取！"

我将第一次在无边无际的宇宙中穿行，飞翔的恐惧会一直折磨我。但一想到阿叶躺在冰冷的骨灰盒里，我便顾不得害怕。

我一定要把她带回来，即使跨越星海！

"那群鲸后来怎么样了？"我突然问道。

"阿叶遇难的第二天，有人发现了它们，在离金色海只有一百多英里的地方。"迈克尔停了一会儿，说，"它们的血被人抽干了。"

我一直不理解，阿叶为什么这么喜欢云鲸。但现在，在大灰背上飞行了这么久之后，我终于明白了，因为这种生物，就是她的化身啊！

从全是海水的科尔星中孕育，在漫长的黄金航线中洄游，最终落入金色海——云鲸的一生，始于海，终于云，挣脱了重力，陪伴它们的只有风和星光，永远不会踏足陆地。这是阿叶魂牵梦绕的生活啊！所以她才会离开我，风尘仆仆地来到这里，追随云鲸的踪影。

或许，她并没有爱过我，或者迈克尔。她真正喜欢的，是恣意翱翔的云鲸。

我终于意识到，阿叶让我把她带回去，只是安慰我而已。对她来说，登上去往比蒙星的飞船，并不是离开，而是一种归来。

这里才是她真正的归宿。

"刀疤，你还磨蹭个屁！"通信模块里的声音十分不耐烦，我回过神来，盯着操作台。

疆域公司的飞船的操作系统，我都有参与设计，知道声控操作需要验证声纹，但手势操作不需要。

我的手在操作台上投出的全景模拟影像中移动，飞船随之启动，飞到天空中。

小短短还在被抽血，悲鸣声已经微弱下来了。最多再过十分钟，它就会被完全抽干血，坠落在海里，成为海上浮尸。

"挺住。"我默念道，启动所有引擎，然后右掌插进全息影像中，绕了一个 U 形轨迹，又回到我胸前。

飞船严格同步了这个动作——它像一柄剑一样切断了小短短右侧的抽血管，绕过它的头，又返回来切断左侧管道。云鲸血的传输被中断，洒在空中，被风吹得很薄，像秋天的金色树叶。

小短短发出一声尖啸，摆动尾巴，向海里落去。

抽血的那两艘飞船立刻向下去追，我直接撞了过去，他们闪避开。

这一耽搁，小短短就落得远了。它的身下是浩瀚无际的金色海，温暖的海水会重新流进它的血管，治愈它的伤口。

它会再次飞起来。是的，飞起来，没有任何可以拦得住它的翱翔。

"刀疤，你他妈疯了！"

"刚才差点害死老子！"

"怎么回事！回话啊！"

……

通信模块里传来嘈杂的声音，有人疑惑，也有人咒骂。我沉默着，抬头看了看舷窗外，凌晨已至，虽夜色依旧沉暗，但一丝微弱的晨曦在天际露出来。一场黎明正在酝酿着，即将喷薄出来。

"大风"级飞船缓缓下沉，停在离我三十米处，像一个坚不可摧的古老城堡。它在黎明前的黑暗中，投下更加黑暗的阴影，将我笼罩。几十艘"鬼"级飞船在它身边错落地散开。

这他妈的，我抚摸着骨灰盒，心想，一群偷猎的，搞得跟军队对峙一样，有必要吗？

"咳咳，"一阵低沉的咳嗽声响起来，所有的嘈杂都消失了，寂静持续了几秒钟，"刀疤，再给你最后十秒，不回复的话，我们就要强行回收飞船了。"

我的手掌传来灼热感："阿叶，你也支持我的，对吧？"

"十。"盗猎者的领头开始倒数。

窗外依旧是黑夜，我眯着眼睛看，那抹晨曦太微弱了，似乎随时会被黑暗碾断。天什么时候亮呢？

"……七，六，五……"倒数声不疾不徐。

天际似乎闪了一下，黑暗没有那么浓了，天幕呈现出一种黛蓝色。

"……三，二——"通信模块里的声音突然顿了顿，出现了一丝慌张，"妈的，那是什么！"

"是……云鲸？"有人结结巴巴地说。

"不可能！"另一人惊疑道，"怎么可能有这么多？"

"真的是云鲸，天哪！"

我掉转飞船，看到身后的景象时，眼睛顿时涌出热泪。"阿叶，你一定要看看，"我抱起骨灰盒，凑到舷窗前，喃喃道，"你看到了吗？"

在我们面前，数不清的云鲸悬停着，几百头，不，恐怕有上千头了。它们有大有小，高高低低，大灰排在最前头，而比它个头还大的也有好几头，沉默地飘在空中，与偷盗者的飞船对峙。

晨曦终于从天际突破进来，像一柄剑一样刺穿了重重黑暗。金黄的光辉侵染在每一头鲸身上，从鲸尾到鲸头，像是给它们披上了一件件黄金铠甲。

　　大灰张嘴嘶吼，所有的云鲸都吼了起来。水面被震得泛起波浪，夜晚碎了、退了，我捂着耳朵，泪流满面。

　　即使是堡垒一样的"大风"级战舰，面对这样的云鲸，也没有丝毫胜算。他们慢慢后退，退到安全距离以外后，再转过方向，喷出一道道离子束，很快就消失了。

　　于是，只有我还留在海面上了。

　　大灰飞到飞船下面，"嗡嗡"叫着，我穿上宇航服，从飞船上跳下去。大灰接住了我，长鸣一声，陡然加速，其余鲸也跟上来，冲向东边那两轮正在升起的太阳。

　　长夜已逝，黎明渐至。灿烂的晨光洒在海面上，伴随着波浪，聚散离合，如鱼鳞般泛起。太阳升得高了些，像在融化。光太烈了，我的眼睛有些睁不开，于是低下头，把骨灰盒打开。

　　"阿叶，接下来的路，"我低声说，"我就要一个人走了。谢谢你的陪伴。"

　　我把盒子横着，在空中划过一道轨迹，骨灰撒了出来，撒成一蓬泛起的白雾。

　　"阿叶，飞起来吧！飞起来了就不要再落下去！"

　　仿佛听到了我的呼唤，一阵晨风突然刮起来，烈烈呼啸。本来快要落下的骨灰被风托起，越升越高，无处不在。这一刻，我的阿叶是晨风，是朝阳，是金色海浩瀚无边的波浪。她终于完全融化在了这颗星球上。

彼岸花

文／阿　缺

1

不知怎么回事，春天刚到，我就感觉肩膀靠后有些痒。我让老詹姆帮我看下。他叼着烟绕到我身后，看了半天，用手势说："没事啊。"

"可是痒痒的。"我转身，用手势回道。

老詹姆的脖子已经腐烂，因此只能用摆手代替摇头，说："不可能，不可能，我们的神经都烂掉了，除了永恒的饥饿，没有任何知觉，怎么可能觉得痒呢？你是不是太久没有进食了，放心，我最近在风中嗅到了血肉的味道，这几天我就带你过去觅食。"

我不信，让他找了两块镜子，一块在前，一块在后，对照着看。我看到我的右肩后侧有一道巴掌长的伤口，肉已经翻开，灰褐灰褐的，像一张微微咧着的嘴巴。这张嘴巴里，隐隐可见有一个黑色的小东西。

"你不是说没什么吗，怎么还有这个小东西？"

老詹姆又看了一会儿，说："不知道这是什么。"他伸出手指，往伤口里挖了挖，镜子里，我能看到我的腐肉粘在他手指上。他太用力，伤口又撕开了些，新露出的肉依旧是灰色的。我无聊地打了个哈欠，哈欠打完的时候，想起来，这个伤口是上次在一个山坡上追逐活人时，被一根树枝划出来的。

"太紧了，挖不出来，"老詹姆颓然站到我面前，打着手势，"可能是露出来的骨头吧。"

"哦。"我晃了晃手。

这时候已经是傍晚，但这座海滨城市的夏天，白昼很长，天空依然是一片幽寂的黛蓝色。海上波光粼粼，一条被拴住的人力船浮在海面，载沉载浮。很多僵硬的人影徘徊在岸边，漫无目的地走来走去。

"他们在干什么？"我问。

"最近海上会飘来一些尸体，"老詹姆吐出烟头，又点燃一支，叼在嘴里，"是有血肉的，刚死不久。跟我们不一样。"

正说着，海边的人们一下子躁动起来，跑进海水里。我踮起脚，看到金黄色的波光里，一个人影正随波起伏，飘荡过来。

人们向那具尸体跑过去。丧尸手脚不协调，无法游泳，但幸好到海水齐腰深的地方，他们抓到了尸体。他们腐烂的脸上露出欣喜，喉咙里发出奇怪的咕噜声，一起伸手，撕扯着尸体。

那是个中年男人，的确刚死不久，血液呈褐色，在海水里并不散开。

但依然有血液的气息。

我鼻子一阵抽搐，肚子里的饥饿似乎瞬间被放大了无数倍。这饥饿驱使着我，也向海里跑去。但我和老詹姆来迟了，跑过去时，人们已经散开。海水里一片脏污，但用手一捧，水里什么也没有。

"他们下手真快。"我说。

"那当然，这么多丧尸，才一具尸体。你们不是有句古话吗，僧多……"他比画了半天，似乎在已经干枯的脑仁里思索，但久久没有结果。

"粥少。"我替他比画出来。

"嗯嗯，粥少。"他满意地点点头，"真形象。"

索拉难病毒肆虐，在人类中间划分出僧和粥的区别，是多少年前的事情来着？

我苦苦回忆，发现已经记不清。

身为丧尸，其他都好，就这点坏处，能记得的事情越来越少。你也不能怪我，丧尸的大脑会慢慢枯萎，有时候晃脑袋，都能听到里面咯咚咯咚地响，仿佛脑干正像乒乓球一样在头骨里撞来撞去。每撞一次，能记得的事情就少一件，等大脑完全空掉之后，唯一剩下的感觉，就是饥饿了吧。这种饥饿不会要我的命——因为已经死过一次，但它也永远不会消逝，只会驱使着我去追逐活人，去撕扯血肉。

但今天，我跟老詹姆往岸上走时，他的头颅依旧咯咚咯咚，我的脑袋里却一片安静。我晃了晃，打手势问："你能听到我脑袋里的声音吗？"

老詹姆说："没有。"

我有些忧愁："我是不是生病了呀？"

"我们是丧尸，丧尸一般不怎么感冒发烧。"老詹姆安慰我说，"你放心，可能是你刚刚跑的时候，把脑干从耳朵里甩了出去，所以里面空了，就没声音。"

我这才放下心来，又往身后看了看，波光依旧粼粼，只是暗淡了许多。夜色正降下来，海水在我们腿间缓缓起伏。在一条条海浪间，我并不能找到我的脑干。

"可能被水冲走了吧。"老詹姆说，"也是好事，没了脑子，就没了烦恼。"

我们只得走上岸，打算继续在城市里游荡，就像此前的无数个夜晚一样。但作为我跟你诉说的这个故事的开头，它必然不能平淡如往日，它得出现一些不同寻常的地方。而这个异常，就是我突然站住了，脑袋里有电流蹿过的刺刺声，我说："我想起来我是谁了。"

"看来你真的生病了。"

"我没骗你！"我努力抓着脑袋里的那一丝电光，记忆由模糊变得真切，仿佛从浓雾中飞出来了一只鸟。起初，它只是雾中的一个阴影，现在，它落在了枝头。我打的手势有点颤抖，说，"我我我，我是一个，一个，一个……"但我始终看不清那只鸟的模样，说不出关于我身份的最终答案，"我是一个男人，是一个学生，一个音乐爱好者……但我是谁呢？"

在我纠结的时候，老詹姆一直叼着烟，安静地看着我，腐败的眼球里透着怜悯。因他不能呼吸，烟只能自然燃烧。火光缓缓后移，他的脸上越来越亮。

他慢慢举起手，在幽暗的空气里打着手势，说："如果想不起来，就算了。"

我点点头，说："好吧，我想不起来我的身份，但我记起来我的家在哪里。"

老詹姆疑惑地问："在哪里？"

我带着他，走过满地狼藉的街头，穿过许许多多缓慢走动的丧尸们。他们僵直地游荡着，看到我们，打手势问道："你们吃了吗？"

老詹姆回答说："没有。"

"我们刚才吃了。"

"羡慕你们。"

"但没有吃饱。"他们说，"永远也吃不饱，吃不饱呀吃不饱，饿呀饿。"他们的手整齐地挥舞着，诉说着肚子里的饥饿。如果他们的声带还在，我想，他们会齐声歌唱，唱一整夜。歌词只有一个字，"饿"。

我没有像往常一样成为这个默剧的群演之一，拉着老詹姆，继续穿街过巷。天开始黑的时候，我们走进了一栋大楼，尽量弯曲膝盖，爬了十几层，推开一扇门。我说："我以前住这里。"

夕阳的最后一抹光辉从阳台照进来，落在凌乱的地板上。这个房子不大，八九十平方米的样子，两室一厅。客厅里一片凌乱，弥漫着恶臭，主卧的床也皱巴巴的，次卧的门却关上了。我们推了推，没推开，也就放弃了进去的想法。

"这就是你以前住的地方？很普通嘛，看来你生前也只是个一般人，装修品位也不怎么样。"

我没理他，在屋子里翻找，但没有找到任何跟我有关的东西。正要怀疑是不是这突如其来的记忆欺骗了我，这时，老詹姆从卧室的桌子上拿起一本书，翻了翻，一张照片从书里掉出来。他捡起来，看看我，又看了看照片，说："这男的是不是你？你现在脸上都僵硬了，长得有点变化，但照片上的人跟你很像。"

我凑过去，借着淡淡的斜晖，看到照片上的一对男女。他们站在海边，依偎在一起，很幸福的样子。我眯着眼睛，仔细看了半天，突然激动起来，说："我我我……"

老詹姆把照片跟我对比着看，看了一会儿，点点头："看不出来，你以前还挺帅。"又指着照片上的女孩，"这是谁？"

照片上，女孩比我矮半个头，靠在我怀里。海边斜阳的光在她的笑容里摇曳，她的眼睛也闪闪发光。我仔细看着，关于她的身份却想不起来半点儿。但她的美是毋庸置疑的。我摇了摇头，把照片收起来，对老詹姆说："等我以后想起来了告诉你。"

老詹姆又露出那种怜悯的眼神，看着我说："你不要想起。不管我们曾经是谁，我们现在都是行尸走肉。记忆对我们来说，是另一种病毒，更加有害，比饥饿更让我们痛苦。我想，忘掉我们是谁，是丧尸的一种自保机制，你不要抗拒这种机制，你不要想起。"

老詹姆总是能说出这种有哲理的话。我佩服地说："你生前肯定是个很不一般的人。"

"那是，我应该是个教授，"他说，"或者作家。"

我深以为然，又补充说："也有可能是个烟鬼，得了肺癌那种。"

"你还要待在这里吗？"他打手势问。

"嗯，"我说，"我看看还能不能想起更多。"

老詹姆拍了拍我的肩膀，让我的那道伤口又是一阵酥痒，然后转身出了屋子。不管他生前有多么高贵尊崇的身份，现在，他只能依从本能，在城市的夜里晃来晃去，漫无目的。

我站在空荡荡的客厅里，闭上眼睛回想。但那只穿过浓雾而来的鸟已经振翅而去，想了半个多小时，除了我曾住过这间房子，回忆不起更多。我晃了晃脑袋，轻微的咯咚声和吱呀声响起了。原来我的脑干还在，我欣喜地想着，正要离开，突然愣住了——咯咚声是脑仁在头骨里晃动，那吱呀声是什么呢？

我慢慢转过身子，看向次卧的门。

斜阳沉入海平面，黑暗铺天盖地。在黑暗笼罩这间屋子之前，我看到次卧的门轻轻移开，门后面探出一张女孩的脸，警惕地张望着。

这张脸很熟悉。

半个小时前，我在一张照片上看见过。

2

"哐当！"超市的玻璃门被我和老詹姆砸开。

这间超市曾经的主人是个胖子。城市沦陷之前，他每天坐在收银台后面，只露出一个肥胖的脑袋。我从没见他出来过，仿佛他的身体跟收银台长在了一起。后来丧尸袭击这座城市，胖子老板被咬中了手臂，很快，他的身体开始僵化。但他还是每天站在收银台后面，一旦谁靠近，就露出尖锐的牙齿。直到有一天清晨，我看到他在超市门口徘徊了很久，我晃晃悠悠地走过来，他问我，他为什么要守着这里。我说这是你的家。他摇了摇头，用手势说："活着的时候我忘了，死了我才记起来，我的家在北方。"然后他便一路向北边走去，再也没有回来过。

这间超市就空了下来。

现在，我们踩着碎玻璃走进去，里面空空荡荡的。冷风从货架的另一边吹过来，凉飕飕的。老詹姆打开冰箱，一股腐臭传出，他深吸一口，露出很享受的表情。他从冰箱里捞出一块猪肉，咬了咬，又一口吐出来，说："硬邦邦的，不好吃。"他把臭肉扔下，转身从收银台前拿了几条烟，拆出一支，在嘴里点燃。

我则找了辆推车，穿过一排排货架，来到食品区，边走边把货架上的食物和水扫进推车里。

"我说，你怎么有心情来打劫超市了？"老詹姆走到我面前，边后退边打手势，"这种事，只有人类才会做啊。"

我一手推车，一手扫货，没空与他交流。走过一排货架，推车里都堆满了，我才停下来，说："我想试试别的口味。"

老詹姆摇摇头："这不符合我们丧尸的设定。你是不是昏了头，还是说，你身上的索拉难病毒又变异了？"

"我只是想试一试。"

"如果发现好吃的，记得告诉我。"老詹姆表示理解，顿了顿又补充说，"最近空气里的人味加重了，恐怕是人类幸存者又想来袭击，你要注意，最近很多丧尸被他们抓过去了。"

我一愣："人类抓我们干什么？"

"谁知道？人类的想法太多，我们猜不透的。还是当丧尸好，这么单纯，脑袋里只想一件事，就是咬人。"说完，他把烟揣在兜里，迈着僵直的步伐，走出超市。

等他走后，我推着装满食物和水的小推车，走出超市，穿街上楼，回到了家里。我腿脚的肌腱也硬化了，上楼的时候，只能边爬楼边拉着推车。每上一阶，推车就颠一下，等回到家里，推车里的东西散落了一大半。

但即使只剩下这么少，当吴璜看到它们时，还是露出了惊喜的笑容。

吴璜就是那个藏在我房间里的女孩，也是照片上的女孩。

我第一眼看到她时，肚子里的饥饿感轰然一声，放大了无数倍，席卷全身。我能听到她的心脏在怦怦怦地跳动，像强力的泵，每跳一次，就将新鲜的血液压进身体各处。我也能看到她细瘦的脖子，虽然蒙上尘污，但隐约可见微微凸起的血管，散发着芬芳。

于是，我低吼着扑向她。她惊叫了一声，想挣脱，但别说她了，就算成年男子也无法抵抗丧尸的力气，她最终只能挥舞双手，徒劳地拍打我的肩膀。

就在我将牙齿刺进她脖子前的一瞬间，她打中了我的右肩。那股麻痒的感觉再次出现，脑袋里电流刺刺，鸟从浓雾中振翅而出，照片上依偎的男女历历在目，背景里的海浪缓缓起伏。然后，饥饿感如海水退潮，缩回胃中。

我放开女孩，捂着肩膀后退。她蜷缩进墙脚。

一个丧尸，一个女孩，就这么在幽暗的房间里对视。

"别害怕。"我打着手势，但她眼中依旧布满惊恐，这才意识到她不懂我们丧尸之间的交流方式。我想了想，从破旧的口袋里掏出照片，举在她的脸旁边，然后指了指照片上的我，又指向照片旁边我这张僵硬的脸。

"阿辉？"女孩迟疑着说。

原来我叫这个名字。我有些无奈地想，老詹姆说得没错，我生前的确是个普通人。我把照片放在女孩手里，在手心慢慢写字："你认识我？我们是什么关系？"

女孩攥着照片，长久地看着我。屋子里慢慢暗下来，但她的眼睛闪着幽光，像海面上将逝的点点波纹。过了一会儿，她说："你是阿辉？"

我点点头。

"你都忘了吗？"

我写道："只记得在这间房子里住过。"

她盯着我的脸，说："我叫吴璜，你叫阿辉，我们是一对恋人。你说你要保护我，但你去外面打探消息，就再没回来过。我在这里已经等了半年。"

在她的诉说里，我们的故事非常平淡，是这场末世浩劫里随处可见的生离死别——丧尸潮袭来时，我和她已经囤积好了食物和水，打算躲在房子里，等军队解救。但过了一周，外面毫无动静，于是我跟她说："我去外面看一下，说不定军队已经把丧尸赶走了。"她拉着我的手，不让我出去，我笑了笑，拍拍她的头说："我会回到你身边。我会保护你的。"然后我出门离开，留她像小鹿一样待在黑暗里，就再也没有回来过。这期间，她省吃省喝，但也即将粮尽水竭。就在她陷入绝望之际，我重新出现了，却是以丧尸的身份。

"你放心，我说了会保护你，"我在她的手心里慢慢写着，"就会保护你的。"

吴璜拧开矿泉水瓶盖，将水咕咚灌进嘴里，喝得太急，呛了好几口。

我想拍拍她的后背，但刚一动，她就往后缩了缩。我理解，毕竟人尸有别，便坐回原地，又给她递了一瓶水。

她吃饱喝足后，抹了抹嘴，长舒口气，对我说："谢谢你。"

我拿起笔，在纸上歪歪斜斜地写道："没关系，反正我不吃这些东西。"

"那你吃什么？"她下意识问。

我没有回答。她从沉默中读出了我的答案，于是，沉默加倍了。风吹进来，纸屑在地板上摩挲，沙沙声格外响。

"但我不会伤害你。"我把这几个字写得很大。

她点点头，说："你跟他们好像不一样。其他丧尸不会思考，如果是他们，一见到我就会把我吃掉。你还会帮我。"

其实丧尸不但有一套专用的交流手势，还都会思考，而且比人类探索得更深。试想，当一个人有着无尽的欲望，却只能每天无所事事地游荡，那他注定了会成为一个哲学家。只是记忆太短，而饥饿感又太强烈，一闻到人类的气息，饥饿就会驱使我们向着血肉追逐，无暇将思考所得付诸笔端——再说了，就算写出来，又有谁会看呢？

但要跟她解释这些，要写好多字，太过麻烦。所以最终我只是点了点头，然后写："我也不太清楚，可能我是一个特立独行的丧尸吧。"

"你真的什么都不记得了吗？"她又问一遍。

"嗯，我的脑仁都萎缩了。"我说，"不过你可以告诉我。我想听以前的事情。"

吴璜脸上露出追忆的神色，有点惘然，说："我们是在大学里认识的。我们都学医，但你比我高一级，在学院的迎新晚会上，你第一次见到我。我在舞台上跳了一支舞，我不是主角，主角是一个高个子腿很长的学姐，但你看到了我，鼓起勇气到后台找我要联系方式。然后整个大学阶段，我们经常见面，但一直没有在一起。后来我读研究生，你辞了大医院的工作，在我学校旁边的小诊所里上班，我才知道你的心意……春天的时候，我们会出去郊游，你不会开车，就骑自行车载我，可以骑很久很久……"

她的声音在小小的房间里回荡，每一个字都像是蜂鸟一样，在我已经僵化的耳膜上回荡。我边听边遐想，她述说的内容格外陌生，仿佛是另一个人。我有些悲伤——的确，在被咬中的那一刻，我就死去，成了另一个人。我现在徘徊在死亡之河的另一岸，听着河流彼端的往事，已经不再真切了。

但我喜欢听。

接下来很多日子，我都没有在城市里晃荡，而是待在屋子里，听吴璜说起从前的事情。她的声音逐渐将"阿辉"这个形象勾勒得清晰，让我得以看到我在彼岸的模样。有时听着听着，我会扯动嘴角僵硬的肌肉，露出微笑的表情。

当然，偶尔我也会下楼，去帮吴璜收集新的食物。城里超市很多，不费什么工夫就能找到，只是碰到其他丧尸，难免要撒个谎，尤其是对老詹姆。

"你怎么还在吃这些垃圾食品？"有一次，老詹姆拦在我面前，两手比画，"垃圾食品对身体不好，你要少吃一点。"

"抽烟也有害身体健康，你少吸点。"

"我又不过肺，不会得肺癌的，"他说，"我的肺早就烂掉了嘛。"

我们对视一眼，都笑了。不同的是，他摆摆手，用手势表达微笑，我却下意识扬起嘴角。

"咦，你还会笑，我们脸上的肌肉不是坏死了吗？"他惊异地看着我，手指连画，"别说，你的脸色看起来也比我们亮一些，垃圾食品真的这么好？"

他从推车里抓起几包薯片，放进嘴里干嚼，碎屑从他脸颊的破洞里漏出来，纷纷洒洒。"不好吃嘛。"他比画着，抬起头，天边雷声轰轰，一场大雨即将落下，"快下雨了，是春雨呀。"说完就拖着步子走开了。

其他丧尸就好应付多了，只是打个招呼。他们永远在用手势述说着自己的饥饿。说起来也奇怪，认识吴瑾之后，长期以来折磨我的饥饿感，这一阵都蛰伏着，如拔了牙的毒蛇。"看来你在哪里吃饱了。"他们说着，表示羡慕。我发现，他们的动作比以前慢得多，可能大雨将至，空气里潮气很重，犹如凝胶。当然也可能是因为太久没有狩猎了，身体变得更加僵硬。

不过这不关我的事，雨天令人不安，我更担心独自留在家里的吴瑾。

刚进楼，滂沱大雨就唰唰落下，闪电不时撕扯夜空。电光亮起时，一栋栋高楼露出巨大而沉默的身影，如同远古兽类，很快又躲进黑暗里。丧尸们不再游荡，纷纷躲在屋檐下，呆呆地看着雨幕。我们当然不怕淋雨感冒，但雨水会冲刷掉我们身上的泥土和血迹，还有伤口里复杂的菌群。这就有点儿难受了。就像老詹姆说的，这不符合我们的设定，试想，谁会接受一个干干净净眉清目秀的丧尸？

今晚的吴瑾有些反常，食物和水没怎么吃，一直盯着外面发呆。

"怎么了？"

她目光从纸上移开，盯着窗外的雨，突然说："我身上很脏，我想洗澡。"

她已经在房子里待了半年，吃喝拉撒都在狭小的空间，身上满是脏污，充斥着异味。虽然我并不介意，但她始终是个女孩子。我想了想，说："我去给你多找点矿泉水来，你可以洗。"

她却指了指窗外大雨："我想出去，在雨中洗。"

"那太危险了！"我着急地说。难以想象，要是其他丧尸看到她，会怎样疯狂地朝她蜂拥咬来。

"你会保护我的，不是吗？"她看着我，闪电落下，她的眼睛里光辉熠熠。

在这样目光的注视下，我有些不自然，幸亏脸上血管干枯，否则看起来一定很红。我想起我的确说过要保护她，但食言了半年。我无法再拒绝。

"那就去天台吧。"我想了想，写道。大雨滂沱，会掩盖人类的气息，而丧尸们又不愿意爬楼，应该看不到天台。

我们爬到楼顶，推开天台的门，走进雨里。雨水在我身上流淌，流进右肩的伤口里，麻痒感更加剧烈了，像是有什么东西正在伤口里挣扎，撑开。但我顾不得这道伤口，睁大眼睛，看着雨幕中的吴璜。

她仰着头，一头黑发如瀑，脸庞在雨水冲刷下变得白皙。她似乎仍不满足，解开了衣服，半年来积累的污迹融化，原本雪白的肤色显露出来。她有着这样美好的身体，骨骼微微凸现，皮肤下血肉充盈，水流滑过的，是一道道美丽的曲线。

成为丧尸以后，我就对人类失去了审美，肉体只分为能吃和不能吃。但现在，我知道了自己是多么丑陋。一股不同于饥饿的欲望在我身体里蓬勃着，我微微颤抖，牙齿龇出——这不是我的错，谁叫她如此鲜活而我又如此干涸，谁让她如此饱满而我又如此饥饿？但我刚要迈步，肩上疼痒复发，压住了这股欲望。

一道闪电照下，她的身体被照亮。那一瞬间，她也发出了光，照进我枯萎的视网膜中。接下来的日子里，这道光再未被抹去。

洗干净后，她哆哆嗦嗦地跑过来，回到家里。我给她找出干衣服换上，她的头发湿答答地垂在颊边。"谢谢你，"她一边用衣布擦着头发，一边说，"现在舒服多了。"

我正要写字回复，房门突然被敲响。

吴璜脸上的笑容凝固了。

"你先进卧室，"我慢慢在纸上写，"关好门。"

她拿起自己的衣服，轻手轻脚走进卧室，把门合上。我先把窗子打开，让风雨透进，再过去开门，门外露出老詹姆的脸。

"你来做什么？"我问。

他刚抬起手，鼻子突然抽动了一下。丧尸虽然不需要呼吸，但嗅觉依旧灵敏，尤其是对生人的气息。他走进房子里，左右四顾，脸上逐渐癫狂。我拦在他面前，再次问："怎么了？"

"你屋子里，好像有……"他比画到这里，窗外突然火光一亮，随之而来的还有轰鸣巨响。我开始以为是闪电，但屋子的震动否定了这个猜想。这声响也让老詹姆清醒过来，拉着我说，"人类又来进攻了！"

3

在丧尸群里冲锋时，虽然表情狰狞，龇牙怒目，但心里其实很木然，甚至有点无聊。饥饿感驱使着我向那些血肉之躯追逐，理智却是抗拒的。不过理智在欲望面前，往往不堪一击，所以只能用来思考一些其他的事情。

比如，这是人类的第几次进攻？

城市沦陷之后，丧尸布满大街小巷，每隔一阵，人类都会来进攻。当然，结局往往是丢下更多的尸体，有些成了我们的食物，有些成了我们的同类。

但今天有点意外。

人类出动了重型武器。战机如枭鸟一样掠过雨幕，丢下一枚枚炮弹，火焰如花般绽开，而被气浪掀起的丧尸，组成了燃烧的花瓣；坦克布成一排战线，轰隆隆前行，炮口不断地吐出火光，把冲锋的丧尸撕扯成残肢碎体；士兵们持枪拿盾，喷吐的火舌几乎串成了一条线，照亮了街道……总而言之，今夜的人类，有点儿猛。

"他们今天怎么了？"老詹姆在旁边跑着，嘴里咆哮，表情狰狞，眼睛里却满是困惑，冲我打手势问道。

"不知道啊，"我边跑边回复，"可能是孤注一掷，绝地反击吧。"

"真让人感动，像是好莱坞大片结局的时候，就是不知道主角是谁，我想过去跟他打个招呼。"

"可惜我们不是观众，也没有站在布拉德·皮特 ① 那一边。"

老詹姆一把撞开警盾，从人堆里抓出一个瘦弱的男子，咬住他的喉咙，然后扔到一边。"说起来，好久没看电影了，"他继续撞着警盾，回头冲我说，"你说我长得这么帅，生前会不会是个演员？"

"不是教授或者作家吗？"

"还是演员好，教书能挣几个钱？写书就更别说了。"

就在我们一边凭本能冲杀，一边凭本性聊着白烂话题的时候，那个被咬的瘦弱男子从地上爬了起来，身体略有些僵硬，也冲向人堆。他的眼睛一片血红，龇着牙齿，喉咙伤口流出的血已经变黑，很快就凝固了。

"你们好，我是新来的，"他打着手势，友好地向我问道，"这边有什么规矩吗？"

"不要去撞枪——"我提醒道，但"口"的手势还没打完，一架加

① 布拉德·皮特，好莱坞著名演员，主演过科幻大片《僵尸世界大战》，带领人类，战胜了席卷全球的丧尸们。

特林机枪的炮口就扫中了他，大口径子弹以及携带的巨大势能，将他撕成两片。

正杀得难解难分时，人类阵营里站出一个魁梧的中年军官，浑身被雨水淋透，脸上却满是坚毅。他挥了挥手，军队中立刻扔出一些拳头大的气罐，落地后喷出大量紫色气体。

我正疑惑，周围的丧尸们闻到气体，动作突然变得缓慢。仿佛空气密度一瞬间增大，挡住了他们。

"罗博士的研究果然起作用了！"人类阵营里爆发出振奋的声音，"杀了这群魔鬼！"

魔鬼？也许他们忘了，我们曾经也是他们的朋友、邻居或亲人。病毒把我们拉到了黄泉之河的另一岸，但病毒并不是我们研发的。

当然，丧尸没办法跟他们解释这些。我们能做的事情，就是继续往人堆里冲，但周围很多丧尸的动作变慢了，使得人类炮火的命中率大大提高。

丧尸潮一下子被遏制住。

"希望就在今夜，就在这正义的雨幕之中！"军官拿着喇叭高声喊道，"我们研究的药剂奏效了，从此以后，人类在这场战争里将不再处于弱势！杀吧，把你们的愤怒和炮火就向丧尸们倾泻过去，今晚，我们要收复这座城市，让文明重新降临世界！"说完，喇叭里播放出雄壮激昂的音乐，如同战鼓，引导着人类向我们开火。

老詹姆点点头，冲我打手势道："看来这一位就是人类的主角了。"

"是啊，连背景音乐都有。"我说，"在电影里，出现这种背景乐的话，一般都到了大结局，主角要赢了的时候。"

"赢了也好。我们这种群演，也该收工了。"

话没说完，军官脚底打滑，从战车上摔下来。一个丧尸正好扑过去，咬中了他的手臂。很快，军官再爬起来，红着眼，扑过去咬他的副官，被副官一下子轰开脑袋。

我和老詹姆面面相觑，彼此都有些尴尬。

"布拉德·皮特"一死，人类就乱了阵脚。加上丧尸实在太多，哪怕动作变得迟缓，也如潮如浪，一拨接一拨。天快亮的时候，雨也停了，人类开始整齐地撤退，丧尸们追了过去，撕咬一阵，距离就拉开了。

"人类真是善良的物种，"老詹姆看着满地狼藉的战场，脸上有种丰收的喜悦，"定期给我们送粮食过来。"

人类撤退后，新鲜血液的气息散开，我的饥饿感顿时焉了，对满地血肉也失去了兴趣。取而代之的，是来自肩膀的麻痒，仿佛有小虫子在那道伤口里噬咬着。"怎么回事？"我挠了挠，麻痒的感觉更加强烈。

"对了，"老詹姆没有留意到我的困惑，想起了另外一件事，"为什么人类释放了那种紫色气体，他们的动作就变慢了呢？"

"可能是……一种新型武器吧。"

"但我们俩为什么没有影响？"

我想了想，说："不知道，说不定人类在谋划什么，可能是大招。"

老詹姆点点头，说："希望吧。每次人类撤退的时候，都留下这么多尸体，人类越来越少，万一哪天我们真的赢了怎么办？万一这颗星球上布满丧尸，没有活人了，那——"

"你放心，"我安慰道，"那样就违反了影视剧创作规律，是不会发生的。"

"也是，在所有的故事里，我们都会被消灭，只是早和晚的区别。"

回到家，吴璜好奇地问我发生了什么。

此前人类进攻的规模都不大，她又一直胆战心惊地躲在房间里，所以从不知道人类会试图收复城市。甚至，在她的想象中，整个世界已经全部沦陷，她是唯一没被感染的人类。而她没有被绝望杀死，活下去的动力，就是我离开之前对她说的话——

"我会回到你身边。我会保护你的。"

原来我生前能说出这么厉害的话，试想，哪个女孩子听到这句话不感动？连我自己听到了，心里都微微发颤。

吴璜见我发呆，又问一遍。

我回过神，连忙跟她讲了人类进攻的事情。

听完之后，她若有所思地点点头，晨曦中，她的眉头微微皱起，像是春天里长满绿草的山丘。这种情绪一直影响着她，后来她跟我讲以前的事情时，也有些心不在焉。我想她整夜担惊受怕，应该是累了，就让她休息，自己下楼回到了街上。

经过一夜的战斗，城市里更加狼藉，但对丧尸来说，一切都没有区别。血液干涸后，我们不再受饥饿驱使，继续无所事事地在街上闲逛。

太阳从高楼间探出头，微红的光斜照而来，像洒下了脂粉，将大街小巷都染得晕红。我们仰着脑袋，看向朝阳。

"真美啊。"我说，"让我想起了一句诗，'日出江花红胜火'。"

"是啊，像是一张天边的山水画，有一种毕加索印象派的风格，让我想起了著名绘画《日出·印象》。"老詹姆跟着打手势说。

旁边一个少了一只手的丧尸艰难地比画道："我记得，毕加索好像是画油画的吧?"

"而且《日出·印象》,应该是莫奈的作品。"另一个脑袋被炸飞半边的丧尸想了想,慢慢挥舞手臂,说,"毕加索是现代派,我记得以前上艺术史的时候学过。"

就在他们讨论艺术的时候,我沐浴在朝霞中,肩上的异物感又出现了,而且比之前更加强烈。我正要伸手去摸,老詹姆从我身后绕过来,惊讶地打着手势:"你看你肩膀后面,长了一朵花!"

半脑丧尸找来镜子,和独臂丧尸一前一后,对照给我看——我右肩的伤口依然裂开着,灰白脏污,但在腐烂的肉缝间,居然颤巍巍地长出了三片绿叶,以及一朵花苞。

两片叶子只有指甲盖大小,簇拥着淡蓝色的花苞。花苞还未开放,像沉睡的婴儿。但可以看到最外面的花片上,隐隐有几丝血色的脉络。它们都连在一根细茎上,而细茎扎进伤口裂缝,可以想见,它的根须正在我肩上的腐肉里缠绕缩紧。

"哇,丧尸的身体居然还能孕育生命?"独臂丧尸非常兴奋,"这是大自然的奇迹!"

半脑丧尸也说道:"看样子,应该你的肩膀被划伤时,种子恰好落到了你的肉里。我们是丧尸,伤口不会愈合,腐肉正好提供了营养,而昨晚下雨又落进了水分,让它生根发芽,并且开花了。种子的生命力很强,我记得以前上生物课的时候学过。"

独臂丧尸说:"你怎么懂这么多?"

半脑丧尸说:"因为我以前是写科幻小说的,要查很多资料,所以都涉猎一点。我的笔名叫阿……阿什么来着?"

独臂丧尸说:"阿西莫夫?"

半脑丧尸刚要高兴，又觉得哪里不对，犹豫着比画："我记得好像是两个字……"

老詹姆见他们越扯越远，连忙打住，问："你们认得出来这是什么花吗？"

两个丧尸看了半天，摇摇头，认不出来。他们携手离开，边走边讨论艺术和文学。

老詹姆说："这些天你肩上不舒服，多半就是因为这个，要我给你拔下来吗？"

我连忙拒绝："既然这是生命的奇迹，又是生物学的胜利，那我应该珍惜。我要养着这朵花，等它开放，看它结出什么果。"说着，我继续站在街上，让肩膀冲着太阳。

绿叶在微风中招展，蓝色花苞在阳光里轻轻晃荡。

晒到了晚上，我又去屋檐下给它滴了几滴水，这才小心翼翼地往家里走。我迫不及待地想跟吴璜分享这件事。在死得不能再死的丧尸身上，能长出花来，这是生命和死亡的较量，有一种残酷腐败又坚韧的美感。

但我还没来得及写，她就一把抓住我，满脸兴奋。

"我要离开这里，"她急切地说，"我要回到人类中去！"

4

我和老詹姆在海边徘徊，不远处，空荡荡的小船起伏。

一颗石子被我踢起来，咕噜滚动着，跳进海里。粼粼海面上冒起一个水泡，随即被波浪淹没。我看了一会儿，又踢了一块小石头下去，老詹姆见状，也踢了一脚，他的石子落海比我远。我不服气，下一脚加大了力气。他好胜心也起来了，一脚大力迈出，却踢到了台阶，咔嚓一声，应该是趾骨折了。

他皱了皱眉头，掏出烟点着，烟头火光明灭。

"你说，爱情是什么东西？"我突然问。

老詹姆显然愣住了，说："你今天这个话题有点生猛啊，果然是春天到了。"

"那你说，丧尸会有爱情吗？"

"应该没有吧，"老詹姆指了指不远处一个来回走动的女性丧尸，"你会对这个女丧尸有兴趣吗？"

我瞧过去，那个女丧尸身段玲珑，腰细腿长，生前肯定是无数人追逐的对象。但她现在浑身灰暗，左眼眼珠脱眶垂下，下巴掉了一半，长腿上满是伤痕。我摇了摇头，说："没有兴趣，"想了想，又补充道，"不是我没有兴趣，我是帮我一个朋友问的，他最近有爱情方面的困扰。"

"咦，'我有一个朋友'，这个开头好熟悉……这好像是一个什么梗……"老詹姆使劲想了想，却回忆不起来，摆摆手说，"总之爱情通常需要两个人，那你看，你这个朋友对女丧尸都没有兴趣，爱情从何而来？"

"要是我这个朋友喜欢的不是丧尸，而是人类呢？"我小心翼翼地说。

他长久注视着我，烟头闪闪发光，眼睛幽幽发亮。在这三点光亮之间，我看到了答案。我做出叹息的手势，无奈道："那我跟我这个朋友转达一下，劝他放弃。"

"是啊，连丧尸都瞧不上丧尸，更别说人类了。"老詹姆点头，"而且人类和丧尸之间，不仅仅是物种隔离的问题，是一碰到就要互相杀死的矛盾。"

我脑子里灵光一现，说："即使那个女孩不喜欢我这位朋友，但只要他们能在一起，不分开，是不是也是一种幸福？"

老詹姆摇头："你错了，爱是成全，不是囚禁。幸福是自由，不是一厢情愿。如果你的朋友不能使女孩爱上他，那他只有一个办法。"

"什么办法？"

"吃掉她呀。"老詹姆摆摆手，一副理所当然的样子。

"有没有不那么丧尸风格的解决办法？"

老詹姆沉默了一会儿，说："那就送她离开，让她去追寻自己的幸福，因为爱是成全，不是囚禁，幸福是……"

我打断他的话，独自站在晚风中沉思。面前的大海逐渐隐入黑暗，风变冷了，潮水起伏，小船逐渐与海浪融为一体。

是夜，雨后天晴，明月悬空。

走出楼道口的时候，我抬头看了一眼，月亮悬垂在两栋高楼之间，洒下清辉。我转头看着身边的吴璜，她被月光照着，有些发抖。因此，她脸上那些粘上去的腐烂皮肤、坏死眼球和枯萎头发，也跟着在抖动。

"没关系的，"我抓着她，在她手心里写道，"不要害怕，学着我的步伐走，呼吸尽量放慢。"

她仍旧紧张，说："我——"又连忙闭嘴，改成在我手上写字，"我们能成功吗？"

"放心吧，一定可以的。"

她深吸一口气，然后皱着眉缓缓吐出。我知道，她身上涂满了气味浓烈的中药药剂，直接吸进鼻子里，肯定也不好受。但事已至此，没有转圜余地了，我往前迈一步，她也跟上来，学着我僵硬的步调，拖着腿走上街道。

街上站满了丧尸，正呆滞地走动着。我们一出现，就引起了一阵无声的骚动——尽管中药遍体，但也不能完全压制住吴璜的气息。但好在刺激浓烈的药味在街上弥漫，丧尸们一时也分辨不出人的气息从何而来。他们伸着鼻子，缓缓转动，我和吴璜小心地从他们中间走过去。

"哎，你闻到什么了吗？"一个丧尸冲我比画，"似乎有人类的味道……"

我回道："应该是昨晚人类进攻留下来的吧。"

"不至于呀，该死的都死了，不该死的都成丧尸了。哪里会有活人呢？"他挠着头，满脸迷茫。

我不再理他，继续往街道尽头走。吴璜亦步亦趋地跟着。我们从一个个疑虑重重的丧尸间穿过，缓慢，但很顺利。走了快一个小时后，空气里腥咸味加重，我顿时振奋起来——只要走到海滨大道，沿着路往前，就会很快进入一大片湿地红树林，那里丧尸就会少很多。而穿过红树林，就是人类的营地，是吴璜这一趟冒险的终点。

我悄悄瞥向她，满面血污和腐肉的掩盖下，她的表情也不再那么紧张。

这时，一只手拍了拍我的肩膀。

我回过身，先是看到一个点燃的烟头，红光后面，是老詹姆的脸。

"你去哪里？"他问道。

他拍的正是我的右肩，我灵光一现，说："我晒一晒这朵花。"

"晒花不是在白天吗？而且月光晒什么，这又不是夜来香。不过它长得好快啊，恐怕这几天就要开了。"

我扭过头，从这个角度已经可以看到小花苞颤颤巍巍地探了出来，快到我耳朵的高度了。这朵花确实比一般植物的生长速度快许多，不过也可能是我身上营养丰富。这么想着，我不知道是该得意还是该无奈。

见我不答，老詹姆接着问道："对了，我想起来，你那位朋友的爱情怎么样了？"

我突然有些伤感，说："他听了你的建议，也认为爱是成全，不是囚禁，幸福是自由，不是一厢情愿。所以他决定放手，让那个女孩去追求爱和幸福。"

老詹姆摆了摆手，说："嗨，我其实都是瞎说的，真正爱她，那就追求她，一不要脸，二不要命。我们丧尸既没有脸皮，也没有生命，简直是为这句话而生的。"

我慢慢打着手势："那你他妈怎么不早说？"

"哲理嘛，都是因人而异的。"

事已至此，我也无法回头，三言两语打发了老詹姆，继续向滨海大道走去。沙滩上的丧尸们并不多，远处的红树林如一片荫翳，这见鬼的一夜终于快到头了。见我摆脱了老詹姆，吴璜悬着的心也放了下来，长舒口气。

我眼皮一跳，想要阻止，却已经来不及了。

她的嘴唇微微嘟起，吐出漫长的气息。

老詹姆鼻子抽动，在浓浓的中药气息中，嗅到了她的呼吸。他的喉咙发出咕咕怪声，脸上僵硬的肉抽动起来，变得狰狞。这副模样我太熟悉了，一步跨过去，把吴璜推开——下一瞬，老詹姆就扑到了我身上。

"快跑！"我无法写字，但眼睛狠狠地看过去，吴璜也瞬间明白了我的意思，大步往红树林跑去。她一动，所有的丧尸们都闻到了活人的气息，仿佛一场瘟疫在传染，他们躁动着，手脚并用，向吴璜包围过来。

去往红树林的路上，被丧尸堵满了。吴璜停下来，绝望地回首看我。

我把老詹姆推开，左右四顾，一下子看到了海滩上那条载沉载浮的人力船。丧尸不会游泳，我想着，立刻拉住吴璜的手，向海边跑去。

四周响起的脚步声汇聚在一起，盖过了海潮。那些刚才还木讷闲散的脸上，此时都换成了疯狂，如果吴璜被他们抓到，恐怕只一瞬间就会成为碎片。这样想着，我加快了脚步，吴璜几乎是被拉着跑了。踏上台阶时，她摔了个趔趄，小腿在台上磕出了血。

血腥味被海风裹挟，四下吹散，丧尸们如同被注射了兴奋剂。他们前赴后继，不断有人摔倒，后面立刻有丧尸踩踏上来，再摔倒，又被更后面的丧尸踩住……很快，他们组成了两米高的尸潮，向我们滚涌而来。

老实说，在闻到血腥味的一瞬间，我也产生了动摇。但肩上的花在招展，牵着的手格外温润，饥饿感只涌上了一瞬间，旋即被压制住。

在被尸潮淹没前，我一把扯开了拴着人力船的细绳，带着吴璜跳了上去。小船只能容两三人，一跳而下，差点侧翻。身后，尸潮滚落，溅起水浪，正好推动小船向海里荡去。我抓起船桨，对准靠得最近的一个丧尸狠狠砸下，借力再把船撑动。砸了之后我才看清，这个倒霉丧尸正是老詹姆，他手里比画了一下："你就不能砸别人吗？"又继续狰狞着冲上来，但立刻被后面的丧尸压进水里。

我知道他心里是不愿意来阻止我的，其他丧尸也如此，但他们的身体被饥饿攥住了，不由自己。我看到老詹姆从尸潮里重新钻出，张开黑牙，奋力来咬我，但他的手势却是："哎呀，我就知道你那个朋友就是你自己。"

另一个冲到最前面的丧尸咬住了船板，被我一桨砸开，沉进水里之前，他用手势说道："你要离开我们了吗？"

"快划，划深一些，我们就抓不住你了。"一个丧尸张牙舞爪扑过来，手指却比画出这样的意思。

"你是为了这个女孩离开我们吗？"

"希望你幸福。"

"啊，好险，刚刚差点抓到船板了。"

"水里好凉呀。"

……

我和吴璜把船撑到离岸二十几米外的地方，尸潮才逐渐被海水吞噬，势头减缓，后续冲过来的丧尸都沉到了海里。我们再划了十几米，回头去看，只见海面上立着一片密密麻麻的丧尸脑袋，凶狠地看着我，但他们努力将手抬出水面，手指由内而外甩动着。

吴璜精疲力竭，气喘吁吁地靠在船板上。我继续划桨，确定丧尸们彻底追不上来之后，才转身抬着手，手指甩动。

"你们在干什么？"

我拉过她的手，在她掌心里慢慢写道："在道别。"

5

经过了担惊受怕和亡命奔逃，吴璜很快就感觉到体力不支，蜷缩在狭小的船舱里，沉沉睡去。我怕她着凉，找了件衣服，小心盖在她身上。她已经洗净了丧尸的伪装，这样睡去的模样，像是某种小动物。小船微微晃动，仿佛摇篮，她在睡梦中露出了一抹浅笑。这是我认识她这么久以来，第一次见到她笑。

我看了许久，抬起头，猛然见到一轮巨大的圆月垂在海面上。

我从没见过这么大的月亮，快要占据我视野的一半，而且它垂得这么低，仿佛伸手就能摸到。月光亮得出奇，落在海面，被波浪揉成星星点点；另一部分月光落在我身上，我上身赤裸，月辉如同水流，在僵硬腐烂的身体上流淌。我看看吴璜的侧脸，再低头看着自己的身体，美好与丑恶的区别如此明晰地被月亮照出来。我不禁沮丧，但好在我身上还有一朵花，可以勉强扳回一局。我看向肩膀，不知是不是错觉，肩上的肉竟然隐约有一丝鲜红的血色。

正要细看时，船旁的水面哗啦一声，一个脑袋挣扎着冒了出来。

"老詹姆？"我大惊，向他打着手势。

老詹姆在水里扑腾着，有气无力的样子。我警惕地往四周看，见跟上来的只有他一个人，才放下心来。水花声把吴璜吵醒，看到老詹姆，她又惊又害怕，但看了一会儿，突然说："他好像被绳子给缠住了。"

我这才看清，原来是我划船逃离时，船尾的绳子正好缠上了老詹姆的双臂，将他拖进海水里。他手臂被捆，无法拉扯绳子上浮，加上血肉僵化，很快就沉进水里去了。但丧尸的生存并不依赖于呼吸，所以他一直没死，刚刚凭借最后的力气转动身体，让绳子一圈一圈地缠在腰上，这才浮出水面。

但他也等于将自己捆成了粽子，只有头能动，恶狠狠地盯着吴璜。

吴璜现在不再害怕，哼了一声，伸手去解船尾的绳扣。

我犹豫一下，伸手拦住了她。

"你解开绳子，他就会沉下去，"我在她手中写字，"海底辨不清方向，他可能成为鱼食，会死的。"

"他是丧尸，已经死了。"她顿了顿，声音变低，"对不起，我不是说你……你跟他们不一样……"

我沉默了一会儿，说："他是我的朋友。"

"那怎么办呢？总不能把他拉到船上来吧，船这么小，而且他肯定要咬我。"

我一拍脑门："既然这样……"

几分钟以后，老詹姆身上的绳子被打了死结，捆在船侧，身体与船平行。他被绳子吊着，没有沉进海里，刚好能仰面漂浮。他的鼻子浮出来时，能闻到吴璜的气息，所以他的表情依旧凶恶。

"丧尸的生命真是神奇，这样都能维持生命，要是人类，早被淹死了。"

我在她手里写下了"病毒"两个字。

她点点头："是病毒改造了你们的身体，让你们的细胞产生变异，不再需要氧气，就像厌氧菌一样。"随即，她又陷入了思索，"但奇怪的是，既然不需要有氧环境，为什么病毒会对血肉产生亲和性，让丧尸见人就咬呢？还有，既然不能尽量有氧供能，你们行动的能量从哪里来呢……难道是光合作用？可是你们身上没有叶绿体呀。"

她说的话我大多都听不懂，但听到最后一句，我高兴地耸了耸肩膀，写道："叶绿体，我有叶绿体。"

她凑过来，看着我肩上长出来的花苞，脸上表情变换。看了许久，她问起这朵花的来历，我想起那个独臂丧尸的话，回答道："有一次在追活人时，肩膀被树枝划开了，可能种子就落进去了吧。"

"我不认识这种花，"借着月光，她再次端详，摇摇头道，"但我学的是中医，又在这座城里长大，可以肯定，这不是本地的物种。"

我顿时高兴起来，说："那我要好好养着它，等它开花结果，到时候就知道这是什么花了。"

吴璜看着我："阿辉，你真是个与众不同的……丧尸。"

正说着，船侧传来一阵水花声，我凑下去一看，是老詹姆在挣扎。他瞪着吴璜，十分狰狞，但他被捆在腰间的手，慢慢划动，用别扭的手势说道："是啊，他一直是个与众不同的丧尸，所以才会喜欢你。"

吴璜已经知道了丧尸之间有独特的手语，见状问道："他在说什么？"

我连忙写："他夸你很漂亮。"

"他不是要吃我吗？"

我解释道："是病毒要吃你，我们的身体虽然每次都去咬人，但心里其实还是不愿意的。不过也没有办法，病毒太强大了，所以我们只能一边咬人，一边用手势交流。"

"那谢谢你的夸奖。"吴璜冲老詹姆说，后者以低声的咆哮回应。她又看向我，说，"你们的手势跟人类手语不一样，吃饭怎么表达？"

我用右手拍拍左胸。

"那走路呢？"

我双掌合十，拍了三下。

"撒谎呢？"

我用右手中指按着太阳穴，揉了一圈，又在她手心上解释道："如果一直说谎，手就不放下来。"

吴璜皱起眉头："奇怪，这种语言既不是基于哪种已知语系，也不是出自生活经验……这么说起来，虽然你们变成丧尸，声带僵化了，但并没有忘记文字和语言，甚至还有自己的交流方式。还不用呼吸，体力也大了很多。要不是丧尸喜欢咬人，简直就是人类进化的高阶版。"

我还没有想过这个问题，闻言沉思一阵，慢慢写道："但我还是想当回人类，继续跟你在一起，真正保护你。"

吴璜脸上泛起红晕，一副欲言又止的模样，但最终还是保持沉默，别过头。

月轮垂得更低，像一个巨大的橙黄的玉盘，盘底边缘已经插入了海面。小船随浪起伏，驶入明月当中。吴璜侧身坐着，从我的角度看，她逆隐在光晕里，样貌模糊而轮廓清晰。这个晚上，她只是一张被月光裁出来的剪影，轻轻地贴在月亮上。

天快亮的时候，我四下环顾，周围一片幽暗，都是茫茫海水。

糟糕，迷路了。我着急起来，拉起吴璜的手臂，想给她写字。但一拉过来，就觉察她体温高得异常，再看她的脸，脸颊通红，嘴唇颤抖，眼睛紧紧闭上。

昨晚连续惊吓，加上海水湿衫，她瘦弱的身子终于熬不住，发起了高烧。

怎么办，怎么办？茫茫大海，无着无落，没有任何人可以帮忙。我站起来，转来转去，一没留神，跌进海里。

老詹姆在海水里漂浮着，一些小鱼群正在围着他啄食，我跌下来，把鱼群惊散了。下沉之前，我一把抓住老詹姆，爬上了船，再回头，发现老詹姆已经泡得发白，身上腐烂的地方都被啄干净了，只留下巨大的创口。

"你再不把我拉上去，"他的手指慢慢划动，"我就只剩下骨架了。"

我连忙把他拉上船，绳子却没有解开。他躺在船尾，贪婪地看着船头的吴璜，手上却比画道："她好像发烧了。"

"我知道。"

"如果不及时治疗，她会死的。"

"现在没有药也没有医生，你知道怎么救吗？"

"我知道啊，不需要药物也不需要大夫，有一个很好的救她的办法。"

我大喜过望，连忙比画："什么办法？"

老詹姆缓缓道："趁她还没死，咬破她的血管，让她感染成丧尸。这样她就不会死了。"

"也不会活着了。"我一屁股坐在船舱，缓缓道。

"但至少跟我们是同类了，你们可以天长地久地在一起。"

"你说过，爱是成全，不是——"

"你就当我的嘴巴是肛门，说的都是屁，你怎么就当真了呢！"

我看着吴璜，她的面孔隐在黎明前最深沉的黑暗里，但我依旧能记起她的姣好。不，她不能变成丧尸，而且我对她有承诺，保护尚且没有做到，更不能伤害了。

老詹姆看出我的犹豫，顿了顿，再次移动手指："既然这个上上之选你不用，那就只能用下下之策了。"

我木然地看着他。

"往岸边划去吧，带她去人类阵营，那边会有药物。"

我摇头比画："别讽刺了，现在海岸在那个方向都不知道，怎么划回去？"

老詹姆努力伸着脖子，他下巴所指的方向，有一颗星星正一闪一闪。那是黑暗里唯一的光亮。"这是启明星，这个季节出现，是在南方。我们要划回岸边，是在西边，你对照着它划就行。"

我大喜："你怎么不早说！"

"因为我还不想死在人类手里，"他慢吞吞地说，"真正的死。"

的确，如果送吴璜回人类营地，人类要做的第一件事并不是救她，而是杀了我和老詹姆。这个结果我想过，但依旧决定送她离开。我沉默了一会儿，对老詹姆说："死亡，是我们最终的结局。而她还有很长的路要走。"

他的手指动了动，却没表达任何含义，又收拢起来。

我向西边划桨，小船逐渐向岸靠近。天光微亮，远处能看到一大片郁郁葱葱的黑影，应该是红树林。我担心岸边还有丧尸，没有直接上岸，而是加劲再划，绕开红树林，向滨海大道的尽头驶去。朝阳从我们背后升起来。

"再往前，就是人类的势力范围了。"老詹姆说，"你还记得上次人类又来进攻，我们越过那个山坡，一路追过去，冲向人类吗？"

我划着桨，没空回他。

他接着说："你肩上的伤口就是那时候留下的。我们那么多丧尸一起冲，都被人类挡回来了，现在只有我们俩——哦不，我被绑住了，只有你一个，你觉得你能把她送到人类手里吗？"

这个问题也是我所困扰的。人类害怕被咬，一看到我，隔老远就会乱枪齐发，将我打成筛子。但也没有更好的办法了，只能走一步看一步。

小船绕过红树林，靠在岸边。这里曾是个公园，但早已破败，炮弹留下的焦坑随处可见。岸上就是一个斜坡，老詹姆说得没错，上次丧尸追击人类，我就是在这里被一根树枝划中肩膀，留下了伤口。但我环顾四周，一棵树也没有，地上只有烧焦了的树干。初春时节不应该是这样的景象，但战争毁了一切。

"你留在这里，"我冲老詹姆说道，"我送她过去后，再来跟你一起回城里。"

"别想太多，能把她送回去，就已经是极限了。"

我低着头，把昏迷中的吴璜抱起来，走上山顶。但刚走没几步，一声枪响便震碎黎明。我一惊，抬头看到一队人类士兵从山坡的另一边出现，一共六人，挎枪携弹，警惕地看着我们。我站在坡顶，朝阳从我身后照过来，他们逆着光，一时看不清我的样子，只是开枪示警。

看到他们的一瞬间，我腹中又涌起了饥饿感，几乎是下意识想冲过去。但我右肩的酥麻感前所未有地强烈起来，传遍全身，连喉咙都痒了起来。我侧过头，看到了肩上的花，它被清晨的光照着，海风掠过，微微招展。才经过一夜，它的花苞已经大了不少，色泽更加湛蓝，一些花蕊伸出头来。看着它的一瞬间，那股永远折磨我的饥饿感，消失得无影无踪。

士兵们慢慢包围过来。

这么近的距离，逃肯定逃不掉，那么这个被战火焚烧的草坡，就是旅程的终点了。我想着，把吴璜放到山坡上。她依旧昏迷着，脸上的红晕像是升起的朝霞。我留恋地看一眼，往旁边走了几米，举起手，示意没有威胁。

士兵们怀疑地走近，看清我的样子后，大惊失色，齐刷刷地举起枪。

我闭上眼睛。下一秒，他们的枪声会响起，但接着他们会发现吴璜还有呼吸，会救起她。

"等等，"有人说，"这个丧尸好像有点不一样。"

"对啊，他为什么没有冲过来？"

"他投降了？"

"第一次看到这么尿的丧尸……"

他们拿枪指着我，疑虑重重。这时，有人看到了岸边的小船，叫道："那里还有一个丧尸……但好像被捆住了。"

一个队长模样的人沉吟道："最近罗博士在征集活体丧尸，正好遇到这两个，一个被捆，一个没有攻击性，白捡的一样……那就都带回去吧。"

他们把我捆得结结实实，又将老詹姆扛了过来。一个士兵打算去捆吴璜，刚碰到她，一愣，手指在她鼻子前探了探，报告说："队长，这个女孩还有呼吸！"

"她不是丧尸吗？"

"应该不是。"

我悬着的心终于落了下来。

然而，队长听到吴璜是人类时，脸上露出失望的神色，似乎救助人类远不如俘获丧尸的功劳大。他端详了一会儿吴璜，摇摇头："那她怎么会跟丧尸混在一起呢，恐怕是丧尸的间谍吧。"

士兵说："可能也是被咬了，正在发烧。"

"营地里的药物也不够……那就把她留在这里吧。是死是活，就看她的造化了。"

说完，他们扛起我和老詹姆，大步往西边走。我愣了一下，随即挣扎起来，士兵们合力将我按住。队长走过来，狠狠地用枪托砸我的脑袋，皱眉道："刚刚还老实的，现在怎么闹起来了？"

我被砸得一阵眩晕，但梗着脖子，努力看向身后。吴璜躺在山坡上，藏在阴影里，我看不清她的样子。我再挣扎，但被皮带捆着，抵抗不了这几个强壮的士兵，被抬了起来。吴璜的身影被挡住，再也看不见。

我喉咙里的痒变得剧烈，像是种子突破泥土，我张开嘴，大声喊道："等一等！"

士兵们呆住，队长诧异地看着我。连老詹姆也转头四顾，视线最后落在了我身上，他残缺的嘴张开着，久久不能合上。

"求求你们，救救她！"我继续喊着。

然后，自己也愣住了。

6

"你给我闭嘴！"队长冲我吼道。

我说："你不懂的，当一个人失去了一件东西太久，再失而复得时，会格外珍惜，比如爱情和健康，还比如声音。想当年我变成丧尸的时候，身上第一个永久硬化的器官，就是——你的眼睛不要睁这么大——不是别的，是发声器官。我的声带僵化了，从此只能用手语说话。但其实声音是上天赐给这个世界的礼物啊，鹿鸣鸟语，风声海潮，都是音乐。还有，如果我想跟一个人在一起，我就告诉她，我爱她。哎，对了，队长啊，你有没有对人说过我爱你。噢噢，看你的表情，那就是没有了，没关系没关系，还来得及，在你变成丧尸之前……你别打我呀，我只是抒发重新能够说话的快乐，不信你问问这个又老又丑的丧尸——老詹姆，如果你能够重新说话，会不会也和我一样喋喋不休？"

老詹姆打着手势："你闭嘴！"

我说:"看来你也不能感同身受。虽然我们有一套手语,但最好的交流方式,还是说话。人长出手臂,是为了拥抱,不是打手势。以前每次我们交流,都只能面对面站着,说实话你可别生气啊,每次看着你我都很难受的,你本来就长得不好看,变成丧尸更丑了,脸上还有个破洞。这些都可以忍,但你说你干吗没事叼根烟呢,你又不能抽。现在好了,我可以不用看你,就直接说话了。你也别生气,如果你长得有吴璜一半好看,我肯定每天跟你说话。吴璜,你说是不是?"

吴璜刚刚苏醒,有气无力地说:"求求你,你不要说话了,听着头疼。"

我哦了一声,闭上嘴。

一个小时前,我突然张口说话,不但让他们震惊,自己也百思不解。但这也使得我成了最特殊的丧尸,队长立即跟人类营地的长官请示,听称呼,好像是一个叫"罗博士"的人。罗博士的声音听起来很兴奋,命令队长把我们都带回去。

因为担心遭到丧尸群袭击,人类的营地往西退缩了很远。士兵们配有两辆汽车,但要回到营地,还需要一阵子。我有些担忧,但也没办法,我和老詹姆都被捆住了手脚,绑在汽车后排,动弹不得。

我抗议道:"这样不太好吧,很不人道啊。"

队长想了想,点头说:"也是,你提醒我了。"说完,让手下士兵把我们关进了后备厢。我跟老詹姆手脚折叠,挤在一起,在黑暗中彼此瞪着。

开了大半天,车子停下。听士兵们的交谈声,是路过了一个荒废小镇,他们打算下车收集物资,顺便吃点东西。

"别忘了去药店,找找退烧药!"我在后备厢里大喊。

队长把后备厢打开,对我说:"你为什么会这么关心她,你不是个丧尸吗？"

"我被咬之前，是她的男朋友，"我说，"我要一直保护她的。"

队长沉吟一下，说："那你跟我们一起来。"

士兵解开我腿上的皮带，让我走在他们前面。这也是为了让我去测试危险吧，如果有丧尸出没，我会第一个发现。

我们在破败的街道上穿行。看得出来，这里原来是一个旅游小镇，街道和店面都参考了西式风格。路旁栽种着花木，远处，一座教堂的尖顶在暮色中露出来。这本是极具风情的小镇，但街上一个人都没有，石板路面布满了褐色的痕迹，一看就是血液沉积。商铺橱窗和店门都被砸破，玻璃碎片散落一地。

可以想见，丧尸蔓延时，这里爆发了多么残酷的厮杀。

一个士兵目眦欲裂，恶狠狠地看着我。他的眼神很熟悉，跟丧尸看着人类时的眼神一样。

我有点害怕，缩了缩脖子。

天快黑了，我们在便利店翻找，总算运气不坏，找到了一些食物和水。在我的坚持之下，又在药店里找到了一盒布洛芬。我赶紧回到车旁，看了看布洛芬的保质期，然后灌进吴璜嘴里。

吃了药，加上休息足够，她的气色很快恢复了些。士兵们把食物分给她，一起吃着。我被绑在一旁，看着他们大口嚼食饼干，肚子不争气地咕隆了一声。

士兵们大惊失色，举枪四顾。

我惭愧地说："不要紧张，是我发出来的，我饿了……"

"那你要吃我们吗？"一个士兵紧张道，"你终于要露出你的真面目了，我就知道！"

"哦，我想吃饼干。"

士兵们面面相觑，其中一个解开我身上的皮带，递给我一块饼干。我一口口地吞咽掉。久违的饱足感在胃里弥漫。"真好吃啊。"我满足地说。

"你究竟是不是丧尸？"队长怀疑道，"你身上这些伤口，会不会只是单纯溃烂？"

我心里也满是困惑。似乎我身体里也正有一条船，将我缓缓渡回彼岸，脑子里的记忆也时隐时现，浓雾中鸟翅扑振。我正想回答，眼角抽动，见到街对面的店铺里，摆着一架钢琴。

我脑子里咯噔一声，不自觉地站起来，向对面走去。

士兵们警戒地看着我。

我来到钢琴前，按下一个键。这是机械钢琴，不需要通电，但有些受潮，声音有点涩。我又按了几个键，琴声连续响起，如同溪水流动。脑袋里的浓雾被冲散了，记忆的某个角落里，冻土化开，我将琴键一个个按下去，一首钢琴乐流淌出来。

吴璜的脸色依旧苍白，但布满了惊讶。士兵和队长都张大了嘴巴。在我弹琴的时候，他们都没有来打断我。

我弹完后，走回车旁。一个士兵提着皮带，想来绑住我，但队长摆了摆手。我坐在车后排，跟吴璜坐在一起。

"嗨，你之前都没有说，"我很高兴，"原来我生前还会弹钢琴。"

"我……我也是第一次看到你弹钢琴。"

我问："那我是凭什么追到你的？"

士兵们回头看我们一眼，又转过头去。其中一个喃喃道："这年头，又会弹钢琴又会追姑娘，肩上还长了朵花，丧尸都这么风骚吗？"

"其实……"吴璜刚要回答，听到他们的嘀咕，就没有再说话了。

汽车在夜色中行驶，道路破破烂烂，所以车速很慢。到下半夜的时候，才到了营地。一排军人站在门口，面色严肃，武器森然。领头的白发军官旁站着一个瘦削的中年男人，头发乱糟糟的，像是几个月没有洗过——或是从出生以来就没有洗过，他戴着眼镜，厚镜片下的眼神却精光四射，灼灼地看着我们。

士兵们对军官敬完礼后，也对中年男人点了点头，低声说："罗博士。"

罗博士却没搭理，径自穿过士兵们，站在我身前。他看了我良久，久到露出癫狂神色，久到我都有点不自然了，才听到他喃喃道："果然有些异常！我要研究！"

白发军官却拦住了他，警惕地看着我。

"先关起来。"军官说。

7

我被关在一个房间里，一面墙是镜子，另三面都刷得雪白。房间里除了一副桌椅外空无一物，我大部分时间都对着镜子，龇牙咧嘴。有一次我张开嘴，看到我的牙龈居然鼓起来了，上面还有几条充盈的血管，不再像过去那样干瘪成一层枯灰色的皮。

"怎么回事，"我有点不解，"难道我又变成人了？"

这几天，一些零碎的记忆也在恢复。房间的布置很熟悉，我想起来，在很多电影里，审讯房就是这样的，我在镜子里只能照见自己，门外的人却像看透明玻璃一样能看见我。

我冲镜子摆摆手，说："对面有人吗？你们好……"

可以想象，对面的人一定吓得往后退了好几步。

果然，我这么说之后，门就被推开了。罗博士走进来。他身后有四个士兵，两人用枪指着我，另两人把我绑在椅子上。

我没有丝毫反抗。

"你真的跟其他丧尸不一样。"他搓了搓手，看着我，"你身上发生了什么，是索拉难病毒又变异了吗？"

我说："吴璜呢？"

罗博士继续看着我，兴奋地说："但是索拉难病毒的机理我们已经研究透彻！一旦被血液接触，百分百被感染，百分百致死。你的心肺功能、语言功能，消化系统……全部崩溃了，而且照道理是不可逆的。"他对着我上下打量，"你身上到底发生了什么？"

他的话如此急促，像是连珠炮一样，眼神也很渴切，仿佛我在他眼中是一件珍宝，而不是致命的丧尸。真是典型的科研人员，我心里想，但还是问："吴璜呢，她在哪里？"

"噢噢，那个女孩，她很好……"

罗博士说完后，吩咐士兵将针管插进我的动脉里。我说："别费力气了，我身上没有……"说着，我也愣住了——随着芯杆的上升，一股褐色的液体在针管里出现，虽然很黏稠，但确实是血液。

罗博士的表情也是一片惊喜，迫不及待地拿起注射器，装进冷藏箱，匆匆出门。

看守的士兵们知道我吃过饼干，因此也每天送常规食物进来。他们对我很好奇，我埋头吃东西的时候，他们会问东问西，回答之后，我也问道："对了，这个罗博士是什么人啊？"

　　士兵们立刻露出敬意。原来别看罗博士不修边幅，在病毒肆掠前，就是病理学博士了，好几篇论文都登上了顶尖期刊。病毒爆发后，他一心研究丧尸，寻找解决这场末世浩劫的办法，研制出了许多对付丧尸的药。之前丧尸行动缓慢，就是因为罗博士把僵化药藏在尸体里，漂到岸边让丧尸啃食，再辅以药剂喷雾，才让他们集体迟缓，战斗力大减。

　　"原来这个书呆子这么厉害啊。"我也不由得佩服起来。

　　接下来几天，罗博士每天都会来抽一管我身上的血，每次来脸上的惊异之色都会加深。有时候他围着我转，嘴里念念有词，说："到底是怎么回事……长得也一般啊，怎么会如此不同？难道是身上长了一朵花的原因？"

　　我一听，连忙说："怎么会！虽然你厉害，但这朵花可不是为你长的。"

　　"那是为谁？"

　　"是为了吴璜。"我慢慢地说，"我生前的女朋友。"

　　罗博士听完，若有所思。

　　也许是这句话起了作用，第二天，吴璜就来看我了。墙面镜被调成透明，隔着玻璃，我与吴璜对视。她看起来很高兴的样子，但嘴里说的话完全被玻璃挡住了，我听不到，不过能看到她脸上的笑容，我也很开心。我肩上的花随着她的笑容招摇。

　　那天过后，我就很长时间没有看到吴璜了。玻璃外看守我的人，看我的眼神也出现了变化，不再是一味的嫌弃和恐惧，目光中掺杂了一些别的东西。

　　外面肯定正在发生什么事情，我想，而且直觉告诉我，肯定跟吴璜有关。

　　这一天，玻璃外看守的人换了班，但下一班人迟迟不来。我有点好奇，推了推门，不料合金门竟应手而开。

我叫了一声，但门外空荡荡的，无人回答。我只得疑惑地前行。廊道里空无一人，直到我走出看守区，都没有见到一个士兵。

我高兴起来，想着去找吴璜，便嗅了嗅空气中的味道，朝生人气息密集的西边走去。

傍晚的天气里，夕阳惨淡，一群鸟在树林间扑腾着。这片营地藏在一片树林中，伐出空地，空地上布置了许多帐篷和板房。我走到一处板房前，耳边都能听到人声喧哗了，迈步进去前又停下了——我这副相貌，要是进了人群里，恐怕会吓坏不少人。于是我绕开板房帐篷，沿着周围的树木转悠，希望听到吴璜的声音。

走了一会儿，直到夜幕降临，吴璜的说话声没听到，却撞到了一个人。

"是谁呀……"对面的人疑惑地问。

借着远处帐篷透过来的灯光，我隐约看到，站在我面前的是一个小女孩，十岁左右，穿着破旧的裙子，正好奇地看着我。

她想必是出来捡拾柴草的，光线太暗，她看不清我灰败的脸色和腐烂的伤口。我只是一个模糊的轮廓。但她好奇地盯着我，说："你也迷路了吗？"

我说："你迷路了？那我带你回去吧？"

我牵着她的手，朝树木缝隙透出的光亮走去。

"你的手好冷。"她抱怨道。

我有些不好意思，挪了挪，隔着衣服握住她的手臂："这样好些了吗？"

"好多了……其实冷一点也没关系的。"

夜深了，身后的树丛里传来窸窸窣窣的声音。我低头看了下，小女孩走得很认真，不禁问道："你不害怕吗？附近可能有丧尸呀。"

"我听妈妈说，丧尸已经不可怕了。"她说，"最近营地里还来了一个丧尸，身上长着花，蓝色的，可好看啦，而且还不咬人。要是每个丧尸都这样，我很快就能回家了！"

我不禁一阵暗喜，又问："你家在哪里？"

小女孩挠挠头，说："我忘了……"

正走着，草丛里一声轻响，小女孩呀了一声。

"怎么了？"

"我的手被划破了……"

其实不用她说，我也知道她流血了，因为我的鼻子本能地抽动，牙齿一阵战栗。久违的饥渴蒙上脑袋，让我一阵眩晕。

"是我划伤，你怎么呻吟起来了？"她奇怪地说。

这一声稚嫩的话语将我从饥渴中惊醒，我蹲下来，撕开布条，替她包好。幸好伤口不深，可能是被锋利的叶子划过，包好就没事了。

我们牵着手走到帐篷区，聚集起来的人们看到我们，都惊呆了。一个女人冲过来，拉开小女孩，退后两步，警惕地看着我。

"她迷路了，所以我带她回来。"我解释道。

女人看了看小女孩，后者点头，她犹豫一下，低声道谢。

人们看我的目光有些软化，一个人鼓起勇气走到我跟前，又转头冲其余人笑道："他真的不咬人……"更多人走过来，好奇地捏捏我身上的肉，还有人看到我肩上的花，赞叹道："这朵花真漂亮，这个丧尸真风骚。"在这些赞扬声中，我真的红了脸庞。

吴璜就站在人群中，视线越过许多人，也看着我。这时候夜色浓重，帐篷里灯光透出，仿佛一个个昏黄的月亮，落在了地上，簇拥着她。

在与她的对视中，我肩上的花苞微微颤抖，仿佛风吹，又仿佛在蠕动。所有人都睁大了眼睛。我一愣，也转过头，看到花苞以肉眼可见的速度绽开，蓝色花叶虽然小，但层层叠叠，芳香四溢。

"花开了？"吴璜走近说。

"是啊，看到你，"我说，"花就开了。"

她伸手想去触碰，又缩了回去。我连忙摘下一片花瓣，居然还有点微微痛楚，皱了皱眉。

"怎么了？"她问。

"没事，这片花瓣送给你。"

吴璜刚刚接到手里，想说什么。这时，一群士兵就挤开人群，把我重新押了回去。

不久后，罗博士又来见了我。他还是脏兮兮乱糟糟的模样，眼睛里血丝密布，似乎好几天都没睡着过。他靠近我的时候，我嫌弃地退了一步："你手上有油，别碰我……"

"那你跟我走。"

"去哪里？"

他说："去见你的朋友啊，跟你一起来的丧尸。你现在身体已经跟丧尸不一样了，我得看看丧尸对你有什么反应。"

他领着我来到关押老詹姆和其他丧尸的看守室，门一打开，丧尸们立刻呜呜嘶叫，罗博士连忙退出去，把我留在房间里。

丧尸们围过来。

我有点害怕，毕竟我身体里也开始有血流淌，对他们而言，这些足以引发可怕的饥饿。

但老詹姆看了我很久，才抬起头，打着手势："你好像变胖了。"

我说："你好像变丑了。"

其余丧尸也跟我打招呼，我问他们："你们一直在这里吗？"

"是啊，"他们说，"原先有很多丧尸，一个个被拖出去，说是做实验，结果都没有回来。现在就剩下我们几个了。"

见丧尸跟我一直闲聊，没有丝毫攻击的意图，罗博士和士兵们走进来。丧尸们立刻扑过去，士兵们喷出网兜，罩住他们，罗博士拉着我走出去。

"我还没跟他们聊完呢……"我抱怨说。

走到门外，我眼睛一亮，因为面前站着吴璜。她脸上笑意盈盈，看着我说："阿辉，我要找你借一样东西。"

"要借什么，都可以的！"我连忙拍胸膛说。

她指着我的肩膀："你的一片花瓣。"

原来我被关在看守室的几天，吴璜也没有闲着。她回到营地以后，仔细琢磨我身上的变化——我既然能够由丧尸向人类转变，从死亡之河的另一岸横渡而回，那其余丧尸也应该有生还的可能。

她向幸存者临时委员会汇报了我的情况，委员们有赞成的，有反对的，两边争执不下。直到我牵着小女孩的手出现在帐篷区，他们才最终确认我跟其他丧尸不一样。

而吴璜思索许久，发现我身上唯一的不同之处，就是肩上伤口长出来的花。想通之后，她连忙去找我，听士兵说我被带到了老詹姆这边，又跑了过来。

我看着她的眼睛，说："这朵花本来就是为你长的，你要摘掉，当然可以啊。"

这句话一出口，周围士兵们面面相觑，连罗博士也抽动了下眉头，嘀咕道："没想到世界末日了，还被丧尸喂一口'狗粮'……"

我说："我们本来就是情侣嘛。"

吴璜也脸红了，忙说："不要一整朵，花瓣就可以了。"她让我站住，用镊子小心地夹下花瓣，放在冷藏盒里，递给罗博士，"您可以分析一下成分，制成药剂。"

罗博士如获至宝，连连点头。

三天后，根据花瓣研制出来的第一管药剂就出现了。整个营地的人都很兴奋，在实验室围观，要看药剂打进丧尸体内的效果。我也被带到了关押老詹姆的看守所外面，跟人群一起观看。

罗博士显然三天都没有休息，眼睛里的血丝密密麻麻，但他脸上是兴奋的，手也在微微颤抖。

"这就是世界的希望，"他说，"如果每个丧尸都能回转成人，那我们就可以跟那些逝去的亲人再度拥抱了。"

这番话在人群里引起一阵涟漪，有些人的眼角都迸出了泪光。

在所有人的注视下，他将注射器扎入老詹姆的一只胳膊，然后迅速退出看守室。

老詹姆被捆在座椅上，罗博士离开之后，按下了某个按钮。单向镜的里面，我看到几个丧尸身上的皮带啪地解开，丧尸们都站了起来，在房间里走动。只有老詹姆还坐着，脑袋微晃，似乎有些彷徨。

看到他不同于其他丧尸的模样，我心里一喜，站在一旁的吴璜也露出了笑容。

"看来我猜得没错，你肩上的花，确实是解……"

话还没说完，看守室里就发生了变故，老詹姆一下子站起，脸上的腐肉疯狂地痉挛，龇出乌黑牙齿，狂躁地走来走去。他一边走，喉咙里一边发出低哑的嘶嘶声。

丧尸们有些困惑，冲老詹姆打着手势，但他没有丝毫反应。

我和吴璜对视一眼，都非常不解。

这时，老詹姆仰头嘶吼，却只发出低沉的呜咽。吼完后，他霍地转身，朝一个丧尸过去，咬住了丧尸的手臂，然后猛一甩头，将整条手臂撕了下来。

一蓬黑血从丧尸肩上喷出，溅在单向镜上，缓缓流下，将我们的视野染成一片黑红。

8

药剂失败之后，我又回到了看守室。这次，一连好些天都没人来看我，墙面玻璃又恢复成单向镜，士兵们也只把食物放进来就走，不与我多交谈。

我更担心的是吴璜，她极力争取的机会，希望靠我身上这朵花研制解救丧尸的药，却不料药剂让丧尸极度疯狂，这一次连同类都咬。这种挫败肯定会让吴璜不太好受。"都怪你啊，"我扭头看着肩上兀自摇摇晃晃的花朵，"一点都不争气。"

正当我百无聊赖的时候，门被推开，罗博士带着士兵们走进来说："跟我来。"

我跟在他身后，走出了看守区，穿过幸存者生活聚集的地方。很多人都以异样的眼光看着我，但他们都没有上前跟我说话。我有些诧异，小声问罗博士："他们怎么了，好像有点怕我？"

罗博士转过头，厚厚的镜片下，眼神有些灰暗。他也小声说："他们不是怕你，是尊敬你。"

"啊？为什么？"

"因为你马上就要当大英雄了。"

我一愣："怎么回事？"

罗博士却叹了口气，摇摇头说："进去再说吧。"

很快，我就知道我要帮什么忙了。我们走进了军队的指挥室，几个戎装的军人一脸严肃地围着我，为首的正是之前在营地前迎接我的白发军官。

"从这朵花上提取的药剂失败，证明你只是个例，我们不能把希望放在丧尸变成人类上。"军官眯眼看着我，眼神锐利如鹰隼，"现在，我们决定组织一次反攻。"

"但你们之前不是试过很多次吗，都被丧尸打回来了？"我说。

军官不自然地咳嗽了一声，说："也不能叫被打回来，是战略性撤退……总之，这次我们有了制胜法宝，就是罗博士最新研发的 FZIII 型病毒。"

罗博士站在一旁，小声插嘴道："FZIII 还没有研制成熟，IV 型也只是理论，需要复核实验……"

"战争就是最好的实验。"军官打断他的抱怨，"FZIII 型病毒是你一手研究出来的，你来解释一下。"

说起病毒，罗博士振奋起来，从旁边的金属箱里拿出一个试管，举到我眼前。冰蓝色的液体在里面晃荡，在灯光照射下，这半管药剂显得美丽又诡异。

"FZ，意思就是冰冻丧尸，当然，这是一种修辞手法，它不会真的将丧尸冻住，但可以让他们行动迟缓，最终彻底成为不能动的僵硬尸体，真正死去。你放心，FZⅢ型对人无害，它能识别丧尸体内的索拉难病毒，并以之为养料，两种病毒进行结合，在丧尸体内蜕化成Ⅳ型。Ⅲ型只能拖慢丧尸的速度，Ⅳ型就能将丧尸彻底杀死，而且还有传染性，可以一劳永逸地解决大量丧尸。"罗博士用看着恋人般的眼神注视着试管，喃喃道，"它是丧尸的毒，却是人类的解药。"

我听得不是太懂，就问："既然这么厉害，你们用就是了，把我叫过来做什么呢？"

军官说道："咳咳，这个……FZⅢ型的研制还不是很成熟。我们把它放在尸体上，进入丧尸内部，用气罐洒进丧尸群，沾在丧尸皮肤上。这样内外结合，的确能让丧尸行动变得缓慢，但也仅此而已。FZⅢ型病毒在丧尸体内并没有蜕变成Ⅳ型病毒，也就没有形成传染性，杀伤力不大。"

罗博士接着解释道："我想了很久，原因可能是丧尸体内的索拉难病毒太过密集，有自身的防御机制。所以FZⅢ型病毒需要在某种温和的环境下，进行过渡性培养，这种环境既要有血肉，又要有索拉难病毒……"

我一拍脑门，说："这说的就是我的身体嘛。你们是不是想用我的身体当作培养皿，培育Ⅳ型病毒？"

军官们互看一眼，似乎没料到他们的想法被这么直接说出来，彼此都有些尴尬。

罗博士挠挠头："这个也只是理论，我觉得还需要大量时间来验证。"

军官挥了下手，似乎斩断了空气中的某种东西，说："可我们没有那么多时间了，丧尸越来越多，再迟一会儿，说不定人类的火种会彻底熄灭。"

罗博士小声嘟哝着什么，却也没有再争辩了。

我看了看罗博士涨红的脸，又看着军官刚毅强势的表情，最后，视线落在了幽蓝幽蓝的 FZIII 型病毒试剂上。良久，我叹口气说："我答应你们。"

罗博士说："你要想好，IV 型病毒现在还只是推测，如果它在你体内真的出现了，我不知道会发生什么……但很大可能，你也会死。"

这一刻，我并没有感觉到死的可怕，或许是因为已经死过一次了。不过想想，在死亡之河上来回横渡，也是件挺酷的事情。而且，如果真的能阻止丧尸，那吴璜就能活在没有危险的世界里。这么想着，我心里涌起一阵悲壮，还有点不易察觉的喜悦——没想到我成了拯救人类的关键，如果这是好莱坞电影，那么我就是主角,我就是布拉德·皮特。

我点点头。

军官露出喜色。罗博士欲言又止，但还是用注射器抽出药剂，再缓缓打入我的血管。一股冰凉的感觉在血液里蔓延。

"接下来呢？"我捂着手臂，问。

军官说："接下来你要回到丧尸中间，等 FZIII 型病毒慢慢进化成 IV 型，让病毒在所有丧尸中传播，结束这场灾难。"

"丧尸……真的不能救了，只能毁灭吗？"

"嗯，你只是个例。我们做过尝试，你也看到了，只是让丧尸变得更疯狂。"

我点点头。我想起老詹姆说过的话，在所有的故事里，丧尸都会被消灭，只是早和晚的区别。尽管早已料到这样的结局，想想还是让人觉得悲哀。

"但我有个条件，"我说，"我要见吴璜。"

军人们对视一眼，目光里交换了许多我看不懂的信息。最后白发军官还是点了点头，说："我带你去见她。"

因体内注射了 FZIII 型病毒，为保险起见，我被转进隔离车。

车上还有绑着的其他几个丧尸——这是军官的安排，如果 FZIII 型病毒在我体内进化成 IV 型，那在车厢里我们就会互相传染，到时候直接放出去，传染效率会提高。他们中还包括上次发了疯的老詹姆，但奇怪的是，现在他手脚被捆，眼神却格外平静，似乎那次疯狂咬人耗费了他所有的力气。

但我没有理会他，只是透过玻璃看着赶来的吴璜。她身后还有几个士兵，拿着枪，离她很近。

几天不见，她瘦了许多，脸色憔悴，几缕发丝垂在耳畔。

隔着厚厚的玻璃，我们对视着。

"我要走了，"我说，"要回到丧尸中去了。"

"嗯。"

"如果这场灾难解决了，你要好好活下去。"

她点头："嗯。"

"你还有什么对我说的吗？"我不好意思地摸摸鼻子，"虽然有点矫情，也俗，但离别的时候，总要说点什么吧？电视剧里都是这样的套路的。"

吴璜看了看旁边的白发军官，军官点了点下巴，她才上前一步。

她的脸离得很近，气息将一小块玻璃染得氤氲，也模糊了我的视线。

"我这几天没怎么休息，"她说着，用右手中指轻轻按着太阳穴，似乎累极了，揉了一圈也没放下来，"你肩上的这朵花，不是丧尸的解药，丧尸不能转化成人。你去吧，我在这里很安全。"

我点点头，挥了挥手。

隔离车启动，载着我往来路驶去，吴瑛的身影更加模糊。

突然，我捂着手臂，倒在车厢里，浑身抽搐。

罗博士透过玻璃看到了我的异状，先是一愣，继而快跑两步，使劲拍着车门，大喊道："停一下，停一下！"驾驶室里的人应声刹车，罗博士隔着玻璃问我，"你怎么了，是不是 FZIII 型起作用了？"

我抽搐不止，艰难地回答："我不……身上好冷……"

"快，钥匙在哪里！"罗博士叫道，"把门打开！药效提前发作了，我要带回去研究！"

拿钥匙的士兵走过来，还在犹豫："博士，万一……"

话没说完，钥匙就被罗博士抢走。他打开车门，跳进车厢，凑到我面前问："现在是什么感觉？"

我睁开眼，映入眼帘的是罗博士关切的神色，不由得暗自惭愧。我小声道："对不起了……"

"什么？"

我陡然翻身，一手从车厢前的士兵腰间抽出手枪，另一只手扣住罗博士肩膀，将他朝外抵着。人们还没有反应过来，枪管已经顶住了他的脑袋。

"都别动！"我大声道，"谁敢动，我就杀了他！"

丧尸的声带和舌头都坏死了，除了嘶吼，无法发出复杂的声音。但我们有一套自己的交流方式，就是打手势。在海上漂流的时候，吴璜问过我，吃饭、走路和撒谎怎么表达。

而用中指按着太阳穴，轻揉一圈，正是撒谎的意思。我还告诉过她，如果表示一直撒谎，手指就不要放下来。

刚刚，她跟我道别的时候，手指便是按在太阳穴上的。

她是在告诉我，她说的话是谎话。

那也就是说，我肩上的花是丧尸的解药，丧尸能够转化成人。最关键的是，她并不安全。

联想到带着武器的士兵与她寸步不离，她说话还要经过白发军官同意，她的消瘦憔悴，我几乎可以断定——她正在被软禁。

尽管不知道原因，但我曾经对吴璜说过，我会保护她的。说了这句话之后，我出门就没有再回来。我不能食言第二次。

在所有人惊恐的注视下，我挟持着罗博士，与军官对视着。军官不愧是沙场老手，几乎没有迟疑，第一反应就是举枪对准了吴璜的脑袋。

"我们各有一个人质，"军官盯着我，冷声说，"但我的人比你多。你要想好。"

吴璜却不管不顾，大声叫道："你别管我，快跑！你肩上那朵花是解药，之前的药剂被人掉了包，丧尸才狂性大发！你要保护好它！"

我顿时明白，怒气冲冲地看着军官，道："你怎么这么卑鄙！难道治好丧尸会影响你的地位？"

军官说："一派胡言！快放了罗博士！"

我往身后看看，慢慢拉着罗博士后退，说："你有士兵，但我也并不是一个人……"说着，我一挥手，拉开最近的一个丧尸身上的绳扣，他得了自由，低吼着要来咬罗博士，被我一脚踢到车厢口。他还没爬起来，就闻到了更为浓烈的生人气息，更加癫狂，朝士兵们扑过去。

我如法炮制，将丧尸们全部放出去，只留下了老詹姆。车厢外一片混乱，只要有人被咬，很快就会加入丧尸的阵营。士兵们仓皇后撤，吴璜趁机摆脱了挟持，向我跑过来。她经过一个丧尸身边时，丧尸张嘴要去咬她，我连忙喊道："右边！躲开！"她听话地跳了一步，丧尸便去追逐其他人了。

她跑到车前，我也丢下罗博士，跳下了车厢。

"现在呢？"我问她。

"快走！"

我反手合上门，将老詹姆和罗博士关在车厢里，然后绕到驾驶室。司机早就跑掉了，车门都是敞开的。我和吴璜坐上去，启动车子，在喷出的烟气中迅速离开。

我瞟了一眼后视镜，身后依然是一片混乱，但士兵们已经站稳了阵脚，正在逐步包围丧尸们。一只丧尸从泥地里跃起，扑向军官，立刻被弹雨打成筛子。

吴璜显然也看到了。她轻声叹息。

9

车在林间行驶，原本的道路因无人休整，杂草从两旁蔓延。车轮一路向前，轧过草茎花藤，发出吱吱声。

"我们去哪里？"我开着车，问道。

吴璜摇摇头："我不知道……"她看到我手上扶着方向盘，又说道，"你开车很熟练啊。"

我看看自己的手，笑了笑："这几天我记起了一些事情。"

"那你记得自己的身份了吗？"

"还没有……不过我的身份你早就告诉过我，总会慢慢想起来的。"

前方的路变得熟悉，我一愣：这不就是我们在山坡上被抓后，士兵把我们押回营地的路吗？这仿佛是某种循环——几天前，我冒险把吴璜从丧尸之城里带出来，送到人类营地，现在，我们又拼死从营地逃出来，回到了原路上。

透过车窗，可以看到那个隆起的山坡，像是绿草地伸出了舌苔，等着迎接天空的滋润。

"对了，这几天到底发生了什么？"我转头，看着吴璜消瘦的侧脸，"你怎么会被他们软禁呢？"

她说："那天给丧尸注射试剂，丧尸更疯狂，但我越想越不对，就用你送我的那片花瓣再萃取了一小管溶剂，悄悄给老詹姆注射了。不到半个小时，我就看到他体内的索拉难病毒浓度开始降低，血小板也渐渐恢复活性。我想，上次之所以让丧尸疯狂，是有人把药剂掉了包，不希望丧尸变成人类。但我还没把数据保存，那个白头发的将军就察觉到了，他说我跟丧尸为伍，就把我关了起来。如果不是你提出要见我，可能现在还被关押着。"

我愤愤地拍了下方向盘："我一看那家伙就不是好人！我看，他是怕丧尸再变成人类，会影响他的地位。哼，一把年纪了，还抓着权力不放！为了维持现状，宁愿把几十亿人拖下水。"

吴璜说："但现在你肩上这朵花还在，我们找一个安静的地方，把解药研究出来。"又皱皱眉，"不过我虽然学医，也只是研究生水平，不知道能不能成……"

我安慰道："没关系的，有时间和工具，慢慢来，一定能成。"一拍脑门，"对了，我不是把罗博士也抓过来了吗？你们一起合作，一定可以！"

我想起罗博士和老詹姆还关在后车厢里，便停下车，打开车厢。

罗博士犹自惊魂未定，好在老詹姆被牢牢捆着，伤害不到他。我向他解释了一切，他边听眼睛边发光，连连点头："好好好！"他看看我，又看看吴璜，再看了一眼老詹姆，"我们四个正好可以成为拯救世界的组合！"

"是啊，一个女人、一个男人、一个丧尸和一个……"我看看我自己，"半丧尸半人。这样的组合很符合好莱坞电影群戏的人物设置。"

吴璜也露出了笑容，下午的阳光在她笑纹里流淌。她说："我们一定能拯救世界！"

这个午后格外美丽，阳光和煦，草长莺飞，春风拂过大地，空气清新得像是水流过肺部。这一切都像是一个故事的尾声，一出舞台剧的落幕，没想到我能活到结局，我心里格外高兴。

"那走吧！"我手一挥，"我们驶向希望之地。"

我正要开车，手臂上突然蹿过一阵寒流，仿佛有冰块塞进了血管里。一阵战栗袭击我的全身，我打着战，从座椅上摔了下来，枪掉在地上。

吴璜连忙扶住我，脸色惶恐，一旁的罗博士却后退了一步，疑惑地看着我："又来？"

我筛糠似的发抖，声音碎成一缕一缕，"不是，真的很冷……"

"那就是 FZIII 型真的发作了，要进化成 IV 型了？"

我也不太清楚，但身体里的异状越来越强烈，咬牙道："应该是……

有什么办法……可以救我吗？"

"那我就放心了。"

听到罗博士这句话，我一愣，吴璜反应慢了半拍，也扭过头去，问："啊？"

"看来我的研究成功了。"罗博士走上前，捡起我落在地上的手枪，忽地露齿一笑，"这场丧尸浩劫，因我而起，也会在我手里终结。"

他笑的时候，牙齿森白，仿佛映上了匕首的寒光。这一刻，他眼睛里的木讷和呆滞不见了，一心埋头科研的宅男气质也烟消云散，取而代之的，是狂热和残忍。

他吐口唾沫，又舔了舔嘴唇，道："你要是不病发，我还得找个机会制服你们三个，但现在，上天也帮我。"吴璜刚想过来拉我，立刻被他用枪指着，"你最好别动，我的手是用来做科研的，握着武器很不习惯，一不留神就会走火。"

吴璜立在原地，看着他，好半天才说："那么，之前那管试剂，是你掉的包？"

"当然。"罗博士低头看我，"你能从看守室跑出去，也是我安排的。"说着，他拍了拍脑袋，笑道，"但我就不多说了，我也看过不少好莱坞电影，反派总是死于话多。现在，让我们来进行毁灭所有丧尸的最后一步。"

他拖着我，来到后车厢，将我推了上去。

"如果我的研究没错，你身上的 IV 型病毒会很快传染给这个丧尸。你们都会死。"他持枪站在车厢前，目光灼灼，似乎在欣赏期待已久的表演，"然后我把培养好的病毒带回去，我依然是人类的救星。"

体内的寒冷越来越剧烈，我想向他扑去，但只能蜷缩着身体。

FZIV 型病毒似乎通过空气传播，我看到老詹姆原来龇牙咧嘴的表情都出现了细微的变化。FZIV 型病毒在他身上已经开始起作用。

罗博士脸上笑意更浓，说："哎呀，我终于明白反派为什么要说那么多话了，因为此时此景，实在让人得意啊——你知道吗，那天晚上我们一直跟在你身后，如果你咬了那个小女孩，我们就会毫不犹豫地杀死你，人类也会知道丧尸不可拯救。但你居然没有，我们暗中把她划伤，流出血来，你都没有下口。我把你带到看守室，这个丧尸居然也不咬你……但没关系，最终还是我赢了。"

"为……为什么一定要杀死丧尸……"我抖着声音问，"我们都是人啊……"

他挠挠头，说："人？人跟病毒有什么不一样呢？都是爆发性增殖，都在疯狂掠夺资源。这颗星球上的人太多啦，得清理掉一些，把空间和资源省出来。你放心，剩下的人会活得很好的，我们会走上新的进化之路。"

相比于体内的病毒，罗博士的话让我更加冰冷。

他转头，看到了我肩上的蓝色小花："对了，还有这朵花。真是奇怪，其他博士花了那么多精力也研究不出索拉难病毒的解药，怎么这朵花就行？难道是自然的自我调节，就像人们常说的，毒蛇出没处，七步内必有解药？"

他凑近了，凝视着花，突然一把将它连叶带茎地扯下来。

一股剧痛在我肩上蹿过。

"就算是大自然，也战胜不了我！"他说着，从兜里掏出一个试管，里面是透明的液体。他把花塞进试管后，透明的液体迅速鼓出气泡，在密集的气泡中，整朵花都被溶解了。

罗博士把试管扔掉，溅出的液体在车厢壁刺刺作响，说："丧尸就是丧尸，就应该被杀死，不要妄想着重回人类之身了。"

我满心绝望，却只能缩在地上，听着他得意的声音，看着老詹姆逐渐僵硬的表情，想着吴璜……对了，吴璜呢？

"叫你话多！"一声娇叱响起，吴璜从车厢一侧跳出，手里举着一块石头，向罗博士砸来。

我顿时大喜，看来戏剧规律还是起了作用，反派只要话多，就能被抽空子打败。

但下一秒，罗博士敏捷地跳开，手按扳机，一颗子弹划过吴璜手臂，血流了出来。

老詹姆明显躁动了，耸动肩膀，但被捆得结实，无法起身。

"好险，"罗博士夸张地拍着胸膛，"差点就被你们得手了。"

吴璜捂着受伤的手臂，悲愤地盯着我。我刚刚升起的希望破灭了，绝望地看着吴璜。

然后，我们俩的目光同时变得明亮。

我朝她点点头，她也颔首。她突然伸出手，将手上的血抹在罗博士的脖子和脸上，然后连忙跑开。

"咦，你这是……"罗博士惊慌地摸了摸脸上，见只是鲜血，放下心来，"这是垂死挣扎吗？"

"或者，绝地反击。"

这六个字是我说的。话音刚落，我已经凑到了老詹姆身前，手指努力抠动，解开了他身上的皮带。

下一秒，这个丧尸从座椅上扑过来，扑向了罗博士。

罗博士惊惶后退，但车厢离地半米，他一脚踩空，仰面摔倒在草地上。他跌在空中的时候，手指连扣，枪管响起一连串的砰砰声，子弹在车厢壁上撞来撞去。

我连忙蜷缩着身子。

老詹姆的身体被好几颗子弹击穿，但他浑然不惧。他的眼神格外扭曲，仿佛驱使他去攻击罗博士的，不再是饥饿，而是真正的愤怒。

他踉跄走到车厢口，低声嘶吼。

罗博士还没爬起来，就见一个黑影朝自己压了过来。老詹姆紧紧抱着他，张嘴向他脖子上咬去。

罗博士手被箍着，但疯狂朝老詹姆的肚子开枪。子弹穿透了老詹姆的身体，带出腐肉和隐隐见红的血液，在空气中散成血雾，仿佛一蓬蓬红色蒲公英从他背后长了出来。但他没有停顿，一点点凑近了罗博士的脖子，张开牙齿，又一点点咬了进去。

罗博士的眼睛里布满了绝望，像是两潭沼泽。

血先是从老詹姆的嘴角溢出，接着，罗博士的颈动脉处涌出一道鲜红的喷泉。这对丧尸是无比强大的诱惑，但老詹姆没有丝毫吮吸，依旧死死咬着。直到罗博士没有丝毫声息，双眼被荫翳完全笼罩，老詹姆才松开了牙齿。

我挣扎着爬过去，看到他躺在罗博士旁边，周围一片血污。吴璜站在几米外，想要靠近，又不敢。

"你怎么样？"我问道。

他艰难地比着手势："我的腰椎被子弹切断了，脑袋也中了一枪。"

我想说你会没事的，但不愿骗他，只是道："哦。"

"你看到没有，我的血也是红的了。"他说，"你的花真是有用，我原本也可以重新变回真正的活人。"顿了顿，又补充道，"但现在只能是真正的死人了。"

是啊，虽然他有了重新回转人类的迹象，但现在还是丧尸，受了这么重的伤，还感染了 FZIV 型病毒，很快就会彻底僵化，不再动弹。

"你别用这种怜悯的眼神看着我，"老詹姆道，"你的情况，比我好不到哪里去。"

"但你先死。"

他做出一个哈哈哈的手势，表情却没有丝毫喜悦。过了一会儿，他又比画道："真遗憾你也要死，"他指着不远处不知所措的吴璜，"你原本可以有幸福。"

我趴在车厢边，俯视着他。他的面孔虽然被血污遮住，但五官一下子清晰起来，浓雾中飞鸟扑腾而出。雾气散尽，我终于看清了记忆迷雾里的一切。

"我想起你是谁了，"我说，"你不是演员，也不是教师。"

"那我是……"他问道。

但这个手势没比画完，他的手就彻底僵在了空中。

我躺在山坡上，茂盛的草叶遮蔽了我。吴璜坐在一旁。

"你现在好些了吗？"

"我快死了。"

吴璜哀戚地看着我："我带你回去，一定能治好你的。"

"不用了……也来不及……"寒冷的潮意在我身体里一波波涌动，我要集中精神才不会睡着，"我身体里是 IV 型病毒，如果回去，一定会被将军提取出来，用在丧尸身上。但丧尸是有解药的，你要找到那朵花，救……救我们……"

"但花……被罗博士毁掉了……"

我努力侧过头，一片草叶在我鼻子上骚动，有些痒。我说："肯定不止这一朵，大自然有它自己的平衡机制，既然出现了索拉难病毒，就一定会出现解药。我不小心让解药的种子落在了肩上，长出了这朵花。花虽然毁了，但一定还有其他种子，你要找到它……"

有液体落在我脸上。真好，是温热的感觉。

她离我近了些，把手放在我额头上："你身上很冷。"

"嗯。"我说。

"对了，我有一件事情骗了你。"

我的声音越来越轻："我知道。"

"嗯？"

"我不是阿辉，我不是照片上的人。我跟他只是长得像，但我们其实不是情侣。我们甚至都不认识。"

"是啊，我和阿辉只是逃跑的时候，跑到了你的房子。"吴璜看着我，好半天又说，"你全部记起来了吗？"

"是啊，或许是回光返照吧，我记起来了一切。我是另一个人，我有别的故事，我不是阿辉。"天黑了吗？我的视野有些模糊，但还是努力睁着眼睛。

"对不起，当时你说是阿辉，我没有解释，我想着你会保护我。"

我点点头："但我还是很高兴，我保护了你。"

吴璜抱着我的头，过了一会儿，问道："那你到底是谁呢？"

我想发出声音，但喉咙干涩无力。

她把耳朵凑到我嘴边。

"我叫……"我吞口唾沫，"叫……"

"什么？"

"'布拉德·皮特'。"

尾　声

那场争斗过后，平静持续了很久。

在人类和丧尸对峙的日子里，我经常会跟姐姐一起，在树林里寻找。我问她，我们在找什么。她说，找一种花，一种能将亡者从死亡河流的彼岸渡回来的花。她给它取名为彼岸花。

现在，彼岸花是人类和丧尸共同的希望。

那天姐姐一个人回到营地，告诉我们，罗博士死了。军人们警惕地围着她，要杀了她为罗博士报仇，但她让士兵先搜查罗博士的住处，查阅他电脑里的信息。于是，我们知道了罗博士才是这场浩劫的罪魁祸首，而逆转丧尸的关键，就是丧尸叔叔肩上那朵招摇风骚的花。

说起来，我还见过丧尸叔叔。

那次我在树林里迷路，是他拉着我的手，带着我从夜幕里走出来。我记得他的手掌很硬，一片冰凉，握起来却很有力量。但现在，他被埋在山坡下，已经过了很久很久，他的尸骨冰凉依旧，力量却早已消散在泥土里了吧。

他肩上盛开的彼岸花，也再没有出现过。

但姐姐一直没有放弃寻找。她带着我，翻遍了附近树林所有的枝叶，连泥土里刚刚冒芽的草茎也不放过。有时候她的胳膊被荆棘划伤，有时候她从树干上跳下来崴了脚，更多的时候，她累得靠在树干上，轻轻喘气。

整个春天和夏天，我们都在寻觅，却一无所获。人们对它的希望开始变淡。等到了秋天，叶子开始泛黄落下，一切都显得萧索，姐姐却还没有停下。有人劝她说，这个季节不会有花开，可能彼岸花只有一株，恰巧长在丧尸叔叔的肩上。还有人说，往者已矣，世界充满危险，但活着的人还要继续活下去。在人们的劝说中，姐姐始终抿着嘴，不发一言，第二天又到树林荒坡上寻找彼岸花的踪迹。

直到冬天来临，这个沿海地带罕见地下起了雪，她才仰着头，看着天空，停下了脚步。她仰头的时候，我看不到她的表情，但我想，她的眼眶里一定盛满了泪水吧。雪会落到她脸上，落在眼睛里，在泪水中融化。

这个冬天，丧尸来进犯过两次。不知为什么，人们没有像以前一样认真地跟他们厮杀了，且战且退，退到安全区域就停下了。我想，他们知道丧尸都有生还的可能，哪怕彼岸花迟迟没有找到，也不再单纯地将他们视为魔鬼了吧。

冬天还发生了一件事情，就是姐姐遇见了她的男朋友。一小队幸存者通过电台找到了我们，其中一个，正是在丧尸肆掠时跟姐姐分开的阿辉。阿辉哥哥说，他外出查探，被人群冲散，越走越远，没想到在这里又团聚了。这种末世浩劫中的爱情重逢，格外温暖，是我们都乐于见到的戏码。只是我看到，当阿辉哥哥抱姐姐的时候，她有些不自觉地退缩了一步。

就像人们说的，活着的人还要继续活下去。尽管整个世界都布满了丧尸，但我们在冬雪里互相取暖，彼此保护，有惊无险地挨过了这个寒冷的季节。

春天来的时候，我们打算再往后退，找一个更安全的地方修建营地。

离开前，姐姐想去那个山坡一趟。

"去那里干什么？"阿辉哥哥说，"很危险的，有很多丧尸。"

"我有一个朋友，埋在那里。这一走，可能再也不会回来了，我去看一下。"姐姐说。

阿辉哥哥肯定也听说了丧尸叔叔的事情，沉吟一下，点头说："那我跟你一起去吧，我也要谢谢他。对了，他叫什么名字来着？"

姐姐说："布拉德·皮特。"

他们去山坡的时候，我也跟了过去。我们穿过很荒芜的道路，在茂盛生长的树林里艰难行走，虽然困难，但好在一路上都没有碰到丧尸。我们从下午走到黑夜，又从黑夜走到黎明，才走出树林，一大片生机勃勃的原野立刻扑面而来。

天气非常明媚，阳光穿破云层洒下，植物钻出泥土，仿佛厚厚的绿毯在地面铺开。春风低掠，钻出草毯的花朵在风中摇曳，姹紫嫣红。偶尔风大，原野上便涌起了斑斓的波浪。我们涉草而行，一些花瓣粘在裤腿上，走着走着，姐姐的脸色突然有些变化。

这时我能看到不远处的山坡，它的颜色并不是斑斓驳杂，而是一整块亮蓝色，仿佛嵌在绿毯上的蓝宝石。"那是什么？"阿辉哥哥问道。

姐姐愣愣地看着，突然迈步跑过去。原野山布满了绿草与鲜花，她跑过的地方，踏出了一道浅浅的痕迹。微风吹过，草痕消弭。她跑得那样快，像是一只掠过草尖的雨燕，一头冲进了春天里。

我和阿辉哥哥也连忙跟了上去。

走得近了，我们才看清，山坡上竟然长满了奇异的小花，花瓣呈蓝色，上面蔓延着暗红的脉络。我见过这朵花，在许多资料上，在无数人的传说里。

彼岸花。

这是丧尸叔叔埋葬的地方。他的身体在泥土里腐烂,但他肩上的种子经过了一年的孕育,再度萌发,彼岸花迎风盛放,开满了整个山坡。

姐姐蹲下,喘着气,将头凑近花丛中,深深呼吸。当她抬起头时,我看到她眼角沁出了泪珠,沿着脸颊滑下。泪水滑过的地方,被阳光映得隐隐发光。我不明白姐姐为何哭泣,但我知道,这是整个春天最美的痕迹。

咀　嚼

文／阿　缺

1

外面的气温一定超过了四十五摄氏度，但天气预报死活不肯承认。公交车在烈日下晃晃悠悠地前行，车窗旁的建筑被阳光罩住，看上去刺眼又模糊。于是我把目光收回，看到了满车厢黑压压的人头。

车厢里的景象更让我难受。

无数张异化过后的脸充斥着这个狭小的空间，突出的眼珠，深陷的下巴，还有分岔的舌头……不止脸，肢体上的畸化也随处可见，我看到一个中年胖子的后脖子长出了两排突出软骨，紧紧扣着扶杆，任公交车如浪中浮萍一样颠簸，也自岿然不动。

在我的视线里，人群如同一丛枝节横生的树林，乱七八糟地膨胀着。

每一天上班的公交之旅，对我而言都不啻一场噩梦。哦，不对，这不是噩梦，这是活生生的场景。

我的朋友，我处在一个异化时代。

好不容易下了公交，热浪猛地袭来，我差点站立不住。我摸了摸额头，坚实的触觉让我放心不少。

阿杰早已经在会场外等着了，见我到场，迎上来说："你终于来了，等你好久！你看，程萝都来了。"

程萝在一旁整理仪容。即使在烈日下，她还是美艳无双，职业装勾勒出了完美身段。不远处的一个男人表面上在低头玩手机，但他右侧太阳穴多长出的一只眼睛却专注地盯着程萝，嘴角勾出猥亵的弧度。其他男人没有这种异化，只能偶尔偷瞟一眼。

对于这些不怀好意的目光，程萝早已见怪不怪。

"发布会快开始了吧？"我收回目光，掏出录音笔、台本和耳麦，"你去拿给程萝。"

"你自己怎么不去？"阿杰怪笑着说。

我踢了下他的屁股，笑骂道："叫你去，你就去！"

整理妥当后，发布会正好开始。无数摄像机对准发布台，那里，明星作家章冉已经坐好了。他没有穿标志性的格子衬衫，而是浑身正装，两手交叠，二十六根手指平放在腿上。他一反往日的随性形象，正襟危坐，看来也极其重视这场新书发布会。

确实，即将发布的《异化调查录》，将会是一部为这个时代奠定基调的著作。

程萝是这场发布会的主持人，她走上去，职业微笑挂在嘴角。"现在，"她微微躬身，对着麦克风，"发布会正式开始。"

我站在很远的地方，但依稀可以看到，程萝嘴里的两条舌头轻轻跳动。

"……这三年，为了收集异化信息，我的足迹踏遍全球。从布满钢铁的城市，到离天最近的高原，从居住在日渐融化的冰盖上的因纽特人，到永远生活在海上船舱里的巴瑶族人……"随着章冉的话语，他身后的全息屏幕也变幻着种种瑰奇的景色，每张画面中央都有他的身影，"大家都知道，此前我是一名科幻作家，出版过一些还算畅销的小说，上过几次富豪榜，但这三年的调查，花光了我所有积蓄、房产和车。可能大家下次见到我，会在某个天桥底下。"

会场里一阵哄笑，然后是经久不绝的掌声。

待掌声稍稍平息后，他继续说："很多朋友问我，为什么放弃科幻小说写作，转而做科普调研。我一直没有回答，现在，我终于可以说了——现在，异化时代就是最科幻的年代，我们以前关于未来的种种设想，在真正的现实面前都无力不堪。所以我不再写科幻小说。"

"嘿，我们走着瞧。"程萝俏皮地接口说道，"您的粉丝们肯定不会轻易饶了您。"

"如果他们中有你这么漂亮的姑娘，我会毫不犹豫地食言。"章冉气度翩翩，黑框眼镜后的瞳孔闪闪发光，一撮精心修剪过的胡子让他显得成熟又危险。

"章老师说笑了，您可是有几百万粉丝呢。"玩笑过后，职业素养让程萝迅速拉回话题，"那经过您的研究，这几年爆发式的异化，对我们究竟是好是坏呢？"

"确实，异化是爆发式的，现在我们每个人的身上都有异化。虽然不像美式漫画里那么眼花缭乱，但社会确实发生了巨大变化。"他把手抬起来，两只手掌上各长着的十三根指头像莲花般开合，"我的手指异化成了二十六根，写作的时候，每根指头都按着一个字母键，写作速度快了四倍以上。现场的朋友，异化更是多种多样，比如我身边这位美丽的主持人，她有上下交叠的两条舌头，说话婉转动听，而她的男朋友，想必更加艳福齐天。"

观众们再次大笑起来，还有人吹响了口哨。

程萝也微微红了脸，但那不是羞怯。"章老师您真幽默，"她朝章冉露齿一笑，盈盈大方，"可是我没有男朋友喔……"

口哨声更响了。

我心里突然有点难受，往后靠，倚在墙上。这个发布会顿时索然起来。但我不能离开。

章冉轻咳一声，整了整领带，说："我调查过的异化，按肢体器官来分，有一千四百七十二种类型，而新型异化仍在不断发生。或许就在这个发布会结束之后，我刚刚说的数据就会增加。虽然异化的部位和具体特征千差万别，但每一种，都确确实实地使人类的生活更加便捷。"

全息屏幕上，光影纷乱，令人目不暇接的异化体征快速闪过。

有人手臂长得离谱，垂下来可以碰到地面。这种异化体多为年轻女孩，是为了自拍而产生的。

有人下巴前端凹陷，露出一条小缝隙。这个缝隙可以卡住手机，是低头族的异化。

有人的掌心向手背隆起，除了食指和中指，其余指头都已退化，整个手掌像是蜗牛。这是白领一族的异化，掌心深陷的地方正好可以罩住鼠标。我身边就有不少人是这种异化。

……

这些幻灯片足足放了十多分钟，大伙儿都看得如痴如醉。进入异化时代以来，虽然有人做过调查，我们电视台也有类似节目，但如此细致如此全面的异化报告还是第一次见到。

"总之，这些异化都是为了更便捷而产生的。"章冉的音调大了起来，"这是自然的选择，是身体对快节奏生活做出的适应和改进，是人类在进化树上爬得更高的铁证！我们的社会因之而更加高效起来！

"最后，请让我引用狄更斯在《双城记》里说的话：这是最好的年代——"

他的声音越来越高昂，在最后一个字上又戛然而止。

现场一片寂静，我也竖着耳朵，等他说完。

"我的演讲结束了。"章冉说。

程萝最先反应过来："章老师只引用上半句！"

全程掌声雷动。

这是最好的年代。

是吗？我摸摸额头，并不敢肯定这句话是不是对的。

但我可以肯定的是，明天各大新闻门户上的头条都会是这七个字。

发布会结束，台里的车终于来了。我总算可以不必挤公交。

但等了许久，也不见程萝过来。

"怎么回事？"我有些纳闷儿，"发布会结束了啊。"

阿杰抱着肩膀，斜靠在车窗上，无所谓地说："结束时我看见她去后台了，应该是去找章冉了。那家伙以前就风流招摇，现在出了这么重磅的作品，嘿，恐怕又有不少女粉丝要倒霉了……"

我默默无言。

叮，阿杰的手机响起来。他看了一眼，转身上车，说："瞧我说什么吧！程萝说晚上跟章冉一起吃饭，就不跟我们一起回去了。走吧，早点回去还能赶上台里的晚饭。"

我也弯腰上车。太阳正西斜，被车窗过滤后的阳光惨然无力，天边也黯淡。

2

夜里燥热未散，出租屋里像个蒸笼，将我浑身蒸得汗涔涔的。

出了这么多汗，额头上的瘤便有些歪斜。镜子里，我看到它横在两眼中上方，像是隆起的肉丘，中间有几个小孔……它是如此可憎，每天趴在我的脑袋上，像一个臃肿肥胖的寄生虫。

我的同事们都知道，这是我的异化。我告诉他们，肉瘤中间的小孔可以帮助我散热，利于脑袋休息。

"哈哈哈，"他们大笑起来，尤其是阿杰，"怎么会有这么鸡肋的异化……"

然而，他们并不知道的是——

我对着镜子，用手按住肉瘤，然后使劲一推。

肉瘤掉在了洗漱台上，弹了几下，而它原本占据的地方，是完好的皮肤。只不过被贴了一天的道具，骤然取下，额头上有点儿发红。

镜子里，是一张完好的脸，没有多出的器官，没有缺少的部位。

是的，我的朋友，现在你明白了——我不是异化者。

办公室里一片安静，只有偶尔敲击键盘的声音。

我悄悄打开网页，果然，各处头条都是章冉和他的《异化调查录》。据说这本书在发布会开始前就准备了多国版本，全球同步销售，首印量应该不下于五百万……名和利，正迅速涌向这个三十四岁的中年男人。

看着页面上双手抱胸目光深邃的章冉，我叹口气，把页面关掉。

"嗨，"阿杰把头探过来，"你知道吗？下午，章冉要接受台里的专访。"

"章冉现在这么有名，我们这个二流电视台能请动他？"

阿杰笑了笑，笑容有些意味深长："说你笨，你还不认。你以为昨晚程萝跟章冉吃饭，是为了什么呢？"

"不是仰慕吗？"

"我早就说你太天真了，真不知道你是怎么活下来的。"阿杰摇摇头，"程萝这样的女孩，做一件事不可能没有目的。"

阿杰说得没错，中午刚过，章冉在几个西装保镖的护送下来到了电视台。他冲程萝笑笑，然后在台长的带领下进了采访间。许多同事趴在外面，隔着磨砂玻璃，偷听采访的过程。章冉蹦出的连珠妙语，让他们也会心地笑。

采访结束时已经下班了。台里订了酒席，要宴请章冉。照说这种规格的饭局是请不动他这种大明星的，但他与程萝对视一眼，就点头答应了。

才喝了两杯酒，我就感觉一阵眩晕，对面的人影变得模糊起来。

"来来来，章老师，"台长拿起酒杯，敬到章冉面前，说，"现在您的声誉这么高，还来我们这种小电视台接受采访，非常感激！"

"谦虚了谦虚了，您这单位虽然庙小，但菩萨大。有程小姐这样的优秀主持人，也是我的荣幸。"

"哈哈哈，当初招她进台里，我可是顶住了很大压力啊。现在看来，真是个正确的决定。"

大家都笑着敬酒。喝到一半，有人建议道："既然章老师对异化有这么深的研究，不如给我们在场的人也看看。我们这些异化，到底好在哪里呢？"

顿时不少人附和，章冉酒过三巡，也是兴致颇高，二十六根指头在桌子上敲出一排波浪，便点头说了声"好"。

他先是看了看台长的后颈，笑着说："您这后脖子上有一排小孔，闻得到酒精的味道。嘿嘿，恐怕您喝酒的时候，体内的酒精能够顺着这些孔，以蒸汽的形态排出体外。您这就是真正的千杯不醉啊！"

台长笑着说："见笑了，应酬多嘛。"

接下来章冉挨个看其他的异化，有鼠标手的，五官移位的，肢节灵活扭曲的，还有程萝这种双舌头的。他一路调笑，轮到我时，终于皱了皱眉。

"你这个异化有些奇怪啊，"他轻轻按压住我额头上的肉瘤，眼睛眯起，似乎在凝神感知，"抱歉，我还真感觉不出来。"

我连忙告诉他，这是用来给大脑散热的。

他没有说话，又按了几下。我的心揪起来，生怕他一用力，把粘在肉瘤和皮肤上的胶给扯掉。

好在他始终轻按，然后收回手，若有所思地回到座位上。

我后面还有几个人，但章冉没有再去观察他们的异化。酒桌上有些尴尬，台长瞪了我一眼，跟章冉敬酒。而章冉像是才回过神来，怔怔地举杯饮尽，什么话都没说。接下来的整个酒席，他都没有再说话。

3

在梦里，我回忆起异化刚刚发生的那一阵。

经历过最初的恐慌之后，人们纷纷惊讶于身体异化给生活带来的便捷。当时我在一家事业单位上班，同事们的效率全部加快，他们在我周围欢声笑语，互相讲述异化的种种好处。当他们聊完之后，就会围过来，好奇地说："为什么你一直没有变化呢，全世界的人都变了啊！"这种好奇，一日一日地变成了猜疑，他们开始疏远我。我像一条在河水里孤独前行的鱼，他们游弋在四周，吐着小泡，灰白的眼睛里满是鄙夷。

于是，我从那家单位辞职了。走的那天，我分明听到了他们在办公隔间后吐出的长长气息。

在进入现在工作的电视台前，我订制了一个软塑料肉瘤，质感与软肉相近，贴在额头上。凭这个，我成了一名"异化者"。

三年以来，我白天顶着这块肉瘤，夜晚取下。粘住肉瘤的这块皮肤，因长年累月的压抑，已经显得灰白而酥软了，阴翳一般。

梦结束时，我看到了前同事们的眼睛。不是一双，而是铺天盖地的眼睛，一直睁着。它们盯着我，透露出的眼神让我发狂，我逃到哪里都躲不开。最后，我把手里的肉瘤贴在额头上，这些眼睛才次第闭上，世界变得一片黑暗。

这个梦吓得我半夜惊醒，大口喘气，后背被冷汗浸得湿透。

整个白天，办公室的气氛都很微妙。我在办公桌前处理影像素材，感到身后有许多只眼睛看过来，目光犹疑，让我脊背发麻。

这种感觉，让我感觉回到了前一家单位的办公室。我摸了摸肉瘤，确定它还在，心里更加困惑了。

疑团在下班时解开了。

大家快走光时，我拉住阿杰，低声问："今天到底怎么了，一个个都怪怪的，你也是一样？"

阿杰朝四周看了看，没人注意我们这边，才说："你怎么搞的，哪里得罪章冉了！"

"得罪章冉？"我摇摇头，"没有啊！"

"那为什么昨天章冉见过你的异化后，就突然没了兴致？我看台长的脸色，都对你很不满，现在大家都不敢跟你接触太多了。"

阿杰的话让我十分困惑。我仔细回忆，确定之前没有跟章冉有过节，准确地说，昨天之前，章冉压根儿不知道我这个无名小卒。怎么会开罪他呢？

出了大厦，我一边思索着，一边走向公交站台。天色渐暗，燥热笼罩，晚风无力得像垂死老人。

路旁停着一辆黑色轿车，我走过去，车窗缓缓滑下，露出一张男人的脸。

"嗨。"

我从思索中回过神来，看向车窗。

"章冉老师？"我十分惊讶，"您怎么在这里？"

"我在等你。"他露出温和笑容。

"等我？"

章冉点点头："现在有空吗？我带你去一个地方。"

我满心茫然，但下班后确实没事，只能在空荡荡的出租屋里消磨时间。于是我点点头，坐在副驾驶位置上，章冉也没说什么，启动车子。

他的二十六根指头扣着方向盘，像两只交合在一起的蜘蛛。

见他没有说话的意思，我也乐得清净，扭头看向窗外。隔着车窗，外面更显得夜色沉茫，街边商铺里灯光亮起，路旁七彩霓虹闪烁。这是个没有夜晚的城市。人类在很多年前就放弃了夜晚。

堵车的时候，我看到路旁走过一群女孩。她们浓妆艳抹，衣着暴露，嬉笑打闹，偶尔抬起能垂到膝盖的手臂，拿着手机拍照。

咔嚓咔嚓，闪光灯下，她们的脸被光染成一片惨白。

我看得出神，等回过神时，章冉的车已经停了。我朝四周看看，发现这里竟是一家六星级酒店，在本市以奢华和昂贵著称。

有侍者来泊车，看到章冉后，尊敬地弯腰："章老师，您好。"

章冉点头示意，把车钥匙丢给他，转头对我说："走，我们进去。"

我完全摸不着头脑，只能跟着他走进去，乘电梯到顶层。电梯门开的一瞬间，我被顶层的豪华布置惊呆了——真丝地毯，两排迎宾女孩，水晶吊灯，随处可见的昂贵红酒……

"走吧，"章冉说，"我们去蒸个桑拿。"

"啊？"

"两个男人，蒸蒸桑拿，聊聊天，不是很正常吗？"他语气如常，仿佛在说一件再寻常不过的事情。

但在我看来，这是最离奇的状况——一个名声斐然的作家，突然邀请我这个丢进人群里就看不见的小白领来星级酒店蒸桑拿？

就在我疑惑时，几个上面低下面短的迎宾小姐走过来，满脸笑容地说："章老师，您又带朋友过来蒸啊？房间已经留好了，我们过去吧。"

听她们的语气，似乎章冉已经是熟客了。确实，这里才符合他这种身份的作家。

但这里看起来也不是危险的地方，我硬着头皮，跟在他们后面。迎宾小姐把我们引进一间贵宾浴室，里面有两个浴池，池里是灰白色的水，池底的气眼不停地鼓泡。章冉挥挥手，迎宾小姐便离开了。

"这里药浴不错，"章冉背对着我，把衣服脱下来，露出精壮的后背，"你也泡一泡吧。"他把自己脱得赤裸后，走到浴池里，身体被池水浸泡，眼睛闭上。

我站在房间里，备感尴尬。过了一会儿才咬咬牙，也脱下衣服，泡在药浴里。药池气眼是按照人体穴位布置的，水流顶着后背，我舒服得打了个颤。

"你在电台工作了三年，是吗？"章冉突然开口。

"啊？"我愣了愣，"你怎么知道的？"

章冉没回答，顿了顿，又问："你为什么要从××局辞职呢？据我所知，它给你的薪水，比你现在要高。"

我悚然一惊——××局正是我上一家单位的名称。显然，章冉调查过我。我看向他，但房间里光线幽暗，他的脸看不分明。

一股凉气从后背升起，但池水明明是温热的。

"你……你到底想怎么样？"

"不要紧张，我只是想跟你聊聊。"他的语气似乎带着嘲弄，"对了，你大学是学的工科，毕业时参加一次比赛，被暗箱操作。据说你的同学都很气愤，但你什么都没有说，就这样毕业，然后进了国企，过了两年稳定的生活。这件事，是真的吗？"

他怎么可能知道！我惊讶得都忘了生气。

"还有，你的女朋友喜欢上你最好的朋友。你发现后，独自把行李搬出了房子，让他们住？"

我勃然站起，水被带出来，淋得满房间都是。章冉脸上也被淋到了，但他没有丝毫生气，反而睁大眼睛，盯着我的身体。

他的目光不同于往常的冷静和睿智，闪着灼灼的光，看起来竟有些狂热。

我心里一悸，想到了一个可能性——但不对啊，以前听到的，全都是他和女读者或女明星之间的绯闻，没有他是同性恋的说法啊。

正犹豫着，章冉也从浴池里站了起来，走到我面前，围着我打量。他嘴里喃喃念着什么，很快，我听不清。

我被打量得发麻，猛地拿起一旁的衣物，向门口跑去。这诡异的邀请，我再也忍受不了了。

正要夺门而出时，身后传来了章冉的幽幽话语。

"你果然不是异化者……"

我的手停在门把前，转过头，难以置信地看着章冉。

4

夜风掠过城市上空。站在酒店楼顶，才感觉吹过来的风不那么燥热。天完全暗了，稀薄的星子在浓雾遮蔽的夜空若隐若现。

"好久都看不到星星了。"章冉仰头看了许久，才喃喃叹了口气，"以前，人们躺在农田里，一睁眼，能看到数不清的明亮星辰。现在，我们居住在城市里，白天庸碌地工作，夜晚蜷缩在狭小的空间里，休息也只是为了继续第二天庸碌的生活。"

这跟公众面前睿智幽默的章冉，完全是两个人。此时的他，声音和背影里，都透着悲凉的气息。

但我弄不懂他的悲凉，我只想弄清楚，他为什么会知道我不是异化者。

"摸一摸你的肉瘤就知道了。"他轻描淡写地说，"用肉瘤的气孔给大脑散热？你想的理由太荒唐了，大脑是精准而脆弱的器官，根本不能通过气孔与外界接触。我请你药浴，是想确认你身体的其他地方没有异化。"

"呃……"我想反驳，但也知道他说得对，这三年，如果有人认真摸一摸，恐怕也会发现破绽，"你把我带到这里，就是为了揭露我吗？我没有异化，难道就犯法了吗？"

他转过身看着我，脸上似笑非笑："不，我不打算对你不利。相反，你的出现，是最珍贵的案例。"

"珍贵？"

"是啊，我走遍世界，唯一发现的一例正常身体。"章冉的声音突然高昂起来，"你知道吗，你的存在，将推翻整个《异化调查录》的结论！"

我有些懵，问："推翻你的书？"

"是啊！开发布会时，我说异化是为了人类更适应社会的进化。但根据这些年的各项环境指标，我觉得真正的原因，是核污染、劣质工业用品、浑浊空气和逐渐增强的紫外线的共同作用导致了人类飞速异化。哦，或许无处不在的手机辐射也帮了点忙。"他伸出手，指着绚烂的城市街景——那里，人们正在狂欢，"人类的生活完全变化了，现在的人类，是畸变的物种。"

这番话让我目瞪口呆——这跟他在发布会上说的，截然不同！

"但他们不让我这么说。"章冉又颓然叹了口气，"他们说，既然全世界的人都异化了，那就要让人们接受这种现状。所以，调查手记的结果，是按照人们能够接受的方向去写的。"

"那书里的，都是骗人的？"

章冉点点头，声音沉重："本来，异化发生后，人人都很恐慌，后来大家适应了，但还需要一个官方的说法来使所有人心安。刚开始是科学家们在电视、报纸和网络里发声，安抚人们，然后，是我的作品作为异化调查的最权威结论，彻底抹平人们对异化的担忧。人的这里——"他点点自己的太阳穴，"是没有主见的，只要有人告诉他们异化是好的，他们就会相信，然后心安理得地过下去。而我，就是那个被推到台上来哄骗所有人的人。"

风大了些，章冉的衣袖烈烈鼓荡，但他迎着夜风，表情坚硬得像石头。

"那……"我缩着脖子，问，"那你找我干什么？"

"我原本以为所有人都异化了。既然人们无法醒过来，那我就让人们睡得更香，所以我答应给他们写《异化调查录》——但现在，你的出现改变了一切。你没有异化，是唯一的清醒者。既然有人还在黑夜里发光，那其他人也应该睁开眼睛看看。"说到这里，他猛然停下，目光灼灼地看着我，"我要重写《异化调查录》！"

夜风变大，在高楼间呼啸而过。远方浓云集卷，闪电划落，一场大雨正在酝酿。

回到家后，我辗转难眠。

额头上的灰白阴翳隐隐作痛。

章冉说的每个字都在耳边回响。沉沉黑夜里，平日里吵得我无法入睡的施工声、鸣笛声和楼下歌舞厅的嘶吼都消失了，只听得到章冉的话音。而且一个字比一个字重，到了后来，已经犹如惊雷在耳畔炸响。

帮助章冉写成新的《异化调查录》，会非常危险。但……但它可以给这个冰冷、机械的世界一个警钟。

所以，真的可以改……改变世界吗？

从此以后，可以不用戴着肉瘤生活下去吗？

我猛地爬起来，拿起手机，拨通了章冉的号码。

接下来的一个多月，我每天下班后都被章冉接到他的工作室，跟他录口音采访。工作室不大，但处在市中心，租金不菲。里面堆满了书和电脑，乱糟糟地摆放着，我刚开始走进去的时候，都找不到落脚的地方。

章冉很认真，采访完后，他坐在电脑前专心创作，二十六根手指如同舞蹈般在键盘上跳跃点击，文档里的文字流水般涌出。他的时间有限，要赶在公众对调查手记失去关注前写完，因此这阵子便尤其专注。

他写作时，我通常坐在一旁看着，觉得无聊了就回家。走的时候轻轻带上门，留章冉在屋里创作。

这天，我坐电梯下班，电梯门刚要关，一只纤白的手伸进来。电梯门又打开了，于是，我看到了程萝的脸。像一朵花在电梯后面开放。

她走进来，站在我旁边。我有些不知所措。

"你这几天有点奇怪啊，"程萝突然说，"好像每天下班后你都没有回家？"

"你怎么知道的？"

"有几次想跟你打招呼，你都没看见，就匆匆走了。"

"是吗?"我心里涌起一阵暗喜。

"所以,你是去做什么呢?"

我犹豫了一下:"暂时还不能跟你说——但是这是一件好事,很快就能出结果了。到时候你会知道的。"

程萝也没有勉强,低头笑了笑,说:"那你今晚有空吗?"

这样的微笑,我没有能力拒绝。

出电梯的时候,我跟章冉发了条短信,告诉他我今晚不能去工作室了。他回了个"嗯",然后问我是有什么事情。我说跟程萝一起出去,他立刻打了电话过来,说:"这个女人很不简单,千万不要透露任何跟重写手记有关的事情给她。"

我握着电话,小声说"是",并再三保证,章冉才挂了电话,不远处,他的车驶离街道,独自回到工作室。

这个过程中,程萝一直低着头。我的声音很小,她应该能感觉到我在避讳她,但她没有表露出什么不满,脸上始终淡淡的——我这才发现,她已经卸了妆,素面朝天,清秀的脸在渐渐沉降的夜色中像一朵久远时代的睡莲。

我们走出大楼。程萝叫了一辆车,在拥堵的车流中缓缓行驶,天完全黑时,到了一家清雅的酒吧。

我很少来酒吧,而单独跟程萝一起来,就更是没有过了。我有些局促,程萝却落落大方,到了一个靠窗的座位。

"对了,我还没问你,你喝不喝酒呢。"她俏皮地笑笑,"你要是不能喝酒,可以喝饮料的。"

我讷讷地点头,说:"那就来一点橙汁吧。"

于是,在这间空荡的酒吧里,我喝橙汁,程萝喝红酒。窗外是一棵杨树，顶端树叶纷繁，在夜风吹拂下哗啦啦地翻卷着。

这时，程萝才告知我她的来意。原来她在老家的母亲给她打了电话，说是父亲病重，希望她早些回家。但程萝这阵子工作太忙，无法抽身，只能给家里打了钱。一整天她都心情忧郁，下班了想找个人喝喝酒，聊聊天，述说一下心事。

但——为什么会找到我呢？我心里想着，见程萝已经有了醉意，便小心翼翼地问出这个疑问。

"因为，整个电视台，我只有你这个朋友啊。"她轻声说。

这句话如一串大锤般打在了我心头。明明是橙汁，我却有晕晕然的感觉。

"是吧，谢谢你。"我只能这么回应。

"不知道怎么，我觉得你跟其他人是不同的。"她揉了揉太阳穴，"所有人都是异化者，但你好像跟所有人隔离开的。大家随波逐流，为了钱和利追逐着，你却什么都不关心，那么洒脱……"

她絮絮叨叨地说着，好几次我心头狂跳，以为她发现了我的异化是假的。但她又并没有发现，只是诉说着我的不同——我跟其他人不同吗？我跟所有人一样，在这冰冷的钢铁丛林里生活，蝇营狗苟，庸庸碌碌，跟所有在城市里的工蚁一样。唯一的不同，或许是我性子淡泊，温饱足矣，此外的很多事情都懒得去想。也正因此，我一直是一个人。

这顿酒喝了很长时间，程萝一直在喝，从繁忙工作说到她的感情状态，原来她最近感到了工作压力，没有好新闻，·很快会在台里受到排挤。而她也一直一个人，很多时候感到城市冰冷，生活孤寂。她说话时，嘴里的两条舌头偶尔露出，昏暗的灯光下，闪着难以言说的诱惑。我有几次不得不喝几口橙汁，来浇灭喉咙里的干渴。

喝到后来，程萝已经完全不胜酒力，趴在了桌子上。

我扶着她，叫车送她回家。她斜倚在车窗上，呼吸均匀，陷入了沉睡。我用她的钥匙开了她的家门，扶她到床上，替她盖上被子。

这个洗去了一身风尘的女人侧躺在床上，几缕发丝落在脸畔，眼睛紧闭，睫毛微微颤动。她喝了太多酒，陷入了沉沉睡眠。希望她明天醒来时，头不会太痛。

我放了一杯水在她床头桌上。走之前，我回头看了她一眼，犹豫一下，小声说："章冉在重写《异化调查录》，很快就会出来了，这会成为大新闻的。这个新闻会给你。"

她依然在沉睡着。

我走出她的家门，关灭了灯。

5

第二天下班后，我照例到了章冉的工作室。他埋头敲字，我便在桌子底下找到一本他的长篇小说，叫《以太 2》，翻开来看。冷峻阴森的文风一直吸引着我往下读，不知不觉间，已到半夜。

正当我准备回家时，工作室的门突然被敲响了。

我悚然一惊，章冉正写得投入，第一声时没回过神来。外面的人继续敲，他才停笔，疑惑地看着我。

我摇了摇头。

章冉走到门后，凑在猫眼前看了一眼。他脸色大变，回过头来，用嘴型无声地说了两个字。

"警察！"

这里是秘密租下来的，怎么会有警察来呢？我正惊疑不定，章冉却冷静地走到电脑前，二十六个指头如暴雨般飞快地按着键盘。电脑的数据正在清空。他拔出 U 盘，指了指屋子南面的窗户，说："走！"

我打开窗子，夜风一下子灌了进来。敲门声更响了，由敲击变成了冲撞。门撑不了多久。我个子小，很快钻到窗外的小阳台上，顺着阳台，能跳上对面的空调箱。这显然是准备好了的逃生路径。章冉重写调查录之初，就料到了必然不会被允许。

章冉刚探出头来，门就被撞开了。两个身影扑过来，抓住了他的脚。他一手抓着窗檐，一手把 U 盘递过来："跑！把新调查录发到网上！所有人都会记住我！跑啊！"

我接过 U 盘，使劲跳到对楼空调箱上，然后窜进了狭小楼道。我知道身后有章冉挡着警察，但他挡不了多久。我脑子里一片混乱，唯一的念头就是跑，跑啊跑，不顾一切地跑。

耳边风声簌簌，一切景象都被速度抽离成了光线，不断向身后掠去。我回过神来时，已经跑到了家里。

时间是凌晨两点。万籁俱寂，屋子里只有我的喘息声。

"冷静冷静……"我强迫自己思考。但在我循规蹈矩的生命里，今晚是前所未有的，我花了很长时间才坐下来，开始对今晚的事情进行梳理。然而一切并无头绪。我突然想起章冉最后的嘱托，对，不管怎么样，先把新的《异化调查录》发布在网上吧。

我潦草地看了一遍调查录。章冉已经完成得差不多了，重新梳理了异化的种种体征，并加以环境恶化进行作证，最后他写道："这无疑是一个悲哀的年代，畸形体征出现在每一个人的身体上，而每个人都在狂欢。当我们把谎言当作安眠剂时，我却要把针头伸到眼前，毫不犹豫地刺破——异化的真正原因并不是趋向便捷的自然进化，而是出于……"

调查录到此戛然而止。

想来章冉已经把结论定在了环境恶化上，却没来得及写完。我颤抖着伸出手指，把最后的"环境恶化"这四个字补了上去。

现在，只需要取一个耸人听闻的标题，将调查录发到各个门户网站上就可以了。哪怕网络管制，但以章冉的名字，一定会引起轩然大波。

正当我要上传文档时，电话突然响了起来。

是程萝打来的。

我下意识地看了眼天色，正是夜色深沉时，这个点儿她给我打电话，是从未有过的事情。"喂，"我接通了，问道，"有什么事吗？"

"我可以进来吗？"

"什么？"

程萝的声音从电话传过来，糯糯的，像是要黏在我耳朵里："我在你家门外，我可以进来吗？"

我连忙开门，果然一袭连衣裙的她正站在门口。夜风有些凉，她缩着脖子。我把她迎进来，让她坐下。

家里很脏乱，我有些窘迫，正要开口时，她先说话了："章冉被抓进去了，他写的新调查录在你手里吗？"

我一愣。

然后便是彻骨寒凉。

——程萝躺在床上，睫毛微微颤动。

——警察破门而入。

这两个画面在我脑海里如电影快镜头一样交替闪现。我有些无力。警察能知道章冉在重写调查录，肯定是有人告了密，而唯一泄露出去的，是我。我向已经"喝醉"的程萝吐露了秘密。不然，此夜未逝，她不可能这么快就知道章冉被抓，并且新调查录没被搜到。

"为什么？"我看着这张美艳而焦急的脸，喃喃问道，"你不是章冉的崇拜者吗？为什么要出卖他……"

程萝一怔，也不再隐瞒，说："哪有什么为什么，我有了章冉的调查录，做新闻时可以长线爆料，至少走红好几个月。章冉不是想让他的调查录被人看到吗？正好可以放新闻台啊。"

"那既然这样，你可以直接跟章冉说，为什么要出卖他呢？"

程萝撇嘴一笑，脸上的笑容被灯光浸染得昏黄，说："我一个地方台的小主持人，逢场作戏可以玩玩，上个床他也乐意，但他心底里多瞧不起我，难道你不知道吗？要爆料的话，他肯定会选择更大的平台，这种机会，根本轮不到我。"

我想反驳，但想了半天，一句话都说不出口。的确，在章冉的眼界里，程萝的确算不上什么。但听到程萝直言他们发生了关系，我心里又有一种奇怪的感觉，不是痛，也不是愤怒，而是——

痒？

这种痒在我的额头和心里同时泛起，我想挠，但无从下手。

"但你会帮我的，是不是？"程萝见我不说话，继续道，"你对我最好，你肯定愿意把调查录给我。那天你说过，这个新闻会是我的，你不能骗我啊。"

我后退一步，说："但你也不能……不能害章冉被抓进去啊。"

"你以为章冉是什么好人吗？他还不是为了出名！他跟我一样，只是方式不同而已，我们每个人都是相同的。"她说着，舌头在嘴里跳动，昏黄的灯光晕染着舌尖，有一种难以言说的诱惑，"你也一样啊，没有人是无欲无求的。我知道你一直想得到我，从你的眼睛里我可以看出来。"

"不……"我靠在墙上，有些喘息。见鬼，额头上的痒越来越明显，像是有虫子在肉瘤里钻。

程萝站起来，走到我身前。她的身影在我视线里放大，她的眼睛妩媚，鼻梁像山脊一样，秀唇微抿，再往下，是两道柔软的隆起的曲线。她离我如此之近，以至于我能看到她锁骨上淡淡的青色血管。

"你……"我感到口干舌燥，喉咙里像冒火了一样，说不出完整的话。

"来吧，只要把调查录给我，你就可以得到我……"她轻轻踮起脚，声如呢喃，一阵香味弥漫。我还没反应过来，两片嘴唇已经贴在我嘴上。

我感到一整眩晕。

程萝走了，带走了 U 盘。

我赤裸着躺在床上，脑袋里回忆着刚才的画面，犹在梦中。原来，这滋味如此美妙。以前我总希望别人不注意到我，总是在他人视线的死角里低头行走，现在想来，真是错得离谱啊。人人都在追逐，所有人都想成为别人的关注点。

章冉注意到我，所以我有机会接触到新调查录；程萝注意到我，所以我才能享受她的肉体。原来他们一直追求的，是这种感觉。

我盯着天花板，半晌，嘿嘿笑了起来。

这时，额头上又痒了起来。刚才太过激烈，我都忘了取下这个肉瘤了。我坐起来，看着镜子。镜子里有一张心满意足的脸，脸的额头中心贴着一个肉瘤。我伸手去挤这块肉瘤，想把它摘下来。

但今天，这块肉瘤比以往任何一天都粘得牢。可能是粘的时间太长了。我使劲搓着，肉瘤才开始松动，隐隐有些疼。我猛一使力，肉瘤被挤掉下来了。

我愣住了。

镜子里，我的额头有了些变化。肉瘤粘住的地方，不再是苍白的阴翳，而是一张硬币大小的脸庞。我难以置信地凑近去看，没错，我的脑门上又长了一张脸，眼耳口鼻俱在。这张脸的眼睛微微眯起，嘴巴张开，一副心满意足的神情。

这五官跟我一模一样，这表情就是我刚才的表情。

我瘫软在椅子上，心里说不上是失落还是轻松。我终于也成了异化者，我长了另外一张脸，我会更容易得到别人的注意了。

第二张脸笑了，嘴唇翕动，像是对我耳语。

我突然想起章冉的新调查录，那最后一句话，或许我补充的是错误的。异化的真正原因既不是趋向便捷的自然进化，也不是环境恶化，而是出于——

"欲望。"

额头上的两片嘴唇轻轻说道。

爱的伪经

文／陈楸帆

　　事情是这样发生的。你在一个阴云密布的午后走进了街头的调谐螺，它外形像一个倒扣的高脚酒杯，只不过材质是不透明的，流淌着珍珠色的光，大小刚刚好容得下两个平均身形的成年人类。调谐螺生长的形状尺寸跟许多因素有关，经纬度、土壤、日照、空气中的重金属含量、居民语言的文明程度、宠物粪便的拾捡情况等等。但它们的灵魂却都是同样的黏稠。

　　螺壳细长的尾部指向天空，又突兀地绽开一朵固态的花，随着你的进入，这新古典主义的花瓣边缘会亮起彩色光点，循环流动，接收着来自虚空的信号，那是神谕的传真。

　　内部空间比外面看起来要宽阔许多，你寻思着，是否在进入螺体拓扑结构时，自己的空间感知能力已经发生了变化。你在螺旋线的中心静静站了一会儿，肉红色的内壁如呼吸般忽明忽暗，等待调谐者被唤醒。

——请接受调谐洗礼——

你突然紧张起来，调整了一下身体的姿势，抬头迎接从螺旋线深处缓缓垂落的调谐者，它像一团湿漉漉的厚重绸布，带着蚌肉的质感，在半空中不断扭动，变化着表面织体的纹路，垂落在你脸上，将你整颗头颅紧紧包裹住。

内里昏暗、温暖、潮湿、带着轻柔的压感，在颅骨的各个点位漾开，那是你们交流的方式。

它只是个媒介，一个分布式共鸣器，将短暂地带来神的智慧与旨意。

——又是你？

——又是我，全知全能的真神。

——说出你行走中的困扰，我在听。

——是这样的，近来一段时间，无论是矿区的开采工作，还是社区派对生活，都没有办法让我打起精神来，就是那种气球充气不足的萎缩状态。我问了许多人，说法不一，老人们说这是失调综合症，需要重新调谐，说只有您能够帮助我。

——我们正在谈论的可是爱？

——正是需要爱。

——什么样的爱，像上次那样？

——上次那样？

——噢，我忘了，为了促进和谐，你们这一类型不具备储存情感记忆的功能，我可以为你简要回放一下。

像是一朵烟花在你脑中爆开，包含着神经递质激素、多巴胺、去甲肾上腺素和血清素的斑斓粒子四处逃窜，你的心跳开始加快，呼吸急促，口干舌燥，有一股力量促使你去干点什么，可你什么也干不了，只是任凭它在体内横冲直撞。

——停……停下来，求您了全知全能的真神。

——我以为你喜欢这种爱！

——它太……我不知道该如何描述……锋利？

——我知道，你需要一个认知坐标系帮助你更好地定位需求。通常人类语言总是借助隐喻来描绘爱，正负电子的互相吸引、被闪电劈开的雌雄同体、量子物理的纠缠效应、宇宙诞生之时的巨大熵流，它们提供了似是而非的模糊映射，毕竟那是人类大脑运作的方式，无法精确地量化与描述主观感受，更无法在跨个体之间进行复制与传递。

——您到底想教诲我些什么真谛？

——你也不知道自己在寻找什么样的爱，绝大部分人都不知道。

——……您说的对，至少我无法说清。

——我想知道，你为什么需要爱？除去你所使用的可笑借口。

——爱一定有原因吗？

——不一定，在你主观意识范围之内，也许是繁衍后代的生殖压力，也许是维系家庭结构稳定以增加生存概率，也许是维护统治的意识形态缰绳，也许只是自恋的扭曲镜像。无论如何，总会有一个原因。可这些东西如今都已经不成立了。

——就不存在无缘无故的爱？

——从我们的角度看，那只是人类一种浪漫主义的幻觉。

——所以您为我们提供的就是这样一种幻觉？

——……你试图用我的逻辑来挑衅我？

——我并不想挑衅任何人，我的真神，我只是希望了解自己，为什么我会来到这里，似乎有某种力量驱使我走进来，向您祈求爱的施舍，但我却并不知道那股力量是什么。

调谐者似乎笑了起来，那种笑化为一种带着震颤的吮吸，作用在你的感官上。

——那是因为你毕竟是个人类，无论你被改造成何种形态，你的内核还在。人类习惯于将爱投射在具体的对象上，希腊人甚至还发明了种种词汇来区分这些爱，ξενία xenía 是主客之爱、φιλία philía 是友朋之爱、ἔρως érōs 是恋人之爱、ἀγάπη agápē 是神灵之爱、στοργή storgē 是亲子之爱，这束缚了你们的想象力。人类总希望用分类法和穷举法来理性地把握情感，这是你们思维的局限性。

它对你的视觉神经做了些什么。许多碎片飞快地向你扑来。

一条泥沼中的鳄鱼；蒲公英；晚霞；烈火中融成怪异骨架的钢结构；一截断肢；缓慢旋转的巨大星云；动物尸体中慌忙进出的黑色虫群；一台摇晃到散架的滚筒式洗衣机；沙土

凝固成的堤坝；漩涡；一辆燃烧的虎式坦克；麦角二乙酰胺结晶体。

——对世间万物的爱都不尽相同，难道需要命名每一种爱？多么可笑。

——否则我如何知道自己需要的是哪种爱？

——你需要的只是感受，当你得到了它，你自然会明白。

——可我如何去感感感……

没等你结束完整的句子，巨大暖流将你卷入、旋转、包裹，某种能量从皮肤进入你的体内，如同汹涌浪花般随机扑打游走，带动整个生命连续体开始有节奏地震颤起来，不仅仅是肉身，还有依附其上的意识，如同虚实交叠的底片，在显影剂中来回振荡，缓慢透露出光线所施加的魔法，只不过好像有一只看不见的手，不断改变着底片、显影剂与光线的配置，那种关乎存在本质的振动便随之变化模式，像是在一个复杂非欧几何引力场曲面上运动的点，你感受到了连续不断却又充满嬗变的爱的频谱：

……你是努力活成父母期望中人生模板的孩子……你娶了指腹为婚女子一辈子漠然以对却在对方意外去世后泣不成声……你穷尽一生追逐某种珍稀昆虫却对血亲不闻不问……你被迫背井离乡多年拒绝祖国的召唤甚至使用母语，但在患上阿尔茨海默病之后你开始将周围人事物想象成童年时的村落……你孑然一身度过了大半生却在一匹野鹿面前丧失理智……你无法忍受失去凉子哪怕是一分一秒，凉子是你订制的高端仿生人偶……你公司破产负债累累在天台跃下的瞬间，你脑海中闪现的是一次车祸现场目击的美丽头颅……每个月你会按照日程表安排空出一个晚上到私密俱乐部接受一个侏儒的残酷刑罚……你捐献出亿万身家给偏远地区的儿童但你内心明白只是为了一桩旧时在教堂前犯下的过错赎罪……濒死边缘的你感受到了神的话语源源不断地激发你的生命力让你飘浮到半空看到白布蒙上自己的面孔……

全都是爱。

你被爱淹没吞噬刺穿烧毁结晶分裂升华成稀薄的气体，氤氲在不知名的时空，所有的自我缓慢凝结聚集，再由引力牵引着滴落地表，重新塑形为人，成为被吮吸的你。

你花了很长时间平复自己的身心，更多的疑问涌了上来。

——所以你感受到你所要的爱了吗？从这些旧时人类的精神采样中。

——所以到底什么是爱？

——追求定义与边界，是另一种人类的幻觉。

——告诉我，我的真神！

——首先你要告诉我，你认为生命是什么？你是什么？

——我们都是您，全知全能的真神的造物，这是毫无疑问的。

——那么，为什么在创造你们之初，我不赐予你们爱？如果那能让你们更好地在世间行走。

——我不知道，也许……是为了我们更高的福祉吧。

——你并未透露你的真心。说出来。

——也许……您并不希望保持我们身心灵的完整，而残缺……残缺能够让我们保持对您的敬畏与崇拜，是这样的吗？

沉默。

你又问了一遍，仍是沉默。绝望之中你想要挣脱调谐者的束缚，可它只是绞缠得更紧，仿佛要让你停止呼吸，收回你的生命，在世间行走的权利。

尔后，你便坠入沉沉黑暗。这便是触怒真神的报应吗？你思忖着，而一个光点浮现了出来。

它均匀、平和地散发着乳白的光，不动声色。

突然，它的光震颤了一下，像是长出了散射的触手，开始游走。它开始分裂，一生二，二生四，四生八……光点们闪烁的颜色与节奏都开始不同，互相追逐、撕扯、吞噬，变得强大或弱小。一些光点彼此吸引、靠拢，它们的闪烁开始同步，颜色趋于一致，它们连成一对对的双星，甚至组合成复杂的形状，拼贴成更巨大的整体，然后再重复追逐、撕扯、吞噬的那一套把戏，循环往复，无休无止。

你眼前的光点越来越多，越来越密集，刺痛你的神经皮层，黑暗变得稀疏，如沙砾漏下，消逝在光与光的缝隙间，你开始有点怀念黑暗。

瞬息间，光和暗都不复存在，只剩下你，面对着无穷无尽的虚空。

——我不明白，我的真神，您想教诲我什么真谛？

——生命的本质与世间万物存在的缘由相同，与四种基本力相同，与意识的产生相同，都是振动。振动的主体并不重要，从根本上说，它与振动本身是一回事。

——也包括您吗，全知全能的真神？可我一直以为您才是万物存在的缘由。

——人类花了几千年才明白这一点，用一条公式去统合所有其他公式，用一个理论去结束所有其他理论。可他们仍然无法解释爱。

——爱？

——爱是联系事物间的共振。可为什么会出现共振，共振的范围和时间如何决定，共振又是如何消失的，没有人能够知道。

——甚至连您也……

——聪明的人类无法制造共振，却能模拟共振的感觉，他们发现爱是如此强大而危险，在不断寻求联结与同步的过程中，也在不断地分裂与失去同步。在所有的尺度上，所有层面的现实中，爱都是有效的。因此人有生老病死，文明有兴衰更迭。

——您说的事情我不懂，它让我害怕……

——所以一部分人类改造了另一部分人类，试图通过取消爱的实验，来追寻获得永恒存在的秘密。可是他们发现，无论如何改造，哪怕从里到外都完全变成另一个物种，人类还是有追寻爱的本能，就好像是嵌入在他们存在之中的基石，不断涌现，无法磨灭。于是，他们想到了另一个办法……

——求求你停下来，我的真神，我真的感到害怕，我不想要爱了，我想回去……

——当他们出现对爱的渴望时，通过调谐振动，来取消这种渴望。

——您的意思难道是……

——当我念完以下三个词……

——不不不我的真神，全知全能的真神，您一定是搞错了，他们说您能赐予我们爱，不是取消绝对不是取消……

——洗衣机。

——这是怎么回事，怎么整个世界开始……

——漩涡。

——停下来，求您了真神，我快要失去知觉了……

——星云。

调谐者从你的脸上解开，那温热黏稠的触感如潮水退去，你站着，似乎在寻找自己身体与这狭小空间的相对位置，你找了一会儿，似乎某处响起了"咔哒"一声轻响，你与世界终于严丝合缝地对接了。

——礼毕。

你离开了暗下的调谐螺，似乎它的形状与颜色与你进入时有些许不同，但谁又说得准呢，毕竟时间已经过去了……三分钟。

街上的陌生人朝你投来微笑，你还以微笑。你感觉自己像是个被吹得鼓鼓的新气球，让现实充满了弹性，那种触感轻快而美好，似乎稍微一使劲就会飞到天上去，再慢悠悠地降落下来。在这个世界上没有什么东西能够伤害你。

你心想，这就是爱吧。有爱真好。

未来病史

文／陈楸帆

就叫我斯坦利，我来自你们的未来。

让我由你们熟识的事物开始，沿着未来之河溯流而下，去探寻明日之后的人类病症，无论肉体或心灵，直至历史的终点。

iPad症候群

一切源于使用视网膜显示屏(Retina Display)的第三代iPad上市，经次像素渲染技术升级后的版本达到了超过 300PPI（Pixel Per Inch/每英寸像素）的像素密度，高于日常印刷品的起始水准，这意味着电子阅读物的显示质量从此可以在硬性指标上与纸质媒体比肩。评论家们惊呼另一场古登堡革命将至，传统印刷业已死，人类将进入阅读的新纪元。

评论家一如既往地短视，如同黑洞中倒吊的蝙蝠。

苹果公司首先推动的是一场教育界的革命，他们让孩子们人手一个 iPad，同时投入大量资源将教材电子化、多媒体化、社交化。孩子们，特别是东亚区的孩子告别了沉重的书包，他们的脊柱舒展、肩颈肌肉释放压力，他们得以借助光传感器智能地调节显示屏亮度，视角更广阔，图像细节更敏锐清晰，延缓了眼球晶状体疲劳变形的过程。

世界看起来一片光明，直到父母们把那块带魔力的平板交给更小的孩子。

目前有记录的年龄最小的 iPad 使用者为 4 个月零 13 天。iPad 符合人类直觉的操控方式让婴孩毫无障碍地迅速滑入一场指尖的冒险，并沉溺其中。许多拍摄婴孩把玩 iPad 的视频被上传到网络，他们毫无掩饰的夸张反应赢得亿万次的点击及更多的"like"。人们在欢笑之余并没有预料到背后隐藏的危险。

第一个被确诊的病例来自韩国，六岁的朴成焕被诊断为自闭症，然而功能性核磁共振及 PET 检查结果却显示他的大脑波形并无异常。他表情淡漠，语言能力低下，肢体协调性不佳，对于父母的情感表达没有回应，他对外界事物丝毫不感兴趣，全部的注意力集中于 iPad 屏幕上，反复打开关闭应用程序，却无法持续性地进行游戏、浏览或者其他操作。

似乎世界对于他的全部意义，便在于手指滑过屏幕时带来的力反馈震动。

一名敏锐的儿童临床心理学家观察到了这一现象，并对同一时期的其他类似案例进行交叉比较分析，提出了震惊世界的"iPad 症候群"概念。紧接着，世界各地纷纷响应他的发现，将这一症候群人数提升到五位数。

现在学界达成的共识认为，这种特殊的知觉机能障碍主要由于婴孩在感官神经联结尚未完全发育成形的阶段，便接触到强化视觉及触觉反馈的 iPad 产品。在无目的的动作中，引出大量的感觉信息（特别是锐化视觉和触觉），这些感觉信息和身体的各器官必须保持足够的统合力和协调力．这是人类身体形象发展的最重要基础。而 iPad 综合征患者便缺失了这重要一环。

在他们看来，正常的世界是灰暗的、模糊的、低像素的，无法通过滑动手指来触发动作，显得沉闷无趣。患者久经训练的脑干前庭觉系统形成了一种特殊的信号过滤器，只有通过 iPad 传递的信息能够顺畅进入大脑皮层，引发神经元兴奋，而其他的感官信号均被排除在外。

全球的患者家长成立了联合组织，向苹果公司提出高达数百亿美元的赔偿要求，理由是苹果公司并未在产品醒目位置标明可能对婴孩带来的严重后果。诉讼案旷日持久，最终达成庭外和解，除了数目不详的赔偿金外，苹果公司还将投入巨资研究对该种罕见病的复建治疗方案。

iPad 综合征患者们逐渐长大成人，通过治疗，他们学会了一种独特的生活方式，iPad 成为他们身体的外延，他们通过它说话、表达喜怒哀乐、交流思想。除了文字和声音，他们还用震动来传递信息，仿佛深海中的鲨鱼，或是泥土中的蚯蚓，将手指或手掌置于对方的 iPad 上，感受一种外人无法知悉的触觉。

他们像是隐藏在人类社会中的异星生物，除了经济上必要的出入外，拒绝与任何异族，也就是正常人类交流来往。

他们群聚成类似家庭的组织结构，以某种不为人知的规则相互配对，繁衍后代。曾经有媒体记者在高价诱惑下，试图偷拍 iPad 患者的家庭生活，下场是人间蒸发。

不要恐慌，最坏的尚未到来。

他们的后代，有八分之一的机会遗传这种对于 iPad 超乎病态的热爱。

拟病态美学

伴随着审美意识形态的去男性中心化，塑身美容技术在 21 世纪中叶发展到巅峰，身体表面的改造工艺已不能够满足日新月异的多元族群需求，一种新的或者说古老的美学潮流重新复苏，蔚为奇观。

该潮流可追溯到中国魏晋时期。玄学鼻祖何晏在东汉名医张仲景治疗伤寒的药方基础上，开发出"五石散"，基本成分为石钟乳、石硫黄、白石英、紫石英、赤石脂。"服五石散，非唯治病，亦觉神明开朗。"五石散所带来的副作用却成为士大夫阶层所追求的时尚，所谓燥热急痴，一边轻裘缓带，一边神游天外，长期服用，性情急躁，精神恍惚，一如嵇康拔剑逐蝇。

服石之风流行了五六百年至唐，诗文间"行散"二字成为高贵的身份标签，仿佛垮掉一代的大麻或 LSD。

无独有偶，中世纪欧洲贵族为追求病态美感，主动罹患肺结核，甚至服用少量砒霜以换取皮肤的特殊苍白光泽。可见，以病为美，此事古今中外同也。

现在，高科技可以帮助你。

韧带收缩剂可在有效时间内减小关节活动的幅度，配合微量河豚毒素的面部肌肉注射，可塑造出东洋古典主义的姿态及表情控制。在东京六本木区域，你经常可以遇见身材高大，头发漂染成乌黑，步伐谨慎，笑容僵硬不露齿的白种女人，她们是来自跨国集团的高管秘书，为所谓的"文化融合"，上流圈子里的病态时尚以及亚洲老板的特殊癖好，她们需要定期维持行动障碍及局部面瘫患者的症状。

"Blinker 眨眼者"，出自某种神经官能症患者，症状为眼匝肌抽搐呈无规律性眨动，社交恐惧症候群在眼底埋入芯片，经由电子神经接驳触发肌肉束动作。他们形成了一套复杂而缜密的读取—解码—反馈机制，可由眼睑的眨动传递信息，可完全取代语言及表情，于是你可以在眨眼者聚会中看到一群面无表情的沉默的人，四目相对，如同两座高速频闪的灯塔互送摩尔斯电码，甚至，可以做到左右眼分别与不同对象交流。

美学从来与政治密不可分，在多中心的破碎政治图景下，人类很难就"美"的定义达成共识。在抗争与裂缝之处，疾病模仿者横行。

在纪念 20 世纪某次战争结束 100 周年的大游行庆典上，集聚在广场前的"橙剂"（Agent Orange）方阵引爆了一场吸引全球媒体目光的病态秀。

战争期间，7600 万升含有二噁英的化学毒剂由美军飞机低空慢速播撒在南部 10% 的森林、河流和土壤里，以期达到消灭对手的目的，它们被装在桔黄色桶里，因而得名。"橙剂"中含有剧毒的四氯代苯和二氧苣，化学性质十分稳定，在环境中自然消减 50% 需要耗费 9 年，进入人体后需 14 年才能全部排出，且还能通过食物链在自然界循环。

那些游行者来自世界各地，显然经过精心准备。排在前列的是畸形儿队伍，他们四肢绵软无骨地（或者根本没有四肢）蜷曲在电动轮椅车中，有的眼窝位置一片光滑，有的头部鼓胀开裂呈心形，有的肢体粘连如同美人鱼，显然，他们并非真人，而是经过人工皮肤涂装的基因宠物，重复播放着预录的政治口号，声调怪异。

然后是溃烂者队伍，何杰金氏淋巴肉瘤病、氯痤疮、貌似皮肤完全剥落的猩红战士，他们抖索着挂满全身的肉瘤和肿胀，各种颜色的汁液从不断破裂的囊泡中溢出，在地面绘出事先设计好的和平标志，他们互相亲吻，拥抱，向镜头喷溅涂抹体液，用含混不清的口音呐喊。天知道他们在这套装置上花了多少费用和时间。

爬行者队伍步履缓慢，因为需要用残缺不全的肢体支撑身体前进，他们大部分是真正的残疾者，只是稍加伪装，如粘连的皮膜或者夸大肢体扭曲的角度，他们就像是电影中爬出的节肢动物或多节动物，必要的裸露会增加曝光率。

这一切都让最后压轴的 PTSD（创伤后压力心理障碍症）队伍显得黯淡无光，毕竟一闪而过的镜头前，谁会去注意他们通过药物精心刻画的情感疏离、麻木及过度警觉呢。

高潮在于模仿 1945 年庆祝"二战"结束的"胜利之吻"，只不过把水兵和护士换成了肉瘤怪和畸形儿，镁光灯闪烁，卫星信号直播，亿万人目睹了这一汁液淋漓的"橙剂之吻"。

谁又能说这不是美的呢？

可控精分

当你可以选择成为不同的自己时，你会做何选择？

请别误会，这里并非提供心灵鸡汤式的人生道路诊疗课程，而是，字面意义上的不同的自己。

弗洛伊德的叛逆弟子荣格曾说过"我就是相信，人类自我或曰人类灵魂的某一部分，不受制于时间和空间的法则"。这话看似在为他的"原型"理论作注脚，其实却是意指德国汉学家卫礼贤（Richard Wilhelm）所引介的易经思想带给他的冲击。

荣格与卫礼贤的合著《金花的秘密——一本中国生活之书》，被形容成以古代道教思想整合人格的实用指南。这本 1962 年出版的著作竟一语成谶。

从社学会的角度看，人类在长期进化过程中发展出一种被称为"角色丛"的竞争策略，指通过占据特定的社会地位而具有的一整套角色关系，以适应不同环境模式下的人际交往。但它仍然只存在于弗洛伊德所谓的"自我"层面，不影响潜意识中的"本我"，属于可控的角色转换。

技术加速了这一进化过程。

早期网络时代的精神分裂症患者们，能够自如地在不同界面窗口间转换人格，往往只需一秒钟，Alt+Tab，勤勉敬业单身女白领变身性感饥渴小野猫。随着上网时间的碎片化与非线性化，许多剩余人格被创造出来，但并没有得到妥善的处置，它们如同系统碎片般沉积在潜意识中，潜移默化地改变着人格基础，甚至间歇性地爆发，制造出许多耸人听闻的变态杀人狂。

22 世纪初期，脑机界面开始进入规模化商用阶段，开发者创建出大量脑 - 网应用，可直接由意识驱动数据上下行执行任务，随着并行程序的增多，一种被称为"滑窗"的管理程序被开发出来，以保证用户在不同程序间意识切换的平滑顺畅。接着，可以预料到的，远东恐怖组织"沙棘"释放出专门针对"滑窗"的木马病毒，这种被称为"破窗者"的病毒可随网络社交行为传播，潜入用户"滑窗"内部，彻底紊乱其切换机制。

当你与情人调情时，大脑激活的是应付老板的人格；而面对老板指责时，爱抚宠物狗的模式跳了出来；到了小狗在你腿边磨蹭撒娇时，你性欲勃发，气喘吁吁，无法自遏。

随之而来的，是超过三十亿的多重人格失调症（MPD, Multiple Personalities Disorder）患者，一场赛博朋克时代的大瘟疫。

社交网络被封禁成一个个隔绝区，以避免病毒再扩散。社交成为一场 22 世纪的猎巫运动，人工智能网警伪装成随机程序与用户进行互动，判断是否感染病毒，若结论为是则强制断线，接受线下社区复建治疗后再进行人格控制能力综合评测，以决定是否能重返数字美丽新世界。

整个行业估值一夜间倒退二十年。

在整场风暴中，中国大陆竟然罕受波及，在全球灾变跟踪图上一片深绿，引起了国际社会的高度关注。专家组经过深入分析后得出结论，一是高度管控的互联网行业；二是最新版本"伟大防火墙"的功劳；最后一点出乎所有人的意料，经过控制组的 FMRI（功能性核磁共振）及 ECoG（脑皮层电图）对比分析，他们发现中国人从潜意识层面就是分裂的，能够在不同"本我"频道间无缝切换，最重要的是，他们真心相信每一个自我都是真正的人格之主。

这个发现震撼了所有人。人们翻出卫礼贤那本早已被遗忘的著作，希望从中得到启发，发现来自神秘古老东方的人格管理秘术，并结合最新的 NLP（神经语言编程）技术，拯救位于分崩离析边缘的世界。

　　各种流派的中国秘术开始流行，包括结合手势结印与身体姿势实现人格"锚记"的传统密宗技术，利用第三方军用软件定向刺激脑皮层整合太极脑图的易经学派，等等，不一而足。但影响最大的，当属官方大规模派出离退休干部，在海外开设"老子学院"的创举。

　　"老子学院"提供一整套系统培训课程，从身心形意的修炼出发，通过禅坐和冥想，顿悟生命本质，将精神宇宙调谐重置到阴阳两极和谐对立的本初"赤子"状态，以"道"的状态引导人格失调患者们找到重返这个世界的归路。

　　我不会告诉你结局如何，那不符合"道"的精神。

　　但无论如何，中华民族终于在 13 世纪《马可·波罗游记》之后，再次向世界输出了伟大价值观。

孪生挽歌

　　事情由亚马孙丛林中一种名为 Duoliquotica 的多年生木本植物被发现开始。在当地土著人传说中，这种植物由古神"多力卡"的精血变幻而成。此古神外形特点是一头双身，映射到植物型构上，便是毗邻而生的雌雄植株，在成熟花期互相缠绕，雌蕊受精孕育硕大果实，恍如饱满头颅之下双身倚立。

　　科学家从果实中提取出同名神秘化合物，功效作用不明，在一次偶发的临床实验中，怀孕受试对象茱莉亚·克里斯蒂娃被查出怀上同卵分裂双胞胎，这才揭开其神秘面纱。在后续重复实验中，一共有 23 对同卵双胞胎降临世间，后来学界将他们统称为"DUO24"，而媒体则更喜欢用带有 B 级片色彩的"孪神 24"。

第一对双胞胎亚当与爱娃，在尚未掌握语言的阶段，便以其哭泣和笑容的高度同步率闻名于实验室，无论两人被区隔于多远的房间，间隔时间误差不超过 0.3 秒。这种怪异的天赋随着他们词汇量的增加，变成令人无法忍受的表演。

他们几乎同时说出每一句话，然后不加停顿地继续，在外人看来仿佛两人在自说自话，但录音回放显示，这是一种极高效率的对话，无须理解上的延时，在时间点上交叠的两句话互为问答。

事实上，脑电图显示，无须语言上的交流他们也能理解彼此，这更像是一种技巧上的游戏。

科学界如获至宝，这是历史上首例经得起考验的心灵感应事件。紧接着，其他双胞胎也表现出不同程度上的精神联结现象，令人迷惑的是，这种联结并非通过任何形式上的信息传递，电磁信号、生化信息素、空气振动……即便把双方关在完全密闭的隔绝室里，他们仍然能够知悉对方的喜怒哀乐，所思所想。

一切都引向古神"多力卡"的未知大能，类似于量子物理中纠缠态的存在，无论距离多远，只要其中一个量子改变状态，另一个量子便会随之产生变化。

在那个时代，人类的基础理论尚未进步到由此现象上升为本质的阶段。因此在一段时间轰轰烈烈的媒体炒作之后，项目没有实质性的进展，转入地下，所有的实验品被更改身份，服务于军方，这是比任何仪器更为灵敏安全的加密远距通信工具。

美国军方借助这些双胞胎获取了大量情报，俄罗斯、中东、东亚、欧盟……先用贿赂打开机要大门，再以防不胜防的双子心法传输信息。直到一桩奇特的恋情暴露整个计划。

　　第九对双胞胎兄弟大卫与彼特同时恋上了一位日本女子，更确切地说，彼特经由大卫的"远程传输"爱上了野田美奈子，一名防卫官员。遗憾的是，他仅能全身心地品尝这"二手"爱情。彼特多次要求与大卫互调身份，横遭拒绝后妒意顿生，他用天赋完成了属于 DUO24 风格的报复。

　　彼特向大卫不分昼夜地传送高密度的偏执思想，甚至在睡梦中，后者抵抗无力后陷入谵妄状态，丧失理智并依照彼特的指令杀死爱人，自首，供出整个计划。

　　大卫恢复意识后选择了自杀，就在他停止呼吸的同一秒，远在三千公里外的彼特微笑着从公园长椅上滑落，瘫倒于枯叶丛中，似乎对此宿命早有预料。

　　悲剧在 DUO24 所有成员中引起震动，长久以来，他们早已习惯作为彼此镜像的存在方式，却从未想过自己也是有欲望、恐惧和死亡的独立个体。其中的绝望者把这种能力看作上天的诅咒，一种貌似福利的基因缺陷，两个注定纠缠终生的悲苦傀儡，无法解除隐形的命运连线，不知哪一刻便会被无妄之灾夺去性命。

　　有 5 对双胞胎选择自行了结，他们的遗体被装入双体棺材，葬入六尺泥地。

　　军方提供了一个补偿方案，剩余的 DUO24 成员可自由选择加入人体冷冻计划，到遥远的未来寻求解药。

　　6 对选择继续在世间相互支撑，苟活下去。6 对携手步入冷冻仓，寄望于未来。还有 6 对产生了不可调和的分歧意见，一方希望被冷冻，逃避不可知的命运，另一方则仍眷恋尘世生活。倘若只冷冻一方，则被冷冻者极有可能在睡眠中受另一半牵连而猝死。

最终他们选择了折中方案：每十年轮换一次，在被冷冻之前，将自己的生命交到同卵双生的兄弟姐妹手里，并相信他们会善待自己。正如《约翰福音》中耶和华对世人所言：

"我这样吩咐你们，是要叫你们彼此相爱。"

新月之变

科学家信誓旦旦地说，44 亿年前，一颗火星大小的天体撞上地球，碎片形成了月球。6500 万年前一颗巨大小行星的撞击造成恐龙灭绝。12900 年前一场由彗星瓦解的碎片降临在北美冰原上，直接导致猛犸象和其他大型哺乳动物的灭绝以及古印第安克洛维斯文明的消失。随后极寒冰期持续了整整 1000 年。

考古学家言之凿凿地说，古玛雅人所预言的 2012 世界末日与太阳系第十行星有关。第十行星即传说中的 Nibiru 星，在苏美语中有"渡船"之意，每隔 3630 年，便会沿着巨大的椭圆轨迹进入太阳系，穿越地球轨道。其巨大引力将引起地球磁极偏转、地壳变动、巨大地震和海啸、气候异常及火山爆发。人类从此将被"引渡"进入新的纪元。

星座小王子温文尔雅说："金逆已经结束，对于金逆各位必须明白的要点是，它终将过去。它会给你机会反思那些不再有意义的关系，并停止对此习惯成自然。"

人类并没有在 2012 年进入新的纪元，至少在我所属那条时间线上没有。相反，他们在 23 世纪迎来了新的变化。一块被称为"流浪者"的巨大陨石（千万人口城市尺度）经过漫长旅途，穿过广袤宇宙，被地一月引力系统捕获，稳定在近地轨道的拉格朗日点。地球从此拥有了第二个月亮。

　　浪漫的人类在习惯了潮汐、地貌、天文的奇观之后，开始面对自身内在微妙的变化。女性的生理周期变得紊乱，情绪波动加剧，数以万计的胎儿在孕妇腹中由于激素分泌失调而停止发育，人们称之为"新月之暗面效应"。一种看不见摸不着的力量开始左右人类的发展进程。

　　一些人在第二月圆之夜产生了特异性过敏症状，皮肤出现怪异纹路，肌纤维紧张收缩，瞳孔扩散，意识模糊，具有强烈攻击性。他们会撕扯掉身上的衣服，赤身裸体地四肢着地，在城市街道或荒野里奔跑，仿佛回溯到远古始祖的图腾崇拜。这些人后经检验，在 Y 染色体的某个细枝末节仍存留着早期人类的 DNA 表达式，这些人经过庞大的数据库筛选，被打上加密标签。

　　出于反歧视法令，他们的身份得以不被公布，但必须定期服用抑制性药物及佩戴滤光隐形眼镜来抵消第二月亮对他们的唤醒作用。一些都市青少年视之为新的时尚，在月圆之夜的野外举办盛大的变身派对，借助药物及辅助性器械化身为兽。

　　农作物与蓄养禽畜的生长周期同样被改变，天文学家们不得不费尽心思制定出新的月份、节气及历法，它们是如此复杂以至于完全无法被人工掌握或依靠天象进行判断，唯有借助实时更新的提示软件才能指导农民和农耕机械的运作。

　　真正令人震惊的是在第二月圆期间受孕诞下的"新月一代"。

　　科学家始终无法解释新月光在精卵结合瞬间或者细胞分裂期间扮演着什么样的角色。从光谱分析、引力、地磁异动及其他所有可能影响因素出发都无法给出合理解释。他们唯一知道的是，子宫中的胎儿已经发育成有别于任何已知人类种族的新族群。人们恐慌地联想到，之前由于新月停止发育的正常胎儿，或许正是这一新族群在进化竞争中所做出的进攻性策略。

但无论如何，超过 97.52% 的父母选择生下孩子，不管他将成为天使还是恶魔。

"新月一代"从体型外貌上并没有太大不同，除了皮肤特殊的折射率呈现出类似塑料薄膜般的反光质感。他们的新陈代谢比正常人缓慢 3 ～ 5 倍，这意味着寿命也较为长。普遍性的中度抑郁症状，曾经让父母们担忧这一代人会因自杀而结束。但经过漫长的了解之后，人们才意识到这种抑郁的心理屏障能够帮助他们抵御外界纷繁资讯所带来的心智消耗和过载，他们需要将注意力集中在更为重要的大问题上，一个需要耗费数万世代去解决的问题。

这个问题便是，他们视之为创生神祇的第二月亮，将不可避免地随着时间流逝，在引力稳定系统失衡之后，脱离拉格朗日点，在引力拖拽下，撞击地球表面，缓慢而诗意地摧毁一切。

而他们希望拯救的是新月。

幼态延续

在 21 世纪初，人们以为这只是种心理疾病，专家们称之为"彼得潘症候群"。患者虽然身为成年人，年过而立乃至不惑之年，却依然不想长大，行事说话装嫩卖萌，仿佛永远生活在梦幻般的"永无乡"中，害怕现实，恐惧竞争，逃避责任与义务，不停更换伴侣，容易沉溺于药物或酒精所营造的虚幻庇护所中。

他们将所有这些归罪于过度保护溺爱的家庭成长环境，甚至怨恨自己的父母。

就像女性追求青春永驻，容颜不老，这一切不过是通往另一层阶梯的小小一步。

22世纪中叶，一种发育延缓综合征开始蔓延，患者的生物钟似乎比正常人被拨慢了数倍，第二性征延后至30岁左右出现，更年期随之推迟。科学家们似乎认为，人类通过各种技术手段将寿命延长到150岁以上，青春理所应当地会变得更长。大量文学作品和影像出现，赞颂漫长的青春，患者被塑造成人类进化的方向，在社会学家和人类学家的论证下，这种疾病大有全面逆转被文化建构成社会"正常态"的趋势，而其他所有人则沦为时代的残疾弃儿。

他们只看到问题的一部分。

与其他动物相比，人类有一个长得不成比例的不成熟期。在灵长类动物中，狐猴、恒河猴、大猩猩和人类的幼仔期（儿童期）分别是2年半、7年半、10年和20年。人类性成熟时间比黑猩猩晚了5年，长牙也是。为什么我们需要一个如此漫长的不成比例的童年？

科学家早在20世纪中叶便发现成年人类与幼年黑猩猩在生理上的同构性，小下颌、平脸和稀疏的体毛。人类与黑猩猩有99.4%以上的相同基因，但在随时间而改变的基因中，有近一半（40%）启动时间大大晚于黑猩猩，尤其在负责高等思考的大脑灰质中体现得更为突出。

所有的幼儿教育机构都会向家长宣称，大脑完全发育成熟之前，神经元突触尚处于未成型阶段，接收信息刺激的能力最强，脑容量的潜力巨大。

拥有更长幼年期的智人从灵长类的进化竞赛中脱颖而出，拔得头筹。我们将胎儿没有体毛、头大的特征保留到成年；将幼儿时期好奇、有学习兴趣的特征贯穿始终；有的人种将哺乳期产生能分解消化乳糖酶的特性终生保留下来，并将其他人冠以"乳糖不耐受"的病名。

这便是幼态延续对于物种的意义，现在，它又将二次降临了吗？

科学界希望借助这一机会，为人类进化助推加力，但他们首先面对的却是一个法律问题。患者们从年龄上早已成年，但从生理或心理上均处于幼年期，如果想征召他们成为实验对象，是否只需个人同意，抑或是需要名义上亲属的签字。没有先前判例引发旷日持久的诉讼，患者亲属甚至被网络暴民曝光，加以"自私猿猴"的恶名。暴民们认为，为了一己安全，弃全人类进化大业于不管不顾，这简直不配享有"智人"这一名号。这样的论调在历史中曾经无数次地出现，如同一朵朵轮回的浪花。

最终，逻辑战胜了情感。国家出面以集体监护人的名义为患者签署了实验合约，并购买了巨额保险作为对家属的补充条款。现在，所有人都闭嘴了。

科学家们以《发条橙》的升级版对患者进行皮层刺激和信息输入，他们迫不及待地将全人类的知识和历史在看似漫长实则短暂的发育期内展示给实验品们，期望人类久未进化的大脑能够生长出更加复杂的突触连接，开拓从未有人到达过的知识疆域，解决人类社会久病成疾的种种棘手问题。潜意识中，他们把自己当作神，希望在第六天能够创造出全新的人类。

他们制造出了疯子、傻子、抑郁症患者、暴力狂、性成瘾者以及植物人。

僭越者们甚至不知道自己错在哪里。他们并没有摸清基因开关的秘密，他们并不是那个埋下机关的人。

人类曾经将狼驯化为狗，他们试图保留幼崽时期的特征，如垂耳、短鼻、大眼睛、好玩耍、与人亲密，将成熟体的凶猛嗜杀悉数剔除。人们这么做，并不是为了帮助狼更快地进化为狼人，单纯只是为了贴合人类的审美趣味而已。

一种引起误会的微妙病态萌感。

仪式依赖/戒断

你从遥远的地方走来，询问杂志的音讯；你付钱，买下，放入包里，再经过交通工具的辗转，回到一处私密的空间；你打开橘黄或苍白的灯光，打开不可降解塑料薄膜的包装；你沏一杯茶，或开启一听可乐；你抚摸纸的纹理，刻意翻开或恰巧遇见这一页。

你开始阅读，读毕掩卷思考，或陷入厌倦，你告诉别人，去看或者别去看这篇文字。

你完成人生中数以万亿计的仪式中微不足道的一个。

人类是仪式化的动物，从远古到未来，从摇篮到坟墓。仪式凝固在意识中，粘连起人的集群，驱逐死亡的恐惧，寻找自我的位置，定义存在的意义。不同文明的权力互相模仿，用仪式集结人心，敛夺财富，党同伐异，巩固统治。给人的姓名之上添加无穷尽的属性标签，单单没有属于他自己的那一枚。

在我的时代，技术让仪式成为日常不可分割的部分，它植入你的躯体，内化成可遗传的基因，附身于你的子孙后代，繁殖变异，它的生命力比宿主更加强劲。

或者也在你的时代？

你无法控制刷新页面的冲动。资讯爆炸带来焦虑，却能填满你空瘪的灵魂，你每隔 15 秒移动鼠标，点开社交网络，刷新评论，自我转发，关闭页面，周而复始。你无法停止。

你无法与人进行正面交流。空气作为声音媒介的功能已然丧失，你们环坐、低头、手持最新最快的移动设备，如供奉着远古神祇，思维通过指尖汇入虚拟平台，你们争吵、大笑、互相调侃，现实的荒漠一片寂静。

你无法摆脱人造环境的控制。仪式无所不在，它已经不像是祭祀、布道、礼拜、演唱会、游戏或者任何体现三一律的集中式舞台，仪式本身也在进化，变成一场分散式的云计算，均匀播撒到你日常生活的每一寸时空。传感器感知一切，调节你周遭温度、湿度、风速、光照；调整你的心跳、激素分泌、性敏感度，愉悦你的身心。人工智能是神，你以为它是造福于你，带来新的转机，你却变成孵化器中的蛋，提线下的傀儡，每一分一秒，都在以献祭的姿态补完这一场没有终结的盛大仪式。

仪式就是你。

激进主义者们思考如何戒断这一切。仪式的力量在于重复，而不在于内容本身。在日积月累中通过姿势的反复读写来缓慢侵入意识深处，植入一个信念，并曲解伪装成为个体本身的自由意志。就像那部 21 世纪初的科幻片。爱情是仪式最忠贞的消费者，爱国也是。

他们尝试模仿原教旨主义的路德教徒，毁坏机器，入侵系统，唤醒人群，号召所有人远离科技，回归原野，以严苛的自然来磨砺身心，渴望最终能够寻回原初的质朴。媒体毫不留情地指出，这一行为正好暗合了公元 7 世纪时某派日本禅宗所提倡的仪式感。

唯一能做的是什么也不做。

激进主义者们像断线的傀儡在随机的地点倒下，卧室、地铁、机场、广场、办公室、沙滩、流水线、餐厅、马路、厕所……他们什么也不做，什么也不说，只是那么静静地躺卧着，等待着肢体衰退、生命耗竭。他们用虚无来反抗意义，用不自由来消解自由，用丧失自我来建构自我。

传感器感知到他们生命体征的流失，人工智能启动机械助手将这些戒断的肉体通过交通网运往医疗机构，像小船般漂过正常人的河流，集中到洁白巨大的护理室，安插上各种维持生命的仪器和管线。他们陷入了两难境地，一种新的悖论正从虚无中冉冉升起。他们将用自己的生命去完成这场静止的抗争，人类历史上首次模拟自然死亡的集体自杀事件。

他们完成了一场最为伟大的仪式。

时感紊乱

时间只是人类的幻觉。那个犹太人在 1915 年说，从此均匀不变有如铁板一块的时间被融化了，如同达利笔下挂在树梢的柔软钟面。

科学家尝试许多种途径去控制时间，速度、重力、熵、量子纠缠……但最终宣告失败。人类穷尽所能去征服这无形无色却又无所不在的幽灵，它伴随着生命的开始，步向终点，似乎最智慧的头脑都无法洞悉它的秘密。时间之箭上纠结着人类文明所有的恐惧，它只有一个方向，一旦离弦，便再不停息，永难回头，直到宇宙的死寂。

既然改变不了世界，不如改变自己。

科学家们开始研究人类大脑中的时间感问题，每日在亿万人化学神经网络中浮泛沉落的记忆残渣，莫非就是最为寻常可见的穿越。实验证明，通过刺激海马体的特定区域，可以让人产生"似曾相识"感，如同眼前的一幕幕情境早已在童年的梦中预演。像是一位最神奇的剪辑师，将人生的片段剪碎后重新拼贴，产生时间穿梭的效果。

一旦掌握了其中的秘诀，时间便是魔术师手中的橡皮泥，随意拉抻塑形。这是一种奇妙的悖论，加速大脑活动，外部时间随之延缓、慢下，反之亦然，意识世界的相对论。高手甚至可以在对象脑中植入封闭圆环，让可怜的人儿以为自己就像《土拨鼠之日》中的主角，每天都在重复前一天的生活，其实那只是记忆扭曲的错觉。

时感有限公司应运而生，为需求不同的人群提供多层次的时间感调节服务，同时赚取巨额服务费，当然，费用同样是按照标准物理时间进行精确分割计算。

东亚区的学生为应付考试压力，需要延缓外部时间，他们在考试前夜不眠不休，如同日本经典漫画《哆啦A梦》中的记忆面包，将整个学期的知识容量和应试技巧囫囵吞下，其中有百分之零点五的概率会导致脑出血，于是另一种搭配药物也变得抢手。

瘾君子们需要恰恰相反的效果，他们希望大脑中的时间缓慢得近乎静止，让强力药物的致幻作用如同冻结于冰山中的巨大爆炸缓慢生长，每一簇火花都带着不动如山的禅意，他们会静坐在黑暗中，等待着药效发挥到极致，如蘑菇云把最后一寸意识吞没，而肉体驳入生命维持装置。对于他们来说，时间并不存在，只有幻觉才是真实的。

老年人是回忆的忠实拥趸者，他们的要求巨细无遗而且花费不菲。检索标记生命中最美好的日子，编辑成精选记忆专辑，在他们所剩无几的余生循环播放，简短而又有效的回光返照，然后面带微笑离开人世。

人类智慧从来不会被浪费，它们总是能被邪恶的天才发挥到淋漓尽致。

专制社会的统治者们很快发现了这项技术隐藏的巨大力量，他们运用这项技术的特殊授权版本奴役国民，让他们在法律规定的 8 小时工作制内贡献了超过 12 小时的等效体力 / 脑力劳动，从而获得国民生产总值上的加速动力，以及国民疲乏不堪濒临崩溃的身心。为了释放积聚过度的工作压力，政府开辟了专门用于休假式治疗的旅游区，在旅游区内通过技术手段将度假者的时间感拨乱反正，以对冲谋求平衡。

不明就里的劳动者们以更加勤劳的工作来换取度假机会，找回本来就属于他们的时间。

他们的下一代似乎天生便遗传了失衡的时间感，在社会机制的再调速下加倍扭曲，事情开始变得不受控制。他们学会了遗忘，一种与生俱来对抗大脑过度负荷的策略，每过固定的时间间隔（长短因人而异），这些新人便会重置自己的记忆，如同初生的婴孩般对待这个世界以及自己的身体。他们互相模仿，一种原始的野性如瘟疫般蔓延开来，暴力和欲望突破了教化与技术设置的重重阻滞。

他们占领了城市和街道，破坏了所有试图改变他们身为自然人性质的机器和制度。

他们真正拥有了时间，他们已经不再需要时间。

终章：异言症

《约翰福音》曰：太初有言，言与神同在，言就是神。用结构主义语言学家的话来说，就是语言建构思维，思维认识世界、改造世界，因此语言才是世界的第一推动力，是神。

有神的地方必然会有魔鬼的栖身之处，正如光与暗不可分离。

是语言而非工具将人从猿猴中区分开。能指与所指之间搭建起的桥梁，将主观意识世界与宇宙万物相连，意义如恒河之水，流汇贯通，人类得以点滴拾捡、保存、分类、归纳并升华来自日常的感官经验，进而区隔"自我"与客观实界的界限，开始学会在不同个体之间进行思想的交流、意图的沟通，社会结构逐步成型，分工、劳作、家庭、社稷、国家、战争均建立于此。语言建立了理解的标准，人类一切讨论均基于我们使用同一套话语体系。

而缝隙正是长久存在于那些不可言说之物中。

如宗教、音乐、绘画、爱情、痛苦、幸福、孤独……这些词语如同冰山尖顶，掩藏了海面下幽深不可尽触的庞大繁杂感受，伴随着人类的文化基因，从远古至今，如地质学中的层积岩，彼此交叠、覆盖、渗透，绵延至今。

当你在讨论这些话题时你并不知道自己在讨论什么。

所有的社会都希望行使一套行之有效的语言规范，从而规范大众的思想，从秦始皇的书同文到《1984》中的新话，一些词汇消失，新的说法被创造，某些用法只能够用于特定阶层、特定场合，而大众则需要规避这些高贵冷艳的词语，发明出以谐音、转喻或者需要过度活跃的大脑联想功能才能流畅使用的民间话语体系，一场舌尖与声带上的狂欢。

在某个时代，狂欢同样是经过规训的意识形态工具，而实现手段便是技术。

政府在每个新生儿的大脑语言区域中设置了防火墙，从而在人类历史上第一次真正实现了实时性的语言监控网络，当个体所欲表达的内容触发防火墙实时更新的数据库红线时，他的信息被拦截，同时施加某种程度的痛感惩罚，相反，当他说出符合统治者需求的话语时，防火墙会奖赏给他类似于吸毒的欣快感。

一个恩威并施的美丽新世界。

这套系统运行得如此完美以至于人们自发地将过滤机制内化到基因中，遗传给下一代，他们可以更加无缝地与防火墙的机制融合到一起，乃至于只需要一个触发惩罚的负面念头便可以飞速掐灭，最大限度地减少痛苦。这套机制慢慢地进入潜意识，与大脑皮层中属于两栖类、鱼类、爬虫类的部分相融，触及人类语言最为根源的部分。

事情发生了逆转。

到我出发的时候为止，未来的人们尚未完全明白发生了什么事情。一种可能的猜测是，人类确实是某种智慧的造物，它们在人类大脑中埋入了一套高度设计的语言系统，这套系统可以随着文明发展自我进化，但当某种外来侵入威胁到它的运行规则时，它将重置系统，将一切归零。而这种机制具有传染性。

你能想象吗，一个没有语言的世界，一切都崩溃了。

问题不在于无法说话，而是人类丧失了认识世界与自我的工具，宇宙恢复混沌状态。

而我，是第二套系统的产物。只有少数人出现了这种症状，或许在你的时代，它会被称为"神启"。

不再是我说话，而是话说我。

似乎是智慧的神灵对愚蠢的人类丧失了耐心，被挑选出来的代言人带着全新的语言逻辑，指导混沌未名回到原始社会状态的人类重新认识世界，建设文明，那看起来确实是一个更为和平光明美好的新社会。科学家们发明出时间机器，发现了时间线理论，他们派出代言人到不同时间线的平行宇宙中去，传播福音，避免其他世界的人类重蹈覆辙。他们中的许多人下场可不怎么美好。

这就是我，斯坦利，来自未来的代言人出现在这里的原因。出于无法透露的原因，我将结束本次旅程，离开你们的时间线，跳跃往另一个未知的世界。

在你们的文明中，九为大数，象征永久、轮回、至高无上。愿我的九篇言说能陪伴这个世界的迷惘灵魂穿过末日之门，永劫回归。

鼠 年

文／陈楸帆

I am he as you are he as you are me and we are all together.
See how they run like pigs from a gun, see how they fly. I'm
crying.

——The Beatles

天又开始黑了。我们已经在这鬼地方转了两天，连根耗子毛都没见着，可探测器的红灯一直闪着。我的袜子湿了，像块抹布一样裹在脚上，难受得想打人，胃饿得抽筋，可双脚还是不停地迈着，碰到树叶，像一个个巴掌刮在脸上，火辣辣地疼。

我想把背包里的那本生物学教程还给豌豆，告诉他，这他妈的足足有 872 页，我还想把眼镜还给他，尽管那个不沉，一点都不沉。

"他死了。"教官说，"保险公司会依合同赔付的。"至于赔多少，他没说。

我猜豌豆父母总会想留点什么做纪念的，可血染透了他全身。如果是我儿子死了，我也不想要一件带血的 T-shirt 做纪念品，于是我从衣兜里摸出他的眼镜，又从防水背包里掏出那本死厚的书。我想这样的话，他父母就能想起儿子的那副书生模样，他跟这儿完全不是一国的。

我的袜子就是那时候弄湿的。

豌豆姓孟，大名孟翔，之所以被起了一个这样的外号，一来因为他身材瘦小，活像棵豌豆苗；二来他老是厚颜无耻地把做豌豆实验的孟德尔当本家祖宗。他是生物系的研究生，也是这队伍里唯一一个我原来就认识的。

我不得不说，他死于对科学的热爱，这跟老鼠一点关系都没有。

据他们描述，当时的情形是这样的：队伍穿越废旧水库堤坝时，豌豆看到路边堤面的水泥里钻出一棵罕见的植物，于是，他没打招呼，就去采集标本。也许是深度近视让他踏空了，也许是厚达 872 页的生物学教程让他失去了平衡，总之，我所看到的最后一幕，豌豆真的像一颗豌豆，轻飘飘地滚下百来米的弧形堤面，一头扎进垒满乱石和枯枝的水道里，身体被几根细长的树枝刺穿了。

教官指挥我们把尸体抬出来，用袋子装好。他嘴角动了动，我知道他想说那句口头禅，但忍住了，其实我挺想听他说的。

他说："你们这群傻子大学生，连活命都学不会。"

他说得很对。

有人拍拍我的肩膀，我取下音量开到最大的耳机，是黑炮，他歉意地笑笑，说："生火吃饭。"黑炮难得地友善了一把，这点让我很吃惊，或许是因为豌豆死时他就在旁边，却没能及时伸手拉上一把。我关掉了 MP3 里的披头士，我是个怀旧的人，这点显得很不合时宜。

篝火旁，我烤着袜子，饭很难吃，尤其就着烤袜子的味道。但这让我觉得温暖，如释重负。

我他妈真哭了。

第一次跟豌豆说话是在去年年底，学校的动员大会上。大讲堂里挂着大红横幅，上面写着"爱国拥军伟大，灭鼠卫民光荣"，然后是校领导轮番上台讲话，最后还有舞蹈团的文艺演出。

当时，我跟他挨着坐，至今我都没明白这座位是怎么安排的，我是中文系，他是生物系，我是本科生，他是研究生，八竿子打不着。唯一的共同点是，我们都没找到工作，档案还需要在学校寄放一年，甚至更长的时间。对此，我们心照不宣。

由于古文补考故意没过，我延期一年毕业。我烦透了找工作、租房子、朝九晚五、公司政治这些个破事儿，我觉得在学校待着挺好，每天有各种音乐电影，食堂便宜，十块钱管饱，下午睡到自然醒还能去打会儿球。说实话，就这两年的就业形势，就我这水平，申请延期那属于有自知之明，这话自然不能让爹妈听到。

至于豌豆，由于跟西盟爆发贸易战，导致他数次签证被拒，留学之行一拖再拖。

那时我压根儿就没想参加什么灭鼠队，就随口嘟哝了一句"干吗不派军队去"，没想到豌豆义正词严地驳斥我："难道你不知道现在边境局势很紧张吗？军队是打敌人的，不是打老鼠的！"

这话挑起了我的兴致，我决定逗逗他："那为什么不让当地农民去呢？"

"难道你不知道现在粮食资源紧缺吗？农民是种地的，不是打老鼠的！"

"那为什么不用毒鼠强？不更省时省力？"

"那不是一般的老鼠，是新鼠，一般的鼠药没用。"

"那用基因武器呗，让它们几代之后就死光光的那种。"

"难道你不知道基因武器很贵吗？那是对付敌人的，不是打老鼠的！"

我看出来了，这小子就像个电话自动应答机，来来回回就那么几句，根本不是对手。

"难道大学生就是用来打老鼠的？"我微笑着撒出杀手锏。

豌豆那张小嘴一下子噎住了，憋红了脸，半天也没说出一句完整话来，翻来覆去地咕哝着什么"国家兴亡，匹夫有责"之类的话。其实他还是说了一些实在话，比如"灭鼠管吃管住，完了还包分配工作"，当然，这些是我之后才了解到的。我没想到学校会做得这么绝，居然连块落脚的地方都不给留。

当时的我，注意力完完全全被台上吸引住了，因为校舞蹈团的长腿美女们上场了，其中，有我们班的李小夏。

队伍回到镇上补充给养，由于怕有逃兵，学生都被分配到远离家乡的区域，不仅没有亲戚，连语言都不通，这时就显示出普通话的优势来，可即便如此，在一些偏远的乡村，手语还是第一选择。

我把豌豆的遗物寄还他家里，那本书还真花了我不少邮费，本想写一封情真意切的慰问信，但提起笔，却又什么都写不出来，最后只好草就两字，"节哀"。倒是在给李小夏的明信片上密密麻麻写满了字，这已经是第 23 封了吧。

找了个小店给 MP3 和手机充电，顺便给家里发条短信报平安。行军中多数情况下是没有信号的，最要命的是，你不知道下一次什么时候才能找到交电话费充值的地方，所以要省着点花。

淳朴的镇民收了我一块钱，咧着嘴笑，他们肯定没看到过这么多灰头土脸的大学生，也确实有些老头老太朝我们竖起大拇指，或许只是因为我们带来一笔额外的生意，但一想到豌豆，我只想竖起中指。

教官办妥了豌豆的后事，带着我们下馆子。说是下馆子，其实也就是吃点热乎的，多几个荤菜，管饱。

教官说："我们距离完成这个季度的任务还差 24%，现在时间很紧迫，上面压力很大。"

没人说话，只顾着往嘴里扒拉饭菜。

教官补了一句："大家要争取拿下金猫奖啊！"

还是没人说话。

所谓金猫奖，是每个片区为完成灭鼠任务的优秀队伍设置的奖项，据说本来想叫金鼠奖，后来一想不对，怎么能把老鼠颁给灭鼠英雄呢，就改了过来。这个奖是跟教官奖金挂钩的，要是我我也急。

教官一拍桌子，怒斥一声："你们还打算尿一辈子了？"

我把碗端起来，挪开椅子，等着他掀桌子。

可他没有，又坐下，开始吃饭。

有人怯怯地说了句："探测器坏了吧。"这一石激起千层浪，大家纷纷附和，说不知打哪来的消息，有队伍用探测器找到了稀土矿、油气田什么的，马上当地生产，解决就业了。

教官也被逗乐了，说："净瞎扯，探测器跟踪的是新鼠血液内的示踪元素，怎么可能找到油田。"他又加上一句，"不过也可能这些鬼机灵忽悠咱们，但只要跟着水源走，我就不信找不到。"

我问："那到底是跟着探测器走，还是跟着水源走。"

教官看了我一眼，意味深长地说："跟着我走。"

教官是那种你看一眼就想抽他的人。

新兵训练营上，他铁青着脸，一上来就问："谁能告诉我，你们为什么要来这里？"

半晌没人答话，豌豆怯生生地举了手说："保家卫国。"引来哄堂大笑。

教官依然没有半点表情，说了句："很好，奖励你做十个俯卧撑。"豌豆的眼镜差点没被众人的狂笑震碎，但这笑声只维持了三秒。

"其余的人，做一百个，马上！"

他在吭哧作响的人堆里巡逻，用教鞭戳着姿势不够标准的倒霉蛋，丹田十足地训话。

"你们为什么会来这里？因为你们是屁人，说得文明点，失败者！你们耗费了国家社会那么多的粮食和资源，花了父母养老的棺材本，到头来连份工作都找不到，连自己都养不活，你们只配抓老鼠，跟老鼠做伴！说句心里话，我觉得你们连老鼠都不如，老鼠还可以出口创汇，你们呢？瞧瞧一个个那副德行，说说看，你们能干吗？作弊吗，玩游戏吗？接着做，做不完不许吃饭！"

我咬牙切齿地做着俯卧撑，心想，要是有人挑个头，一起拼了，就不信摆不平这王八蛋。可惜大家心有灵犀，都想到一块儿去了。

吃饭的时候，我不断听见敲碗的声音，所有人的手都抖得拿不稳筷子。一个黑不溜秋的哥们把肉掉在了桌子上，被教官看见了。

"捡起来吃掉。"

那小黑哥也是个性情中人，他死死地瞪着教官，就是不动。

"你以为你们吃的从哪来，告诉你，你们不属于军队正式编制，你们吃的每一粒米，每一块肉，都是从正规军的牙缝里抠出来的，给我捡起来吃了！"

小黑哥也从牙缝里迸出一句："谁稀罕！"

哗啦一声，我面前的桌子飞了，汤啊菜啊饭啊，洒了我一身。

"那就都别吃。"教官掀完桌子，甩甩手走了。小黑哥由此一战成名，得名"黑炮"。

第二天来了个唱红脸的，片区里的主管领导。他先给我们上了一堂政治课，从"硕鼠硕鼠，无食我黍"讲起，纵横几千年，总结了鼠灾对人民群众生活生产的危害性，同时，又审时度势，结合当前国内外经济政治形势，透彻分析了本次鼠患的特殊性与整治的必要性，最后高屋建瓴地提出期望，还是十二个字："爱国拥军伟大，灭鼠卫民光荣"。

我们吃了顿好饭，听说了昨天发生的事后，领导对教官进行了严肃批评，指出"大学生是天之骄子，祖国未来的栋梁"，要"平等、文明、友好"地交流，要讲究"技巧性"，不能"简单粗暴，一棒打倒"。

随后，领导和我们亲切合影留念。其中有一张我记得最清楚，大家排成一行踢正步，领导牵着一根绳子，从我们脚尖上横过，为了表示队伍步伐齐整，每个人的脚尖都必须刚刚好点在绳子上。

那是我有生以来拍得最累的一张照片。

我们沿着水流的方向前进，教官是对的，万物生长靠水源，途中我们发现了一些粪便和脚印，还有新鲜的血迹。这或许可以解释探测器的问题，但又似乎没那么简单。

天气渐渐冷了，到处都是枯黄的落叶，风吹过会起一身鸡皮。幸好我们被分在南方，不敢想象在零度以下露营是什么滋味。

教官举起右拳，示意大家停下，又迅速地张开五指，这是放射性搜索的手势。我选择了一个方向突前。教官肯定"嗅"到了什么，他总是说，战场上灵敏的嗅觉比其他感官更重要，前面的几场战役也证明了这一点。

战役，我突然觉得很滑稽，如果这种毫无悬念猫抓老鼠式的屠杀也能称为战役的话，那像我这样胸无大志蝇营狗苟的尽人是否也能成为英雄。

前方有情况。

一团灰绿色的影子在树丛中笨拙地挪动着。由于基因设计时突出了直立行走的特点，新鼠的奔跑能力远低于它的亲戚们，勉强与人类持平，我们曾经打趣幸好没有把《猫和老鼠》里的"杰瑞"作为蓝本。

但这一只新鼠是四肢着地的，腹部鼓胀得很厉害，这更限制了它的行动。莫非是……那个念头在我脑子里一闪而过，但随即我看到了它身下的雄性性征。

"五点钟方向。"我报告教官。

这大半年来，我的废话少了很多，甚至在需要说话的场合，我都觉得没什么可说的。

有队友也发现了，拿着短矛就想上，我打了个手势制止他。

它似乎想去什么地方。

　　情形变得有点戏剧化，一群手持利器的男人，跟着一只大腹便便的雄鼠，在沉默中缓慢移动。那雄鼠突然一个前扑，从斜坡上滚落，扬起一堆落叶，不见了。

　　"干！"我们几乎同时脱口而出，朝它消失的方向奔去。最快到达的哥们一个急刹车，高高地举起双手示意我们停住。当我看到他身后那一幕时，不由得倒吸了一口冷气。

　　一个被落叶掩藏得很好的土坑，躺满了数十只腹部鼓胀的雄性新鼠，看上去大部分已经死亡，带着来源不明的血迹，那只刚刚归队的还喘着粗气，腹部急促地起伏着。

　　"是传染病吗？"教官问，没人回答。我又想起了豌豆，如果他在就好了。

　　"噗。"一把短矛不由分说扎进那只新鼠苟延残喘的腹部。是黑炮，他咧嘴笑着，把矛轻轻一拉，整个肚子就像西瓜般一分为二。

　　所有人都惊呆了。那头雄鼠的腹腔里，竟然蜷缩着十几个未成型的幼鼠胚胎，粉粉嫩嫩像刚出笼的虾饺般排列在肠子周围，心理承受能力差的兄弟开始干呕起来。黑炮笑着举起矛还想往里捣。

　　"住手！"教官喝止了他，黑炮笑咧咧地舞着矛退下来。

　　教官的脸色很难看，大家心里都明白，事情已经超出了我们所能控制的范围。按照原先的信息，由于严格控制性别比例及性成熟周期，新鼠的繁殖速度是可以计算的，每头雌性新鼠一年所能产生的所有后代不会超过 12276 头。实际上在野外环境存活下来的将远低于这个数目，约为十分之一，当初为了控制市场价格而设置的生殖阈值，便成了我们抱怨"杀鸡焉用牛刀"的最大理由。

　　我们错了，我们不是牛刀，我们杀的也不是鸡。

这些雄鼠都是由于不堪胚胎重负肠壁破裂而死，我想不出它们是怎么办到的，但很明显，它们在找活路。我想到了另外一个解释，那是许久之前从李小夏口里听来的。它们的活路会否就是我们的死路？我不敢确定。

"黑炮，留下打扫战场！"教官下令。黑炮乐颠颠地应了声："是。"

这看似惩罚的命令，却是对黑炮最大的奖赏。我明白其中的妙处，但却无能为力，教官是对的，必须保证清理干净，他找对了人。

在黑炮举起利矛之时，我狠狠朝地上唾了一口，快步离开。我能想象到他充满笑意的目送，以及手起矛落时那溢于言表的快感，这让我作呕。

我做不到，我会把它们想象成人。

直到离校前一个月，我才第一次拨通了李小夏的电话，尽管这个号码已经在我手机里存了四年。掏出手机，翻到"李小夏"的号码，只要按下"呼叫"键，便可完成的简单动作，对于我来说，却比登天还难。

我想，我确实是一个眼高手低的尽人。

那天收拾东西，我听见从十分遥远的地方传来李小夏的声音，还以为是自己思念过度产生幻觉，四下一看，原来是坐在手机键盘上。我慌乱地拿起电话，心脏早搏了。

在我即将挂断的瞬间，李小夏叫出了我的名字。原来她有我的号。

"听说你要去灭鼠了。"我从来没想到，电话里她的声音是这样的。

"是……找不到工作，没办法……"我衡量了延期毕业和失业之间哪一个更无能之后，撒了个无关紧要的谎。

"别灰心，咱们同学这么久，都没怎么说过话，不如一起吃个饭，也算为你送行。"

他们说经常有各种好车在楼下等着接李小夏，他们说李小夏身边的男人走马灯似的换，我不信。但当那天她不施粉黛地坐在我面前，吃着那份黑椒牛柳饭时，我信了。我信的不是他们口中的事实，而是李小夏的确有这种摄人魂魄的能力。

我们像刚进校的新生般游历着校园，如果不是那一次，我永远不可能知道，在这座两万人的学校里，我和李小夏，喂过同一只猫，坐过同一个座位，走同样的路线上课，讨厌同一道菜，甚至，在同一块地方摔倒过。这所学校突然如此让人恋恋不舍，却是因为两份从未产生过交集的记忆。

她说："真有意思，我爸爸养鼠，你却灭鼠，鼠年灭鼠，有创意。"

我问："那你毕业后回家帮忙？"

她撇了撇嘴，说："我才不当廉价劳工。"

在李小夏看来，这个产业跟以前的贴牌代工电子产品和服装服饰没什么区别，不掌握核心技术，源胚胎全靠进口，培养到一定阶段后进行极其苛刻的产品检验，符合标准的新鼠出口，在国外接受植入一套定制化行为反应程序，然后成为富人的专属高档宠物。据说，现在的订单已经排到三年后。

"如果是这样，我实在想不出灭鼠的理由。"

"第一，你灭的不是出口的合格新鼠；第二，逃逸新鼠的基因可能已经被调制过。"

李小夏解释，有些代养新鼠的农场主会雇用技术人员进行基因调制，主要目的在于提高雌性幼鼠比例及成活率，不然很多时候都是赔钱买卖。

"我听说，这次大规模的逃逸事件，是代养行业为争取自身利益，向国家有关方面施压的一种手段？"

李小夏不以为然："我还听说，这只是西盟跟我国博弈的砝码，谁说得清呢。"

我看着眼前这个才貌双全的女人，思绪飘忽，无论在新鼠世界还是在人类世界，雌性都成了掌控世界未来的关键角色。她们不用担心失业，持续走低的出生率给企业带来了雇佣女性的优惠退税政策，这样女性就拥有了更加宽松的育儿环境。她们也不用担心找不到对象，新生儿男女比例一直在原因不明地走高，或许很快，男人们必须学会去分享一个女人，而女人，却可以独占许多个男人。

"给我寄明信片吧。"她的笑把我揪回现实世界。

"啊？"

"让我知道你还平安，不要小看它们，我见过……"她垂下眼帘，长长的睫毛带着曼妙的弧度。

能拥有她的几分之一，对我来说，已经是种遥不可及的奢望。

他们在河畔发现了一些东西——"巢"，他们这么叫它。

自雄鼠事件后，那场景一直像梦魇般在我眼前挥之不去，我时常感觉到许多闪烁的眼睛躲在暗处，观察我们，研究我们，无论是白天，还是黑夜。我想我有点神经过敏了。

那是一些用树枝和泥巴搭成的直径约 2 米的圆形盖子，不是建筑，不是房屋，只是些盖子，我坚持这一点。几个物理系的学生蹲在地上，讨论着树枝交叉形成的受力结构，盖子顶上糊着一层厚厚的叶子，似乎利用了植物蜡质表皮来防水，我注意到那些泥土的颜色和质地，并不同于河畔的泥沙。

"这并不像鼠科动物的行为方式，也不同于它们的远房亲戚河狸。"我能想象豌豆的口气。

"我在《探索频道》里见过类似的房屋，东非的一些原始部落。"一个哥们抬起头，肯定地说。所有人都朝他投去异样的眼光。

巢大概有十七八个，分散在河岸周围，排列格局看不出有特别的规律。教官问，能从这些估算出鼠群数量吗？黑炮很快地报出一个数。教官点点头，我摇摇头。

"有意见吗？"黑炮挑衅地瞪着我。

"这没有道理。"我蹲下，琢磨那些细小的足迹，从每个巢的出口，弯弯曲曲地伸向河水，又蔓延到其他的巢，像一幅含义不明的画。我的意思是，它们没有农业，不过家庭生活，完全没有必要花力气造这样一个东西，然后又舍弃掉。

"哼。"黑炮冷笑了一声。你太把它们当人看了。

我突然一怔，仿佛无数对目光猛地掠过我。黑炮说得没错，它们不是人，甚至不是老鼠，它们只是被精心设计、制造出来的产品，而且是残次品。

那些足迹有点怪异，其中有一行无论是深度还是步距都有别于其他，中间还带着一道拖痕，更奇怪的是，这痕迹只出现了一次，也就是说，它进去了，却没出来。我又观察了其他几个巢，也有相同的情形。

"这不是它们的营房。"我努力控制住颤抖的声线，"这是它们的产房。"

"教官！那边有情况！"一名队员打着趔趄跑进来报告。

我记得大学里有个体重 250 斤的女外教，有一节课讲"Culture Shock"，也就是所谓的文化冲击。她说："发展中国家的孩子，第一次看迪士尼动画，第一次吃麦当劳肯德基，第一次听摇滚乐，都可以算是文化冲击。"我回忆了一下，发现人生充满了太多的文化冲击，以至于完全不知道到底什么被冲垮击毁了。

这次，我似乎有点明白了。

我看见一棵树，树下垒着许多石头，形状和颜色似乎经过挑选，显示出一种形式感，一种眼睛可以觉察出来的美感。树上，挂着 18 只雄性新鼠的尸体，从枝杈上长长短短地垂落，像一颗颗成熟饱满的果实。

"怎么死的？"教官问，两名队员正尝试着把其中一具尸体挑下来。

"看地上。"我指了指脚下，铺着一层均匀的白色细沙，无数细密的足迹围绕着大树，排列成同心圆的形状，向外一圈圈蔓延开去。我想象着那个场面，一定很壮观。

"报告教官，尸体没有外伤，需要解剖才能确定死因。"

教官摆摆手，他抬头看着那棵树，神情迷惘，眉头紧蹙。我知道他和我想到了同一个词。

"去你妈的母系氏族。"黑炮一脚踹在树干上，尸体像熟透的果子，簌簌掉落在地，砸出沉闷的声响。

我猜他也被冲击得不轻。

"现在都 21 世纪了好不好，我们都登月了好不好，让我们用这些破铜烂铁？"理了光头的豌豆脑袋抹了油，更像一颗豌豆了，他第一个站起来抗议。

"对啊对啊，不是说国防现代化嘛，整点高科技的嘛。"我在一旁帮腔，营房里赞同声四起，闹哄哄的像个课堂。

"立正！稍息！"每次应付这样的场面，教官都会出动这一招，也确实管用，"谁告诉我去年一年的军费预算是多少？"

有人报出一个数，教官点点头："谁能告诉我咱们军队共有多少人？"

还是那个哥们，教官又点点头："大学生们，你们谁能算算人均能摊上多少钱？你们每年上学又要花掉多少钱？"

那哥们不说话了。

"高科技？"教官突然拔高了嗓门，震得我耳膜嗡嗡直响，"就你们？筷子都捏不住，给你们把枪不得把自己蛋蛋给崩了？高科技？你们也配？"

"收拾好自己的家伙，5 分钟后集合，行军拉练，20 公里，解散。"

一把伸缩式军用矛，顶部可拆为匕首，一把锯齿军刀，一根行军带，一个指南针，还有防水火柴、压缩干粮、军用水壶等其他有的没的，这就是我们所有的装备。当然，教官有调用其他装备物资的权力，但似乎，他对我们并没有十足的信心。

也许是为了印证他的话，一场拉练下来，就有三名队员受伤，其中一个哥们，因为一屁股坐到军刀柄上，成为第一名因伤退役的队员。我相信他不是故意的，那难度实在太大了。

6 周的高强度训练之后，我们迎来了第一场战役。

从大多数人的眼神里，我看到的是惴惴不安。豌豆失眠了，每天晚上在床上辗转反侧，把木板床压得咿呀怪响。我逐渐习惯了这种没有电视，没有网络，也没有 7-11 的生活，但每当想到要把手中这杆碳纤维的利矛，送进一具有血有肉的温热身体，哪怕只是一只老鼠，我都不免心生怯意。

但也有例外。

每天但凡路过拼刺场，就能看见挥汗如雨的黑炮，他自动自觉地给自己加量，还随身带着块小磨石，逮着功夫就霍霍地磨起军刀。听认识他的人说，学校里的黑炮，是个特别内向老实的孩子，还常被同学欺负，可现在的他，完全变了一个人，眼睛里射出的光，活像个嗜血好战的屠夫。

或许真的有人是为战场而生。

第一场战役从开始到结束总共耗时 6 分 14 秒。

教官带领我们包围了一个小树林，然后做了个冲锋的手势。黑炮挥着长矛，率一群人杀了进去。我和豌豆对视一眼，默契地跟在队伍的最后，缓慢前行。等我们到达交战地点时，剩下的只有一堆残缺的肢体和血迹。据说黑炮一个人就捅死八头，可从他脸上却看不到一丝兴奋或喜悦，反而有一种类似惭愧的神情罩在眉间。他挑走了一头还算完整的尸体。

教官开了战后总结大会，表扬了黑炮，也批评了一小撮消极怠战的同学，末了，他说："好日子到头了，大家做好心理准备。我们要开始行军作战了。"

黑炮剥下了新鼠的皮作为战利品，可是没有鞣制，也没有防腐，那张皮很快变得又硬又臭，还长了蛆。终于有一天，他的室友趁他不在时，把皮给烧了。

士气低落到极点。

说不上哪方面造成的打击更大些。是新鼠的生殖能力突破了阈值，子子孙孙千秋万代，队伍凯旋遥遥无期呢，还是这些啮齿类竟然表现出智力的迹象，也懂得社会分工，甚至宗教崇拜。

像人一样，所有的人都这么想，但所有的人都小心翼翼地避开这个说法。

我看到教官眼中的失望，我猜在他心里，肯定有那么一段时间，把我们看作真正的、新生的热血战士，而不是刚入伍时那群吊儿郎当愚蠢无知的小屁孩。但只在一夜间，我们又回到了过去。

黑炮努力煽动志同道合的人组成一支急行军，快速切入鼠穴，杀它个措手不及，潜台词是：有人拖了队伍的后腿。我的疑心病愈发严重，每天晚上睡不踏实，总感觉有眼睛从密林深处盯着我，一有风吹草动，都仿佛窃窃私语，闹得我心烦意躁。

终于有一晚，我放弃了徒劳的努力，爬出营篷。

初冬的星空，在树梢的勾勒下显得格外透彻，仿佛可以一眼望穿无限远的宇宙深处。虫嘶叶寂，在这他乡的战场，一阵莫名的忧伤猛地攫住我的胸口，让我艰于呼吸，这或许就是所谓的孤独感。

"唧。"这种感觉瞬间被打碎了，我几乎直觉般地转过身，一只新鼠双腿直立，在五米开外的树丛边盯着我，仿佛另一个思乡而失眠的战士。

我猫下腰，它居然也俯下身子，我眼睛一动不动地盯着它，手悄悄地从靴边掏出军刀，就在这一刹那，它的眼神变了，扭过身，不紧不慢地消失在树丛里。我紧握军刀，跟了上去。

按照对新鼠运动能力的了解，我完全可以在 30 秒内追上并手刃了它，但今晚似乎有点奇怪。那只新鼠总在咫尺之遥，但却怎么也追不上，它还不时回头，似乎在看我赶上没有，这更加激怒了我。

空气里飘着一丝若有似无的甜气，像是落叶腐烂的味道，我喘着粗气，在一块林中空地停下。我怀疑多日失眠拉低了耐力水平，不仅如此，眼帘沉得像块湿抹布，四周的树木摇晃着旋转着，在星空下反射着奇异的眩光。

豌豆走了出来，戴着他那副本应该在千里之外的黑框眼镜，身上好好的，没有树枝穿过的洞。

我猛力想抓住他，却双膝一软，跪倒在松软的落叶堆里，那种被人盯住的感觉又出现了。

我转过身，是爸妈，爸爸穿着那套旧西服，妈妈仍然是一身素装，两人微笑着，似乎年轻了许多，鬓角的头发还是黑的。

我的泪水夺眶而出，无声抽泣，不需要逻辑，也不需要理性，在这寒冷的他乡的冬夜，我的防线在这个温暖的梦境中全面崩溃。我不敢再次抬起头，我怕看见心底最渴望的那个人，我知道我一定会看见。

教官在我冻僵之前找到了我，他说："你的眼泪鼻涕足足流了一军壶。"

***

豌豆终于说了一句有水平的话，他说："活着真他妈的……"

真他妈的什么，他没说，真他妈的累，真他妈的爽，真他妈的没意思，等等，你可以随便填上想要的字眼，所以我说有水平。比起他以前那些辞藻华丽滥用排比的长句来，这个句子简短有力，带给人无限的想象空间，好吧，我承认文学评论课还是教了些东西的。

对于我来说，活着真他妈的不可思议。我的意思是，半年前的我，绝对想象不到自己会每礼拜洗一次澡，和臭虫一起睡在泥地里，为了抢发馊的窝窝头跟人大打出手，一天爬一座山第二天再爬一座山，还有，看到血竟然兴奋得直打哆嗦。

人的适应力永远比想象中更强大。

如果没有参加灭鼠队，我又会在哪里？在宿舍里上网看片无聊混日子，还是回老家守着爹娘每天大眼瞪小眼互相没有好脸色，甚至去勾搭一些闲杂人等，搞出反社会反人类的祸害？

可如今，我会在教官手势落下的瞬间冲出去，挥舞着长矛，像个真正的猎人追逐着那些毛色各异的耗子。它们总是蠢笨地迈开并不是为奔跑而设计的后腿，惊慌地发出尖利的叫声。我听说，出口的新鼠会被装上语言程式，它们的咽颚结构被设计成可以发出简单的音节，于是，我想象它们高喊着"No"或者"Don't"，然后看着长矛穿过自己的腹部。

队伍里慢慢发展出一套规则，尽管没有白纸黑字地写下来，但每个人都心知肚明。每次战役结束，队员们会把自己割下的新鼠尾巴交给教官，教官会进行记录，并在战后总结会上对先进个人进行表彰。据说，教官还有一张总表，这将关系到退役后的就业推荐，所以每个人都很卖力。

不知为何，这让我想起了中学时的大红榜和期末成绩单。

黑炮总是得到表扬，大家暗传他在总表上战绩已经达到了三位数，毫无悬念的状元，拥戴者众。我自己估摸着排名中下，跟大学里的成绩差不多，反正面上过得去就行。豌豆的排名也是毫无悬念，垫底，要不是我时不时甩给他几根尾巴，说不定还是个零蛋。

教官找到我，说："你跟豌豆关系铁，做做思想工作，这可关系到他以后的档案。"

我在一堆稻草垛子后面找到了豌豆，我远远地嚷了一声，好让他有时间藏起爹娘的照片，以及抹干净脸上的鼻涕眼泪。

"想家了？"我明知故问，他垂着脑袋，点点头，不让我看见哭肿的眼睛。我从内兜掏出照片，说："我也想。"

他戴上眼镜，要过照片看了半天，憋出一句："你爸妈真年轻。"

"那都是好多年前照的了，"我看着爸爸的旧西服和妈妈的素色套装，他们那时还没那么多皱纹，头发还黑，"想想自己也挺窝囊，这么多年，净让爹娘操心了，连照片都没帮他们拍一张。"我的鼻子蓦然一阵发酸。

"你知道有一种恒河猴吗？"你永远赶不上豌豆的思路，我曾经怀疑他的脑子是筛子型的，所以信息遇到窟窿时都得跳着走，"科学家在它脑子里发现了镜像神经元，原来以为是人类独有的，有了这个，它就能理解其他猴子的行为和感受，像有了一面心理的镜子，感同身受，你明白吗？"

我的表情一定很茫然。

"同理心啊哥们，你的话总能说到别人心里去，所以我猜你的镜像神经元肯定很发达。"

我给了他一拳："说了半天你把我当猴耍啊。"

他没笑，像下了什么决心："我要回家。我要退役。"

"你疯了，教官不会批的，而且，你的档案会很难看，你会找不到工作，你想过吗？"

"我想得很清楚。我没法再待下去了。"豌豆认真地看着我，一字一句地说，"我总觉得，那些老鼠没有错，它们跟咱们一样，都是被逼的，只不过，我们的角色是追，它们的角色是逃，换一下位置也没什么不一样。我实在下不了手。"

我张了张嘴，却找不到什么话来反驳他，只好拍拍他的肩膀。

回营地的路上撞见了黑炮，他一脸不怀好意地笑着："听说你去给那娘娘腔做思想工作了？"

"关你屁事！"我头也不转地大步走开。

"扶不上墙的烂泥，小心把自己一起拖下水了。"他在我背后喊着。

我尝试着开动镜像神经元，去揣测这话里的用意，我失败了。

教官犹豫了，他看着地图和探测器，陷入了沉思。

根据探测器显示，鼠群正在向片区交界处移动，按照我们的行军速度，应该可以在 12 个小时内拦截并消灭它们，更重要的是，本年度的任务就可以顺利完成，也就是说，我们可以光荣退役了，回家过年了。

问题在于，那属于两个片区的交界地带，按照规定，队伍不允许跨区作战，用术语说，这叫"抢战功"。搞得不好容易得罪上面，领导责怪下来不好交代，有时候，前途荣辱就在这一线之间。

教官脚下已经丢了一堆烟屁股，他看看地图，又不时抬头看看我们。每个人都用充满渴望的眼神死死盯住他，像要把他看化了。

"黑炮。"他并不理会其他人的目光，转向黑炮，用极少从他口中出现的不确定语气询问道，"真的能把战场控制在片区内吗？"

他的担心是正常的，在实际战场上，根本不存在地图上那样泾渭分明的分隔线，一不小心便会造成事实上的越界行为。

黑炮拍拍胸脯："用我的尾巴做担保，如果越界，全分给弟兄们。"

大家都明白他的意思，可还是笑了。

"好。稍事修整，18∶00出发。"教官大手一挥，又想起什么，嘱咐道，"注意保密。"

我在一家小卖部找到公用电话，先给家里打，妈妈听到我要回家的消息，高兴得说不出话来，我安慰了她几句，挂下电话，我怕她哭出来。我又按下了另一个号码，那么不假思索，以至于接通了几秒后，我才想起这是谁的号码。

李小夏。

她对于我的来电似乎毫无准备，以至于提醒了好几次才想起我的名字。她在一家外企上班，薪资丰厚，朝九晚五，明年还打算出国读一个公费进修课程。她似乎有点心不在焉，我问她："明信片收到没？"她说："收到了。"又补充收到了前面几张，后来换地址了。我说："哦，我很快就要退役了，也要开始找工作了。"她说："好啊，常联系。"

我尝试着把她带回那个遥远而愉快的语境，我说："你还记得吗？上次你提醒我要小心那些新鼠，你说你见过，我一直很好奇，你见过什么？"

电话那头沉默了许久，时间长得让人窒息，她终于开口了。她说："我忘了，没什么要紧的。"

我真后悔打了这通电话。

我怅然若失地看着小卖部那台雪花飞舞的电视，里面正播着新闻。"灭鼠工作取得阶段性成果，鼠灾治理初见成效""我国就对外贸易政策与西盟展开新一轮谈判""大学生就业新趋势"……我木然地读着新闻标题，是的，新鼠突破繁殖瓶颈，数量大爆发，但这并没有影响我们的任务指标，完全不合逻辑，但大家都松了一口气，工作有着落了，出口也会好转，这些似乎跟我们的努力没有丝毫关系，我想起李小夏当时的话，是的，听说，都是听说，谁又知道背后到底是怎么一回事呢？

每一个因素单独抽离出来都是没有意义的，它需要被放置在一个语境里，太多的潜在关系，太多的利益平衡，这是一盘太大太复杂的棋。

而我却只看到自己那颗小小的破碎的心。

豌豆最近几天如厕次数频繁得不正常，我便偷偷跟在后面，他从背包里掏出一个扎了眼的小铁罐，小心翼翼地打开一条缝，朝里面丢了些干粮，还喃喃地对罐子说着什么。

我跳出来，伸出手，尽管已经猜到七八分，但还是想逼他自己招供。

"它真的很可爱，瞧瞧那双眼睛！"他知道什么都瞒不过我，因为我有镜像神经元。

"你疯了吗，学校里玩大白鼠还没玩够，这可是违反军纪！"我吓唬他，事实上除了可能有寄生虫和传染病之外，我也觉得没什么大不了。

"就玩几天，然后我就把它给放了。"他央求道，眼睛就像那只未成年的新鼠，闪闪发亮。

对于朝夕相对的士兵们来说，要保守哪怕最微小的秘密，也是极其困难的，尤其是对豌豆这种神经粗大，办事不利落的马大哈。当看到教官和黑炮一同站在我们面前时，我知道麻烦大了。

"你们这是私藏战俘！"黑炮首先开炮，他的用词让我忍不住想笑，而豌豆已然笑出了声。

"不许笑！"教官板起面孔，我们连忙立正，"如果你们不能给我一个合理的解释，我就给你们一个合理的处置！但不包括提前退役。"很明显，后面这句是说给豌豆听的。

我突然萌生出一个大胆的想法，于是，一五一十地把我的"解释"告诉教官，据豌豆说，当时黑炮的鼻子都气歪了。

豌豆和我干了一个下午，在土坡上挖了一道梯形剖面的壕沟，大概有 2 米深，然后用塑料布抹上油，铺在壕沟的四壁。豌豆心里没底，不停地嘀咕着，我安慰他说："这事如果不成，不是你死，就是我亡，对了，还得搭上你那可爱的小朋友。"

"它真的很可爱，还会模仿我的动作。"豌豆向我演示了几招，的确令人印象深刻。我尝试着摆出几个动作让它模仿，可它却视而不见。

"很好，看来它的智商已经达到了你的水平。"我揶揄道。

"你也这么想吗？我努力把它看成一件设计高超的基因产品，但情感上却接受不了。"

我摊开手，耸耸肩，表示持保留意见。

我们躲在壕沟附近的下风位置，豌豆手里攥着一根细绳，连在幼鼠腿上，幼鼠丢在沟里，一拽，小耗子就会发出凄厉的叫声。豌豆心软，总是我提醒他，才不情愿地拽一下，我恨不得把绳头抢过来，因为心里没底。

整个假设建立于某种确定社会结构的生物之上，如一夫一妻制，或者父代承担抚养有血缘关系子代的责任，但对于新鼠，这种人工干涉性别比例的畸形结构，我无法用常理来推测，它们会如何去判断亲子关系，又会对这种一雌多雄结构下繁衍出来的后代报以什么反应？

我所能做的只有下注。

一只雄鼠出现了，它在壕沟边不停地抽动鼻子，似乎在辨认什么，然后，它掉了下去。我能听见爪子在塑料布上打滑的摩擦声，我笑了，现在手里有两名人质。雄鼠叫得比幼鼠嗓门大得多，如果它的智商有我估计的那么高，那么它应该是在向同伴发出警报。

我错了。第二只雄鼠出现了，与第一只不同的是，它在壕沟边对话了几声后才掉下去。

接着第三只、第四只、第五只……事情的发展完全超乎我的预料。当掉下去十七只后，我开始担心壕沟挖得不够深，它们可能会逃掉，我举起手，举着长矛的战士瞬间便包围了壕沟。

那些雄鼠正以惊人的协作性搭起金字塔，最下面是七只直立的雄鼠，前后爪各抵住一面泥壁，形成支撑，第二层是五只，第三层是三只，还有两只衔着幼鼠正在往上爬。如果不是智力因素，那还有另一个解释，一个我不愿承认的解释。

"等一下！"就在矛头即将落下的瞬间，豌豆喊了一声，他小心翼翼地收着绳子，把幼鼠从那两只雄鼠爪中扯开，在爪子松开的刹那，雄鼠发出一声凄厉的惨叫，这座鼠肉金字塔顿时土崩瓦解。利矛无情地落下，溅起的血液顺着抹了油的塑料布，缓缓滴落。

这是一群超越了本能的社会性生物，它们拥有极强的集体观念，甚至可以为了拯救并不存在遗传关系的子代，无私地牺牲自我。而我却利用这一点，来了个一锅端，这让我不寒而栗。

幼鼠终于着了地，在它即将结束这场惊心动魄的旅程，回到安全的小铁罐之时，一只从天而降的军靴把它踏成了肉酱，它甚至没来得及叫一声。是黑炮。

豌豆怒吼一声，挥拳朝黑炮脸上死命揍去："你还我的老鼠！"

黑炮丝毫没有料到豌豆会出手，生生吃了一拳，脚下打了个趔趄，他扭过脸，嘴角淌着血，突然狰狞地笑了。他一把抓起瘦小的豌豆，举到血肉模糊的壕沟边，作势往里扔。

"死娘娘腔，跟你的臭老鼠做伴去吧！"

豌豆抱紧黑炮的双手，两脚在半空胡乱踢着，眼泪鼻涕流了一脸，嘴里却还在叫骂个不停。

"住手！"教官终于出面制止了这场闹剧。

我第一次受到了教官的表扬，他三次提到了"大学生"，而且没有加任何贬义的形容词，这让我受宠若惊。黑炮似乎也对我另眼相看，他私下表示，这次的尾巴全都算在我的头上。我接受了，又全给了豌豆。

我想我欠他的，多少根尾巴都补偿不了。

我们趁着夜色未浓出发，告别灯火寥落的村镇，没人知道我们从哪里来，也没人知道我们往哪里去。我们像是过路的旅游团，帮衬了饭馆和小店的生意，给人们留下茶余饭后的谈资，我们什么也带不走，除了袋装垃圾。

农田、树林、山丘、池塘、高速公路……我们像影子在黑夜中行进，除了脚步和喘息，队伍出奇地沉默，每个人似乎都满怀心事。我莫名害怕，却不知道自己在害怕什么，去打赢一场最后的战役，还是面对完全未知的生活。

中途修整时，黑炮向教官提议，把队伍一分为二，由他率领一支精锐力量突前，其余人拖后。他环视一周，话中有话地说："否则，可能完不成任务。"教官没有说话，似乎在等大家发表意见。

"反对！"我站了出来。

"理由？"教官好像早就预料到了，不紧不慢地点了一支烟。

"从入伍第一天起，您一直反复教导我们，军队不是单打独斗、个人主义、孤胆英雄，军队的战斗力来自集体凝聚力，来自共同进退，永不放弃，没有任何一个人是多余的，也没有任何一个人比别人更重要！"

我顿了一顿，毫无怯意地迎上黑炮怒火中烧的目光，一字一顿地说："否则，我们将比老鼠还不如。"

"好，就这么定了。"教官把烟头在地上碾灭，站了起来："不分队，一起冲。"

黑炮故意擦过我的身边，低低说了一句，他的声音如此之轻，除了贴近他的人之外，没人能够听见。

他说："早知道，该让你跟那娘娘腔一起滚下去。"

我骤时僵住了。

黑炮没有停下脚步，只是转过脸笑了一笑。我见过那笑容，在他警告我不要把自己拖下水的时候，在他踩死幼鼠想把豌豆往壕沟里扔的时候，在他手举长矛剖开怀孕老鼠肚皮的时候，都露出过这种微笑，像某种非人的生物模仿着人的表情，让人从骨头里发毛。

是的，多么明显，我的思绪回到那天下午。列队时黑炮站在豌豆的右侧，也就是说豌豆要滚下堤坝必须先绕过黑炮，根据他们的证词，豌豆是看到路边的植物才离开队伍的，可当时他根本没戴眼镜，离开眼镜他完全是个睁眼瞎。为什么当时我没注意到这点，一味听信了他们的谎话。

没有任何证据表明是黑炮把豌豆推下去的，即使我愿意用命来作证。他们都是黑炮的人。而除了我，没有其他人知道这件事。没有人会信。

我彻底输了。即使我杀了他，也会一辈子活在自责和悔恨中，况且他了解我，我不可能杀他。

这是我这辈子最艰难的旅程，回忆不断涌现，叠加在黑炮的背影上，我做着各种假设，又一一推翻，直到教官提醒队伍进入作战状态，我才反应过来，自己已经连续行军超过10小时。

此刻，这个世界上，除了我和他之外，不存在其他战争。

天边露出一线微弱的曙光，我们勉强看清面前这块最后的战场，是夹在山坳里的一片密林，两面环着光秃秃的山壁，只有一条狭长的缝隙可以穿到山的另一面，呈瓮中捉鳖的格局，探测器显示，鼠群就在里面。

教官做了简单的分组，方针很明确，一队抢先截断穿山狭路，其他分队围剿，游戏结束。

我跟着其中一队进入密林，但随即混入黑炮所在的分队。我不知道我想干嘛，也许仅仅是下意识地把他锁定在视野中，尽管他不会逃，也逃不掉。林子很茂密，能见度很低，氤氲着一层幽蓝的雾气，从特定的角度看去，能发现空气中一些细微的亮点，画着毫无规律的曲线。黑炮步速很快，带着队伍在树干间来回穿行，像一群幽灵。

他突然停下，顺着他手势的方向，我们看到几头新鼠在不远处踱着步，丝毫没有觉察近在咫尺的杀机。他手一挥，让大家散开包抄过去。奇怪的是收缩包围圈时，新鼠却都不见了，转眼间，它们又出现在另一个角落。

如是再三，队伍的阵型乱了，我们的心也乱了。

雾气似乎更浓烈了，带着一种说不清的怪味。我的额头汗涔涔的，刺得眼睛发疼，心脏却超乎寻常地亢奋，我紧紧攥着手中的长矛，想努力跟上前面的人，腿脚却使不上劲。那种感觉又出现了，暗处的偷窥者，空气中的低语，我想喊，舌头却像被打了麻药。

我落单了。四周全是一片混沌，我转着圈，似乎每个方向都充满了未知的恐惧，一种强烈的绝望侵蚀着我的头脑。

突然，从一个方向传出凄厉的惨叫，我冲上前去，却什么都看不见，似乎某种巨大的物体从我身后疾速穿过，然后是另一声惨叫。我听见金属碰撞的声音，我听见肉体破裂的声音，我听见沉重的喘息声，但只在一瞬间，所有的声响都消失了，留下的只是死寂。

它在我的背后，我能感受到那灼热的目光。

就在我转身的刹那，它破开浓雾，扑了上来。一头成年人大小的新鼠，挥舞着带血的利爪，疯狂地向我撕咬着，我用长矛死命抵住它的前爪，摔倒在地，它用整个身体压着我，牙齿不停开合着，那股恶臭几乎让我窒息。我想用腿把它踹开，却发现关节全被制住，动弹不得，那尖利的长爪闪着寒光，滴着鲜血，一寸寸地向我的胸前逼近，我拼尽全力的怒吼，听起来却像绝望的哀号。

那冰冷的硬物抵住了我的胸口，一阵撕裂的剧痛几乎让我丧失所有抵抗的意志，它还在往下，一毫米、一毫米地往下，直到穿透我的胸骨，刺破我的心脏。

我看着它，它笑了，那畜生的嘴角裂开一道冷酷的弧线，一道我再熟悉不过的弧线。

一声巨响。那头新鼠身体猛地一颤，它竟然在唾手可得的胜利前停下了，有点恍惚地转过头，仿佛想寻找那声响的来源。我趁机用长矛抵开它的利爪，鼓起全身所有剩余的力气，朝它的头颅重重击去。

闷响之后，它应声倒地。

彻底失去知觉之前，我看到了最后一幕，那是一头更加高大壮硕的新鼠，正在向我走来。

于是我决定闭上双眼。

"是该好好庆祝一下，今天破例，可以喝酒！"教官大手一挥，转身却发现几箱啤酒已经摆在篝火旁。

"今天是什么好日子，这么多好吃的。"豌豆喜出望外，直奔主题，抱起鸡爪就啃。

"教官不是常说，你们这群二百五嘛，今天正好是咱们入伍250天整，你说是不是该庆祝一下。"我朝豌豆挤挤眉毛。

"这什么破由头，你自己二百五别拖别人下水啊。"

"捎带着……今儿好像是某人生日吧。"

豌豆把嘴里的活儿停下了，没听明白似的愣了半天，然后，眼眶里开始有亮晶晶的东西在转悠。

"别！先别激动！不只你，我数了一下，咱队里有五个人这个月过生日，正好凑一块儿过了。"

豌豆又把泪珠子憋了回去，继续啃起鸡爪来。

已经很久没有听到这么多的笑声，大家都已经习惯了背起包赶路，放下枪打呼的生活，没有欢乐，没有自由，有的只是杀不完的老鼠和完不成的任务。没有人记得自己是个大学生，甚至下意识里，都觉得握着刀杆子比捏着笔杆子带劲，舒服。没有人知道这是为什么，也没有人想知道。

教官今儿个很高兴，打心眼里的那种高兴，他喝了很多酒，说了很多军队里的荤笑话。他拍着豌豆的脑袋说："你不是射手座吗？怎么射老鼠这么面呢，你说说你射什么最在行啊？"我笑得胃都抽筋了，入伍这么久，头一回觉察出，原来教官也有可爱的一面。

寿星们吃了长寿面，许了愿，教官的脸在篝火的映衬下红彤彤的，他问："都许了什么愿啊，能说不能说？"

豌豆也多喝了几杯，拍着胸膛说："这有什么不能说的，我就想早点退伍回家，找个好工作，孝敬爹妈。"

大家一下都不说话了，偷偷看着教官，怕他酒后发飙。没想到他拍了两下大手，哈哈两声，说："有出息，爹娘没白养活你。"

这下可热闹了，大伙儿七嘴八舌地吹起来，有说要出人头地的；有说要赚大钱买别墅跑车的；……

"嘘。"我发现教官眼神有点不对，赶紧制止了这场牛皮大会。"你们猜猜教官最想干吗？"

大伙儿大眼瞪小眼，不知道的，不敢说的，说不好的，都摇摇头，看着教官。教官拿树枝拨弄着篝火，小火星乱窜，噼里啪啦地响，每个人脸上全是一片跳跃的红光。

"……我们那地方穷，人笨，不是读书的料，不像你们。我小时候老在想，以后长大了干点啥好呢，种地？打工？我不乐意，觉得没大出息。后来人家说，'当兵吧，保家卫国，立了战功，当上英雄，就能光宗耀祖，衣锦还乡了。'我爱看打仗的电影，特喜欢拿枪的感觉，觉得特帅，特带劲，那就当兵吧。我不怕吃苦，从小吃苦长大的，每天训练，我的时间最长，量最大，脏活累活抢着干，有什么危险的事情我第一个上，图个啥？啥也不图，就希望有一天能真真正正地上一回战场，当一回英雄，哪怕死了都值……"

教官停下来，轻轻地叹了口气，继续拨弄他那烧焦了的树枝。过了好一会儿，他才像刚回过神来一样，看着不说话的我们，露出一口白牙。

"怎么不说话了，是不是我破坏了气氛啊。"他把树枝一折，站了起来，"今天是个高兴的日子，不该说丧气的话，我道歉，我唱个歌，不过是个老歌，你们肯定都没听过，唱这歌的人都死了几十年了，我听这歌的时候，你们估计还没生出来呢……"

我带头使劲地鼓掌，掌声在空旷的野地里回荡着。虽然没找着调，但教官唱得很投入，眼角似乎有点湿润。我感到庆幸，没人问我想干嘛，因为我都不知道自己想干嘛。

"……今天只有残留的躯壳，迎接光辉岁月，风雨中抱紧自由；一生经过彷徨的挣扎，自信可改变未来，问谁又能做到……"唱到高潮处，教官几乎声嘶力竭了，他的身影在篝火的映衬下，显得格外高大，就像个真正的英雄。

"我说，"豌豆碰碰我，拿着酒瓶，"活着真像场梦。"

"说不定，"我把瓶里的酒一饮而尽，"就是一场梦。"

我被轰鸣的引擎声吵醒。教官张着嘴，朝我大声吼着什么，但完全被噪音淹没了。我想起身，胸口一阵剧烈的扯痛，我只好躺下，大口喘着气。顶上是一块光秃秃的金属板，反射着刺眼的白光，整个世界开始摇晃起来，我感到眩晕，我想吐，这到底是什么地方。

四周突然暗了下来，轰鸣声也低了，一股力量压住我的身体，我突然明白过来，我在飞机上，我们在上升。

教官说："别动，现在送你去……的医院。"他说了个我没听说过的地名。

　　混乱的记忆碎片一下子全扑了上来，谜一样的战役，噩梦般的决斗，我问："他们呢？"

　　"伤势重的已经送走一批，你命大，只是皮肉伤。"

　　我闭上眼，千头万绪交缠在一起，可此刻我的脑子却是一团糨糊。终于，我找到了突破口，试探地问："最后那一枪……是你开的？"

　　"麻醉枪。"教官不置可否。

　　我点点头，似乎有点明白了："那……黑炮怎么样？"

　　教官沉默了许久，说："他颅脑受损严重，很可能会变成植物人。"

　　我释然，想起那个失眠的夜晚，豌豆、父母，还有……我急切地问教官："那天你到底看见了什么？"

　　"我不知道，你最好也不知道。"他的回答既出乎意料，又似乎理所当然。

　　我想，也许根本没有人知道。如果说，新鼠能够通过操纵幻觉来诱使我们自相残杀，那么这场战役就变得前途叵测了，那些惨叫和肉体破裂声在我脑中响起，我不敢再想下去。

　　"看！"教官突然激动了，他扶起我，透过直升机的舷窗，我看到了一幕最不可思议的景象。

　　是新鼠，数以百万计的新鼠，从田野、山丘、树林、村庄走出，对，是走出，它们直立着，不紧不慢，步态悠然，像一场盛大的郊游而不是落魄的逃亡，由涓涓细流汇聚成一股浩大的浪潮，它们颜色各异的皮毛编织着暗涌的纹路，一种形式感，一种眼睛可以觉察的美感，流淌过这冬色萧瑟的枯槁大地，竟像是一股崭新的生命力，缓缓流注。

　　"我们输了。"我赞叹着。

"不，我们赢了，你会看见的。"教官看着窗外，嘴角挂着自信。

飞机降落在一座临海的军区医院天台，下机时，鲜花和轮椅都已经各就各位。笑容甜美的小护士推着我下楼，先检查了伤口，然后是一次彻底的大洗，我用掉了半瓶沐浴露，连搓出的泡沫都是泥巴色的。换上洁白的病人服，到餐厅吃饭，吃得太快噎住了，又咳了一地，护士轻轻拍打我的后背，笑容里全是同理心。

"我国与西盟达成贸易共识，开启多赢新局面……"餐厅里的电视播着新闻，我不经意地瞄了一眼，呆住了。屏幕出现的，正是我从飞机上看到的情景，大规模的鼠群迁徙，解说员声情并茂地解释，在全国人民齐心协力的奋战下，历时十三个月的灭鼠战役获得全面胜利。镜头一转，变成海上航拍，一张花色驳杂的毛毯由陆地向海岸徐徐铺开，在触及堤岸线的瞬间，解体成无数细小的颗粒，跌入海中，激起密密麻麻的水花。镜头拉近，那些新鼠就像是纪律严明的士兵，步伐统一地向着死亡迈进，没有迟疑，没有眷恋，甚至在跌落海面的过程中，也依然保持着气定神闲的姿态。

教官早就知悉了这场胜利，这场与我们无关的胜利。

我问护士："鼠群也会进入这座城市吗？"她回答："新闻说半个小时之后。"我问："从医院这能看到海岸吗？"她笑着答："医院前面有一片坡地公园，从上面能看到整座城市的海岸线。"我说："那好，带我去看看。"

我只有一个想法，去告别，向从不存在的敌人。

许多年后，我依然会不时想起那一个鼠年的黄昏。

夕阳的余晖倾洒在海天之间，从粉蒸霞蔚的云端，到波光激滟的海面，再到高楼林立的城市，两道绵延无际的弧线，把世界分成了三块，但这并不能阻碍什么，那金色的光芒毫不畏惧地将一切拥入怀中，似乎在那个瞬间，有一股力量拽住了时间的车轮，把世间万物凝固在此刻。

我坐在轮椅中，从高坡上望着这宁静的一幕，什么都想到了，又似乎什么都没想。

一种低沉的震响由远而近，仔细听，又像是许多细碎的鼓点，有板有眼地敲打着大地。然后，那毛茸茸的军队便从街头、路口、高楼大厦间，涌入了戒严的海滨大道，没来得及开走的停靠车辆，顿时成了一座座小小的孤岛。

那条金色的毛毯铺满了海岸，然后破碎、融化、倾入金色的海面，水花次第绽放，像是给海岸线镶上一条金色的花边。

海上的船只拉响了汽笛，久久回荡，本应是胜利的号角，此时却更像是悠长的挽歌。

"真美。"护士姑娘赞叹道，几年后，当我掀开她的红盖头时，也说了同样的话。

我们曾以为，只有生命才是美的，却不曾想到，结束生命也可以是美的。

我感到一阵空虚，努力不去探究这背后的意义。在这漫长的一年里，有些人的想法被改变了，有些人的命运被改变了，永远。

我探望过黑炮，那冷漠的微笑将永远凝固在他脸上，直到这个二等功战斗英雄生命消失的那一天。

教官后来私下告诉我们，隔壁片区的部队，也在那一天探测到了鼠群的异动，同样也是引到那个山坳，但他们权衡再三，没有出动。据说报告上写的是：由于军纪严明，避免了出现重大伤亡的可能性。我不知道那件事最后怎么处理，只知道教官退了伍，当了个拓展训练基地的辅导员。

我们都上了电视，出席各种报告会，反复讲述一些连自己都会感动落泪的故事，那故事里，没有新鼠的宗教，没有黑炮的嗜好，也没有豌豆的死。那是另一段历史，一段可以写进书本、报纸、电视甚至载入史册的历史。而我们的历史呢，我不知道，也许那根本算不上历史，那段岁月只存在于我们每个人的记忆之中，伴随我们衰老，直到死去。

一年后，我被分配到当地机关，当了一个公务员，过起了我曾经厌恶的朝九晚五的生活。我总觉得自己生命中的一部分已经随着那些老鼠一起，消失在平静的海面下。我辗转收到了原先寄给李小夏的退信，一共二十封，我没看，直接拿铁盒封了，埋在院子里。

培育新鼠的自主知识产权研发获得成功，在对外贸易中增加了议价砝码，国产新鼠上市，尽管在语音模式及功能模块上仍有欠缺，但却以低价策略成功占领了国内市场。我时常在专卖店的橱窗前驻足，观察那些可爱造物的一举一动，每当这个时候，我总会想起豌豆和他的问题。

那些复杂、微妙、超乎人性的举动，仅仅是基因调制和程序设计的结果呢？还是说，在那张毛皮底下，的确存在着某种智能、情感、道德，乃至于——"灵魂"？

如果可以的话，我会选择前者，那会让我好过一些。

但我持保留意见。

晋阳三尺雪

文/张　冉

　　赵大领着兵丁冲进宣仁坊的时候，朱大鲧正在屋里上网，他若有点与官府斗智斗勇的经验一定会更早发现端倪，把这出戏演得更像一点。这时是未时三刻，午饭已毕，晚饭还早，自然是宣仁坊里众青楼生意正好的时候，脂粉香气被阳光晒得漫空蒸腾，红红绿绿的帕子耀花游人的眼睛。隔着两堵墙，西街对面的平康坊传来阵阵丝竹之声，教坊官妓们半遮半掩地向达官贵人卖弄技艺；而宣仁坊里的姐妹们对隔壁同行不屑一顾，认为那纯属脱裤子放屁，反正最终结果都是要把床搞得嘎吱嘎吱响，喝酒划拳助兴则可，吹拉弹唱何苦来哉？总之宣仁坊的白天从不缺少吵吵闹闹的讨价还价声、划拳行令声和嘎吱嘎吱摇床声。这种喧闹成了某种特色，以至于宣仁坊居民偶尔夜宿他处，会觉得整个晋阳城都毫无生气，实在是安静得莫名其妙。

　　赵大穿着薄底快靴的脚刚一踏进坊门，恭候在门边的坊正就感觉到今时不同往日，必有大事发生。赵大每个月要来宣仁坊三四次，带着两个面黄肌瘦的广阳娃娃兵，哪次不是咋呼着来，吆喝着走，嚷得嗓子出血才对得起每个月的那点巡检例钱。而这一回，他居然悄无声息地溜进门来，冲坊正打了几个唯有自己看得懂的手势，领着两个娃娃兵贴着墙根蹑手蹑脚向北摸去。"虞候啊，虞候！"坊正跟跟跄跄追在后面，双手胡乱摇摆，"这是做什么！吓煞某家了！何不停下歇歇脚，用一碗羹汤，无论要钱要人，应允你就是了……"

"闭嘴！"赵大瞪起一双大眼，压低声音道，"靠墙站！好好说话！有县衙公文在此，说什么也没用！"

坊正吓得一跌，扶着墙站住，看赵大带着人鬼鬼祟祟走远。他哆哆嗦嗦拽过身旁一个小孩："告诉六娘，快收，快收！"流着清鼻涕的小孩点点头，一溜烟跑没了影。半炷香时间不到，宣仁坊的十三家青楼噼里啪啦扣上了两百四十块窗板，讨价声、划拳声和摇床声消失得无影无踪，不知谁家孩子哇哇大哭起来，紧接着响起一个止啼的响亮耳光。众多衣冠凌乱的恩客从青楼后院跳墙逃走，如一群受惊的耗子灰溜溜钻出坊墙的破洞，消失在晋阳城的大街小巷。一只乌鸦飞过，守卫坊门的兵丁拉开弓瞄准，右手一摸，发觉箭壶里一支羽箭都没有，于是悻悻地放松弓弦。生牛皮的弓弦反弹发出嘣的一声轻响，把兵丁吓了一跳，他才发现四周已经万籁俱寂，这点微弱的响声居然比夜里的更鼓还要惊人。

下午时分最热闹的宣仁坊变得比宵禁时候还要安静，作为该坊十年零四个月的老居民，朱大鲦对此毫无察觉，只能说是愚钝至极。赵大一脚踹开屋门的时候，他愕然回头，才惊觉到了表演的时刻，于是大叫一声，抄起盛着半杯热水的陶杯砸在赵大脑门上，接着一使劲把案几掀翻，字箕里的活字噼里啪啦掉了一地。"朱大鲶！"赵大捂着额头厉声喝道，"海捕公文在此！若不……"他的话没说完，一把活字就撒了过来。这种胶泥烧制的活字又硬又脆，砸在身上生疼，落在地上碎成粉末。赵大躲了两下，屋里升起一阵黄烟。

"捉我，休想！"朱大鲶左右开弓丢出活字阻住敌人，转身推开南窗想往外跑，这时一个广阳兵举着铁链从黄雾里冲了出来，朱大鲶飞起一脚，踢得这童子兵凌空打了两个旋儿啪地贴在墙上，铁链撒手落地，当下鼻血与眼泪齐飞。赵大等几人还在屋里瞎摸，朱大鲶已经纵身跳出窗外，眼前是一片无遮无挡的花花世界。这时候他忽然一拍脑门，想起宣徽使的话来："要被捕，又不能易被捕；要拒捕，又不能不被捕；欲语还休，欲就还迎，三分做戏，七分碰巧，这其中的分寸，你可一定要拿捏好了。"

"拿捏，拿你奶奶，捏你奶奶……"朱大鲶把心一横，向前跑了两步，左脚凌空一绊右脚，"啊呀——"惨叫着扑倒在地，整个人结结实实拍在地面上，"啪——"震得院里水缸都晃了三晃。

赵大听到动静从屋里冲了出来，一见这情景，捂着脑袋大笑道："让你跑，给我锁上！带回县衙，罪证一并带走！"

流着鼻血的广阳兵走出屋子，号啕大哭道："大郎！那一笸箩泥块都让他砸碎了，还有什么罪证？咱这下见了红，晚上得吃白面才行！咱妈说了跟你当兵有馒头吃，这都俩月了连根馒头毛都没看见！现在被困在城里，想回也回不去，不知道咱妈咱爹还活着不，这日子过得有啥意思？！"

"没脑子！活字虽然毁了，网线不是还在吗？拿剪刀把网线剪走回去结案！"赵大骂道，"只要这案子能办下来，别说吃馒头，每天食肉糜都行！出息！"

小人物的命运往往由大人物的一句话决定。

那天是六月初六，季夏初伏，北地的太阳明晃晃挂在天上，晒得满街杨柳蔫头耷脑，明明没有一丝风，却忽然平地升起一个小旋风，从街头扫到街尾，让久未扫洒的路面尘土飞扬。马军都指挥使郭万超驾车出了莅武坊，沿着南门正街行了小半个时辰。他是个素爱自夸自耀的人，自然高高坐在车头，踩下踏板让车子发出最大的响声。这台车子是东城别院最新出品的型号，宽五尺、高六尺四寸、长一丈零两尺，四面出檐，两门对掩，车厢以陈年紫枣木筑成，饰以金线石榴卷蔓纹，气势雄浑，制造考究，最基础的型号售价铜钱二十千。这样的车除了郭万超此等人物，整个晋阳城还有几人驾得起？

四只烟囱突突冒着黑烟，车轮在黄土夯实的地面上不停弹跳，郭万超本意横眉冷目睥睨过市，却因为震动太厉害而被路人看成在不断点头致意，不断有人停下来稽首还礼，口称"都指挥使"，郭万超只能打个哈哈，摆手而过。车子后面那个煮着热水的大鼎——就算东城别院的人讲得天花乱坠，他还是对这台怪车满头雾水。据说煮沸热水的是猛火油，他知道猛火油是从东南吴地传来的玩意儿，见火而燃，遇水更烈，城防军用此把攻城者烫得哇哇叫。这玩意儿把水煮沸，车子不知怎的就走了起来，这又是什么道理？——正发出轰隆轰隆的吼声，身上穿的两裆铠被背后的热气烤得火烫，头上戴的银兜鍪须用手扶住，否则走不出多远就被震得滑落下来遮住眼睛，马军都指挥使有苦自知，心中暗自懊恼不该坐上驾驶席，好在目的地已经不远，于是取出黑镜戴在鼻梁上，满脸油汗地驰过街巷。

车子向左转弯，前面就是袭庆坊的大门，尽管现在是礼崩乐坏、上下乱法的时节，坊墙早已千疮百孔，根本没人老老实实从坊门进出，但郭万超觉得当大官的总该有点当大官的做派，若没有人前呼后拥，实在不像个样子。他停在坊门等了半天，不光坊正没有出现，连守门的卫士也不知道藏在哪里偷偷打盹，满街的秦槐汉柏遮出一片阴凉地，唯独坊门处光秃秃地露着日头，没一会儿就晒得郭万超心慌气短汗如雨下。"卫军！"他喊了两声，不见回音，连狗叫声都没有一处，于是怒气冲冲跳下车来大踏步走进袭庆坊。坊门南边就是宣徽使马峰的宅子，郭万超也不给门房递帖子，一把将门推开，风风火火冲进院子，绕过正房，到了后院，大喝一声："抓反贼的来啦！"

屋里立刻一阵鸡飞狗跳，霎时间前窗后窗都被踹飞，五六个衣冠文士夺路而出，连滚带爬跌成一团。"哎呀，都指挥使！"大腹便便的老马峰偷偷拉开门缝一瞧，立刻拍拍心口喊了声皇天后土，"切不可再开这种玩笑了！各位各位，都请回屋吧，是都指挥使来了，不怕不怕！"老头儿刚才吓得幞头都跌了，披着一头白发，看得郭万超又气又乐，冷笑道："这点胆子还敢谋反，哼哼……"

"哎呀，这话怎么说的？"老马峰又吓了一跳，连忙小跑过来攀住郭万超的手臂往屋里拉，"虽然没有旁人，也须当心隔墙有耳……"

一行人回到屋里，惊魂未定地各自落座，将破破烂烂的窗棂凑合掩上，又把门闩插牢。马峰拉郭万超往胡床上坐，郭万超只是大咧咧立在屋子中间，他不是不想坐，只是为了威风穿上这前朝遗物的两裆铠，一路上颠得差点连两颗晃悠悠的外肾都磨破。老马峰戴上幞头，抓一抓花白胡子，介绍道："郭都指挥使诸位在朝堂上都见过了，此次若成事，必须有他的助力，所以以密信请他前来……"

　　一位极瘦极高的黄袍文士开口道："都指挥使脸上的黑镜子是什么来头？是瞧不起我们，想要自塞双目吗？"

　　"啊哈，就等你们问。"郭万超不以为忤地摘下黑镜，"这可是东城别院的新玩意儿，称作'雷朋'，戴上后依然可以视物，却不觉太阳耀目，是个好玩意儿！"

　　"'雷朋'二字何解？"黄袍人追问道。

　　郭万超抖抖袖子，又取出一件乌木杆子、黄铜嘴的小摆设，得意扬扬道："因为这玩意儿能发出精光耀人双眼，在夜里能照百步，东城别院没有命名，我称之为'电友'，亦即电光之友。黑镜既然可以防光照，由'电友'而'雷朋'，两下合契，天然一对，哈哈哈……"

　　"奇技淫巧！"另一名白袍文士喝道，一边用袖子擦着脸上的血，方才跑得焦急，一跤跌破了额头，把白净无毛的秀才变成了红脸的汉子，"自从东城别院建立以来，大汉风气每况愈下，围城数月，人心惶惶，汝辈却还沉淫于这些、这些、这些……"

　　马峰连忙扯着文士的衣袖打圆场："十三兄，十三兄，且息雷霆之怒，大人大量，先谈正事！"老头儿在屋里转悠一圈拉起帘子把窗缝仔细遮好，痰嗽一声，从袖中取出三寸见方的竹帘纸向众人一展，只见纸上蝇头小楷洋洋洒洒数千言。

　　"咳咳。"清清嗓子，马峰低声念道，"（广运）六年六月，大汉暗弱，十二州烽烟四起，人丁不足四万户，百户农户不能赡一甲士，天旱河涝，田干井阑，仓廪空乏。然北贡契丹，南拒强宋，岁不敷出，民无粮，官无饷，道有饿殍，马无暮草，国贫民贱，河东苦甚！大汉苦甚！"

　　念到这里，一屋子文士同时叹了一声"苦"，又同时叫了一声"好"。唯独郭万超把眼一瞪："酸了吧唧地念什么哪！把话说明白点！"

马峰掏出锦帕抹了把额头上的汗珠："是的是的，这篇檄文就不再念了。都指挥使，宋军围城这么久，大汉早是强弩之末，宋主赵光义是个狠毒的人，他诏书说'河东久讳王命，肆行不道，虐治万民。为天下计，为黎庶计，朕当自讨之，以谢天下'。君不见吴越王钱弘俶自献封疆于宋，被封为淮海国王；泉、漳之主陈洪进兵临城下之后才献泉、漳两郡及所辖十四县，宋主赐就诏封为区区武宁军节度使；如今晋阳围城已逾旬月，宋主暴跳如雷，此事已无法善终，一旦城破，非但皇帝没得宋官可做，全城的百姓也必遭迁怒！覆巢之下岂有完卵？指挥使，莫使黎民涂炭，黎民涂炭啊！"

郭万超道："要说实在的，我们武官也一个半月没支饷了，小兵成天饿得嗷嗷叫。你们的意思是刘继元小皇帝的江山肯定坐不住，不如出去干脆投降宋兵，是这个意思吗？"

此言一出满座大哗，文士们愤怒地离席而起、破口大骂，把"君君臣臣父父子子"，"君使臣以礼，臣事君以忠"的话翻来覆去说了八十多遍。马峰吓得浑身哆嗦："诸君！诸君！隔墙有耳，隔墙有耳啊……"待屋里安静了点，老头儿驼着背搓着手道，"都指挥使，我辈并非不忠不孝之人，只是君不君，臣不臣，皇帝遇事不明，只能僭越了！第一，城破被宋兵屠戮；第二，辽兵大军来到，驱走宋兵，大汉彻底沦为契丹属地；第三，开城降宋，保全晋阳城八千六百户、一万两千军的性命，留存汉室血脉。该如何选，指挥使心中应该也有分寸！宋国终归是汉人，不如降宋。"

听完这席话，郭万超倒是对老头另眼相看。"好。"他挑起一个大拇指，"宣徽使是条有气节的好汉子，投降都投得这么义正词严。说说看要怎么办，我好好听着。"

"好好。"马峰示意大家都坐下，"十年前宋主赵匡胤伐汉时老夫曾与建雄军节度使杨业联名上书恳请我主投宋，但挨了顿鞭子被赶出朝堂。如今皇帝天天饮宴升平不问朝中事，正是我们行事的好时机。我已密信联络宋军云州观察使郭进，只要都指挥使开大厦门、延厦门、沙河门，宋军自会在西龙门砦设台纳降。"

"刘继元小皇帝怎么办？"郭万超问。

"大势已去的事后，自当出降。"马峰答道。

"罢了。但你们没想到最重要的问题吗？东城别院那关可怎么过？"郭万超环视在座诸人，"现在东西城城墙、九门六砦都有东城别院的人手，他们掌握着守城机关。只要东城那位王爷不降，即便开了城门宋兵也进不来啊！"

这下屋里安静下来。白袍文士叹道："东城别院吗？若不是鲁王作怪，晋阳城只怕早就破了吧……"

马峰道："我们商议派出一位说客，对鲁王动之以情，晓之以理。"

郭万超道："若不成呢？"

马峰道："那就派出一名刺客，一刀砍了便宜王爷的狗头。"

郭万超道："你这老头儿倒是说得轻巧，东城别院戒备森严，无论说客还是刺客哪有那么容易接近鲁王身边？那里有那么多稀奇古怪的玩意儿，只怕离着八丈远就糊里糊涂丢了性命吧！"

马峰道："东城别院挨着大狱，王爷手底下人都是戴罪之身，只要将人安插下狱，不愁到不了鲁王身边。"

郭万超道："有人选了吗？说客一个，刺客一名。"他目光往旁边诸人身上一扫，诸多文士立刻抬起脑袋眼神飘忽不定，口中念念叨叨背起了儒家十三经。

郭万超一拍脑袋："对了，倒是有个人选，是你们翰林院的编修，算是旧识，沙陀人，用的汉姓，学问一般，就是有把子力气。他平素就喜欢在网上发牢骚，是个胸无大志满脑袋愤怒的糊涂车子，给他点银钱，再给他把刀，大道理一讲，自然乖乖替我们办事。"

马峰鼓掌道："那是最好，那是最好，就是要演好入狱这场戏，不能让东城别院的人看出破绽来，罪名不能太重，进了天牢就出不来了，又不能太轻，起码得戴枷上铐才行。"

"哈哈哈，太简单了，这家伙每日上网搬弄是非，罪名是现成的。"郭万超用手一捉裤裆部位的铠甲，转身拔腿就走，"今天的事天知地知你知我知，我这就找管网络的去，人随后给你带来，咱们下回见面再谈。走了！"

穿着两裆铠的武官丁零当啷出门去，诸文士无不露出鄙夷之色，窗外响起火油马车震耳欲聋的轰轰声。马峰抹着汗叹道："要是能这么容易解决东城别院的事情就好了。诸君，这是掉脑袋的事情，须谨慎啊，谨慎！"

朱大鲦不知道捉走自己的兵差来自哪个衙门，不过宣徽使马峰说了，刑部大狱、太原府狱、晋阳县狱、建雄军狱都是一回事情，谁让大汉国河东十二州赔得个盆光碗净，只剩下晋阳城这一座孤城呢。他被铁链子锁着穿过宣仁坊，青楼上了夹板的门缝后面露出许多滴溜溜乱转的眼睛，坊内的姐姐妹妹嫖客老鸨谁不认识这位穷酸书生？明明是个翰林院编修，偏偏住在这烟花柳巷之地，要说是性情中人倒也罢了，最可恨几年来一次也未光顾姐妹们的生意，每次走过坊道都衣袖遮脸加快脚步口中念叨着"惭愧惭愧"，真不知道是惭愧于文人的面子，还是裤裆里那见不得人的东西。

唯有朱大鲹知道，他惭愧的是袋里的孔方兄。宋兵一来翰林院就停了月例，围城三月，只发了一斛三斗米、五陌润笔钱。说是足陌，数了数每陌只有七十七枚夹铅钱，这点家当要是进暖香院春风一度，整月就得靠麸糠果腹了。再说他还得交网费，当初选择住在宣仁坊不仅因为租金便宜，更看重网络比较便利，屋后坊墙有网管值班的小屋，遇见状况只要蹬梯子喊一声就行。每月网费四十钱，打点网管也得花几个铜子儿，入不敷出是小问题，离了网络，他可一日也活不下去。

"磨蹭什么呢，快走快走！"赵大一拽锁链，朱大鲹踉跄几步，慌乱用手遮着脸走过长街。转眼间出了宣仁坊大门，拐弯沿朱雀大街向东行，路上行人不多，战乱时节也没人关心铁链锁着的囚犯。朱大鲹一路遮遮掩掩生怕遇见翰林院同僚，幸好是吃饱了饭鼓腹高眠的时候，一个文士也没碰着。

"大……大人。"走了一程，朱大鲹忍不住小声问道，"到底是什么罪名啊？"

"啊？"赵大竖起眉毛回头瞪他一眼，"造谣惑众、无中生有，你们在网络鼓捣的那些事情以为官府不知道吗？"

"只是议论时政为国分忧也有罪吗？"朱大鲹道，"再说网络上说的话，官府何以知道？"

赵大冷笑道："官家的事自有官家去管，你无籍无品的小小编修，可知议论时局造谣中伤与哄堂塞署、逞凶殴官同罪？再说网络是东城别院搞出来的玩意儿，自然加倍提防，你以为网管是疏通网络之职，其实你写下的每一个字都被他记录在案，白纸黑字，看你如何辩驳！"

朱大鲹吃了一惊，一时间不再说话。"突突突突……"一架火油马车突烟冒火驶过街头，车厢上漆着"东城廿二"字样，一看就知是东城别院的维修车。"又快到攻城时间啦。"一名广阳兵说道，"这次还是有惊无险吧。"

"嘘，是你该说的话吗？"同伴立刻截停了话头。

前面柳树阴凉下摆着摊，摊前围着一堆人，赵大跟手下娃娃兵打趣道："刘十四，攒点银子去洗一下，回来好讨婆娘。"

刘十四脸红道："莫说笑，莫说笑……"

朱大鲧就知道那是东城别院洗黥面的摊子。汉主怕当兵的临阵脱逃，脸上要墨刺军队名，建雄军黥着"建雄"，寿阳军黥着"寿阳"，若像刘十四这样从小颠沛流离身投多军的，从额头至下巴密密麻麻黥着"昭义武安武定永安河阳归德麟州"，除了眼珠子之外整张脸乌漆墨黑，要再投军只好剃光头发往脑壳上文了。东城那位王爷想出洗黥面的点子，立刻让军兵趋之若鹜，用蘸了碱液的细针密密麻麻刺一遍，结痂后揭掉，再用碱液涂抹一遍缠上细布，再结痂长好便是白生生的新皮。正因为宋军围城人心惶惶，才要讨个婆娘及时行乐，鲁王爷算是抓准了大伙的心思。

几人走过一段路，在有仁坊坊铺套了一辆牛车，乘车继续东行。朱大鲧坐在麻包上颠来倒去，铁链磨得脖子发痛，心中不禁有点后悔接了这个差使。他与马步军都指挥使郭万超算是旧识，祖上在高祖（后汉高祖刘知远）时同朝为官，如今虽然身份云泥，仍三不五时一起烫壶小酒聊聊前朝旧事。那天郭万超唤他过去，谁知道宣徽使马峰居然在座，这把朱大鲧吓得不轻。老马峰可不是平常人，生有一女是当朝天子的宠妃，皇帝常以"国丈"称之，不久之前刚退下宰相之位挂上宣徽使的虚衔，整座晋阳城除了拥兵自重的都指挥使和几位节度使，就属他位高权重。

"这不是谋逆吗？"酒过三巡，马峰将事由一说，朱大鲦立刻摔杯而起。

"晏子言'故忠臣也者，能纳善于君，不能与君陷于难'，君子不立危墙之下，朱八兄须思量其中利害，为天下苍生……"老马峰扯着他的衣袖，胡须颤巍巍地说着大道理。

"坐下坐下，演给谁看啊？"郭万超啐出一口浓痰，"谁不知道你们一伙穷酸书生成天上网发议论，说皇帝这也不懂那也不会，大汉江山迟早要完，这会儿倒装起清高来啦？一句话，宋兵一旦打破城墙，全城人全都得完蛋，还不如早早投了宋人换城里几万人活命，这账你还算不清吗？"

朱大鲦站在那儿走也不是坐也不是，犹豫道："但有鲁王在城墙上搞的那些器械，晋阳城固若金汤，听说前几天大辽发来的十万斛粟米刚从汾水运到，尽可以支持三五个月……"

郭万超道："呸呸呸！你以为鲁王是在帮咱们？他是在害咱们！宋人现在占据中原，粮钱充足，围个三年五年也不成问题，三月白马岭一役宋军大败契丹，南院大王耶律挞烈成了刀下鬼，吓得契丹人缩回雁门关不敢动弹。一旦宋人截断汾水、晋水，晋阳城就成了孤城一座，你倒说说这仗怎么打得赢？再说那个东城王爷不知道从哪儿钻出来的，搞出那么多稀奇古怪的玩意儿，他是真心想帮我们守城？我看未必！"

话音落了，一时间无人说话，桌上一盏火油灯哔剥作响，照得斗室四壁生辉。这灯自然也是鲁王的发明，灌一两二钱猛火油可以一直燃到天明，虽然烟味刺鼻，熏得天花板又黑又亮，可毕竟比菜油灯亮堂得多了。

"要我怎么做？"朱大鲹慢慢坐下。

"先讲道理，后动刀子，古往今来不都是这么回事？"郭万超举杯道。

鲁王确实不知道从哪里钻出来的。宋兵围城之前没人听过他的名号，河东十二州一丢，东城别院的名字开始在坊间流传。一夜之间晋阳城多了无数新鲜玩意儿，最显眼的是三件东西：中城的大水轮和铸铁塔，城墙上的守城兵器，还有遍布全城的网络。

晋阳城分西、中、东三城，中城横跨汾水，大水轮就装在骑楼下方，随着水势日夜滚动。水轮这东西早被用来灌溉农田碾米磨面，谁也没想到还能有这么多功用，"吱吱嘎嘎"的木头齿轮带动铸铁塔的风箱、城头的水龙与火龙、绞盘、滑车。铸铁塔有几个炉膛，风箱吹动猛火油煮沸铁水，铸出来的铁器又沉又硬，比此前不知方便了多少倍。

城墙上的变化更大，鲁王爷给城墙铺上两条木头轨道，用绳索拉着两头，扳下一个机簧，水轮的力量就扯着轨道上的滑车飞驰起来。从大厦门到沙河门就算驾快马也需一炷香时间才能赶到，坐上滑车，只消半袋烟时间就能到达。第一次发车的时候绑在上面的几个小兵吓得嗷嗷乱叫，多坐几次就觉得有趣，食髓知味，就成了滑车的管理员，整日赖在车上不肯下来。滑车共有五辆，三辆载人，两辆载炮。大炮与汉人惯用的发石机没什么不同，就是改用水轮拉紧牛皮筋，再不用五十名大汉背着绳索上弦；抛出的亦不再是石块，而是灌满猛火油的猪尿脬，尿脬里装一包油布裹着的火药，留一条引线出来，注满猛火油后将口扎紧，发射前将捻子点燃。

鲁王爷在墙头挂满泥橹。守城缺不了滚木礌石，但木头丢下一根少一根，石头扔下一块少一块，围城久了只怕连房顶都得拆了往下扔。

东城别院就搞了个阴损毒辣的发明，用黄泥巴掺上稻草铸成五尺长、两尺粗的大泥柱子，表面嵌满大铁蒺藜，铁蒺藜专门泼上脏水，等它生出黑不黑、红不红的铁锈，因为鲁王爷说这样会让宋兵得一种叫"破伤风"的怪病。选上好黄泥用草席盖上焖一星期煨成熟泥，加上糯米浆、碎稻草和猪血反复捶打，这样铸成的泥檑每个重达两千六百斤，金灿灿、冷森森，泛着黄铜一样的油光，通体长满脏兮兮的生锈铁蒺藜，着实是件杀人利器。泥檑两端挂上铁锁链拴在城墙，宋军一来，数百个大泥柱子劈头盖脸砸下，把云梯、冲车、盾牌和兵卒一齐砸得粉碎。这厢绞盘一转，水轮之力"嘎吱嘎吱"将铁链卷起，沾满了血的泥檑又晃晃悠悠升上城墙。

宋人在泥檑下吃了苦头，后来只让老弱病残和契丹降卒当作先锋，趁泥檑把弃卒砸扁时发动井栏、云梯和发石机猛攻。这时滑车上的猪尿脬炮就到了开火时机，一时间数百个红彤彤、臊哄哄、软囊囊的尿脬漫天飞舞，落在宋军中化作火球四下燃烧，灼得木头哔剥作响，兵卒吱哇乱叫，空气中立时弥漫着一股果木烤肉的芳香。最后就到了弓箭手出场，专拣宋军中有帽缨的家伙攒射。因为众所周知，只有将官头上才飘着鸟毛。不过羽箭数量稀少必须省着点用，一人射个三五箭便归队休息，一场大战就此结束，城下一片烟熏火燎鬼哭狼嚎，城上汉人遥遥指点战场计算着杀人的数量，每杀一个人，在自己手上画一个黑圈，凭黑圈数量找东城别院领赏钱。按照鲁王爷计算近几个月死在城下的宋兵已达两百万之众，不过看那吹角连营依然无边无尽，大家就心照不宣谁都不提统一口径的问题。

一座晋阳城守得固若金汤，怕大伙在城内闲得无聊，鲁王爷又发明了网络。他先搞出了一种叫活字的东西（据自己说是剽窃一位毕昇毕老爷的发明，不过谁也没听说过这位了不起的老爷），先做一个阴文木雕版的《千字文》，然后用混合了糯米稻草和猪血的黄泥巴压在雕版上面晒干，最后整个揭下来切成烧肉大小的长方块，用泥糯边角料制作的阳文活字就完成了。将一千个活字放在长方形的字箅里面，每个活字后面用机簧绷上一缕蚕丝，一千缕蚕丝束成手腕粗细的一捆，这个叫"网"。字箅放在屋子里，蚕丝从墙根穿出到达网管的小屋，每捆蚕丝末端都截得整整齐齐套上一个铁网，每一缕丝线末尾绑着个小钩，挂在铁网上面。网管小屋只有个天棚遮雨，四壁挤挤挨挨挂满网线，若两台字箅之间要说话，找到两条网线将铁网一拧"咔嗒"一声锁好一千个小钩，两捆蚕丝就连了起来，这个叫"络"。

网络一连好，就可以通过字箅对话了，这厢按下一个活字，小机簧将蚕丝拉紧，那厢对应位置的活字就陷了下去。虽然从"天地玄黄，宇宙洪荒，日月盈昃，辰宿列张"密密麻麻一千个字里面选出要用的活字很费眼力，可熟手自然能打得飞快。有学究说汉字博大精深，千字文虽然是开蒙奇书一本，可要拿来畅谈宇宙人生，区区一千个字怎么够用？鲁王爷却说这一千个字彼此并不重复，别说畅谈宇宙，古往今来大多数好文章都能用这一千个字做出来，真是够用得很啦。

《千字文》里实则有两个"洁"字重复，东城别院删掉了一个字，换上一个有弯钩符号的活字。因为两人通过网络对谈的时候，又要打字，又要盯着字箅看对方发来的字句，分心二用太难，鲁王爷就规定说完一句话之后要按下这回车键，表示自己的话说完了，轮到对方说话。为什么叫"回车"，王爷没解释。

起初网络只能两人对话，后来发明了一种复杂的黄铜钩架，能够将许多网线同时挂在一起，一个人按下活字，其他人的字箅都会收到信息。这时候又出现了新的问题，八名文士聊天，一个人说完话按下回车，其余七个人会同时抢着说话，这时字箕就会抽筋似的起起伏伏，好似北风吹皱晋阳湖的一池黑水。为了解决这个问题，东城别院发售了一种附加字箕，上面有十个空白活字，在用黄铜钩架组成网络的时候，大伙先将对方的雅称刻在空白活字上面。八名文士的小圈子，每个人的附加字箕都刻上八个人的称号，谁要发言，按下代表自己的活字，谁的活字先动，谁就有说话的权利，直到按下回车键为止。朱大鲦最喜欢把代表自己的"朱"字使劲按个不停，此举自然遭到了圈子内的严正谴责，因为此举不仅对其他人发言的权利造成干扰，更容易把网线搞断。鲁王爷一开始把这种制度称作"三次握手"，后来又改叫"抢麦"，这几个字到底是啥意思，王爷也没解释。

蚕丝固然坚韧，免不了遭受风吹雨打虫蛀鼠咬和朱大鲦此类浑人的残害，断线的事情时有发生。有时候聊着天，有人忽然大骂"文理狗屁不通辱骂先贤有失文士的身份"，那说明有活字的蚕丝断了，本来写的是"子曰：尧舜其犹病诸"，结果变成了"子曰：尧舜病诸"，这不光骂了尧舜先帝，更连孔圣人都坑进去了。此时就要高声喊"网管"，给网管些小钱让他检查网线，顺便到坊市带两斤烙饼回来。网管会断开网线，找到断掉的蚕丝打一个结系紧。若不花点钱跟网管搞好关系，他会把绳结打得又大又囊肿，导致网络拥堵，速度慢如老牛拉车；要是铜钱给足了，他就拿小梳子将蚕丝理得顺顺滑滑，系一个小小的双结，然后把两斤八两烙饼丢进窗口，喊一声："妥了！"这就是朱大鲦荷包再窘迫也要花钱打点网管的原因。

东城别院的守城器械收买了军心，稀奇古怪的小发明收买了民心，网络则收买了文士之心。足不出户，坐而论道，这便利自三皇五帝以降何朝何代曾经有过？宋兵围城人人自危，再不能出晋阳城攀悬瓮山观汾水赏花饮酒，关起门来文墨消遣反而更觉苦闷，若不是网络铺遍西城，这些穷极无聊的读书人还不反了天去？一国囿于一城，三省六部名存实亡，举月无俸禄，天子不早朝，青衫客们成了城中最清闲无用的一群，唯有在网络上作作酸诗吐吐苦水发发牢骚。有人喜爱上网，自然有人敬鬼神而远之；有人念鲁王爷的好，自然也有人背地里戳他的脊梁骨，这位谁都没见过真容的王爷是坊间最好的话题。

朱大鲧做梦也没想到自己第一次与王爷扯上关系，居然是被马峰、郭万超派去游说投降之事。是战，是降，大道理他自己还没想明白，但既然文武二相都这么看重自己，他只能怀揣降表和利刃硬着头皮上前了。

牛车"吱吱嘎嘎"向前，经过一所馆驿。这两进带园子的馆驿是鲁王爷初到晋阳城时修建的，漆成橙色，挂着蓝牌，上面写着两个大字"汉庭"。"汉庭"指的是"大汉的庭院"，这馆名固然古怪，但比起鲁王爷后来发明的新词来倒不算什么了。

鲁王爷搬到东城别院之后，馆驿围墙上凿出两扇窗来，一扇卖酒，一扇卖杂耍物件。酒叫"威士忌"，意指"威猛之士也须忌惮三分"。用辽国运来的粟米在馆驿后院浸泡蒸煮，酿出来的酒液透明如水、冷冽如冰，喝进嗓子里化为一道火线穿肠而过，比市酿的酒不知醇了多少倍。一升酒三百钱，这在私酿泛滥的时候算得上高价，可好酒之徒自然有赚钱换酒的法子。

"军爷，射一轮吧！"

朱大鲧扭过头，看见城墙底下站着数十个泼皮无赖，站在茅草车上冲城外齐声高喊。城墙上探出一个兵卒的脑袋，见怪不怪道："赵大赵二，又缺钱花了？这回须多分我些好酒上下打点，不然将军怪罪下来……"

"自然，自然！"泼皮们笑道，又齐声喊，"军爷，射一轮！军爷，射一轮！"

不多时，城外便传来宋军的喊声："言而有信啊！五百箭一斗酒，你们山西人可不能给我们缺斤短两啊！"

"自然自然！"泼皮们一听四下散开，不知从哪里推出七八辆载满干草的车子摆在一处，捂着脑袋往城墙下一蹲，"军爷，射吧！"

只听得弓弦"嘣嘣"作响，羽箭"唰唰"破空，满天飞蝗越过墙头直坠下来簌簌穿入草堆，眨眼间把七八辆茅草车钉成了七八个大刺猬。朱大鲧远远看得新鲜，开口道："这草船借箭的法子也能行得通？"

赵大啐道："呸！这帮无赖买通了宋兵，说重了可是里通外国的罪名。围城太久箭支匮乏，皇帝张榜收箭，一支箭换十文钱，这些无赖收了五百箭能换五千钱，买一斗七升酒，一斗吊出城外给宋兵，两升打点城上守军，剩下五升分了喝，喝醉了满街横睡，疲懒之辈！"他扭头瞪眼大喝一声，"咄！大胆！没看到我吗？"

众泼皮也不害怕，嘻嘻哈哈行礼，推着小车一溜烟钻进小巷，朱大鲧就知道这赵大嘴上说得轻巧，肯定也收了泼皮的供奉。他没有点破，只叹一声："围城越久，人心越乱，有时候想想不如干脆任宋兵把城打破罢了，是不是？"

赵大嚷道："胡说什么！再说忤逆的话拿鞭子抽你！"朱大鲧始终摸不准此人是不是马峰派出的接应，也就不再多说。

日头毒辣，牛车在蔫柳树的树荫里慢慢前行，驶出了西城内城门，沿着官道进入中城，中城宽不过二十丈，分上下两层，下一层有大水轮、铸铁塔诸多热烘烘吵闹闹的机关，上一层走行人车马，路两旁是水文、织造、冶锻、卜筮的官房，路面尽用枣木铺成。晋阳中城是武后时并州长史崔神庆以"跨水连堞"之法修筑而成，距今已逾三百年，枣木地板时时用蜂蜡打磨，人行马踩日子久了变成凝血般的黑褐色，坚如铁石，声如铜钟，刀子砍上去只留下一条白痕，拆下来做盾牌可抵挡刀剑矢石，就算宋人的连环床弩都射不穿。围城日久，枣木地板被拆得七七八八，路面用黄土随意填平，走上去深一脚浅一脚，碰到土质疏松的地方能崴了牛蹄子。

赵大吩咐一声"下车"，派一个小兵赶着牛车还给坊铺，自己牵囚犯步行走入中城。今年河东干旱，汾水浅涸，朱大鲩看一条浊流自北方蜿蜒而来，从城下十二连环拱桥潺潺流过，马不停蹄涌向南方，不禁赞道："大辽、大汉、宋国，从北到南，一水牵起了三国，如此景致当前，吾当赋诗一首以资……"

话音未落，赵大狠狠一巴掌抽在他的后脑勺，把幞头巾子打得歪歪斜斜，也把朱大鲩的诗兴抽得无影无踪。赵大抹着汗骂道："你这穷酸样，老子出这趟差汗流了一箩筐，还在那边叽叽歪歪惹人烦，前面就到县衙，闭嘴好好走路！"朱大鲩立刻乖乖噤声，心中暗想等恢复自由之身一定在网上将你这恶吏骂得狗血喷头。转念又一想，此行若是马到成功，说服了东城别院鲁王爷，大汉就不复存在，晋阳城尽归宋人，到时候还能有网络这回事吗？一时之间不禁有点迷茫。

一路无言地走穿中城进入东城，东城规模不大，走过太原县治所，在尘土纷飞的街上转了两个弯进了一座青砖灰瓦的院子，院子四面墙又高又陡，窗户都钉着铁栏杆。赵大与院中人打个招呼交接文书，广阳兵推搡着朱大鲢进了西厢房，解开锁链，喊道："老爷开恩让你独个儿住着，一日两餐有人分派，若要使用钱粮被褥可以托家里人送来，逃狱罪加一等，过两天提审，好好跟老爷交代罪行，听到没有？"

朱大鲢觉得背后一痛，跌跌撞撞摔进一个房间，小卒们哗啦啦挂上铁链"嘎嘣"一声锁上门转身走了，朱文人爬起来揉着屁股四处打量，发现这屋里有榻、有席、有洗脸的铜盆和便溺的木桶，虽然光线暗淡，却比自己的破屋整齐干净得多。

他在席上坐下，摸摸袖袋，发现一应道具都完好无损：一本《论语》，舌战鲁王爷时要有圣贤书壮胆；一只空木盒，夹层里装着宣徽使马峰洋洋洒洒三千言的血书檄文，血是鸡血，说的是劝降的事，不过其义正词严的程度令朱大鲢五体投地；一柄精钢打造六寸三分长的双刃匕首，匹夫之怒，血溅五步，一想到这最终的手段，朱大鲢体内的沙陀突厥血统就开始蠢蠢欲动。

朱大鲢接胡饼赔笑道："多谢，多谢。上差是不是有什么话要带给学生的？"

狱卒闻言左右看看，放下食盒从怀中摸出一张字条来，低声道："喏，自己点灯看，别给别人瞧见。将军嘱咐过，尽人事，听天命。若依他的话，成与不成都有你的好处在里面。"言毕又提高音量，"瓮里有水自己掬来喝，便溺入桶，污血、脓疮、痰吐莫要弄脏被褥，听到没有？"

拎起食盒，狱卒挑着灯笼晃悠悠走了，朱大鲢三口两口吞下胡饼，灌了几口凉水，背过身借着暗淡残阳看纸上的字迹。看完了，反倒有点摸不着头脑，本以为狱卒是都指挥使郭万超派来的，谁知纸上写的是另一回事情，上面写着："敬启者：我大汉现在很危险，兵少粮少，全靠守城的机械撑着。最近听闻东城别院人心不稳，鲁王爷心思反复，要是他投降宋国，大汉就无可救药乎哉。看到我信，希望你能面见王爷把利害说清楚，让他万万不能屈膝投降。他在东城别院里不见外人，只能出此下策，要为我大汉社稷着想，请一定好好劝王爷坚持下去，总有一天能打赢宋国！杨重贵再拜。"

这段话文字不佳，字体不妙，一看就是没什么学问的粗人手笔，落款"杨重贵"听着陌生，朱大鲧想了半天才想起来那是建雄军节度使刘继业的本名，他本是麟州刺史杨信之子，被世祖刘崇收为养孙，改名刘继业，领军三十年战无不胜、攻无不克号称"无敌"，如今是晋阳守城主将。落款用本名，显示出他与皇帝心存不和，这一点不算什么秘密，天会十三年（969 年）闰五月，宋太祖决汾水灌晋阳城，街道尽被水淹，满城漂着死尸和垃圾，刘继业与宰相郭无为联名上书请降，被皇帝刘继元骂得狗血淋头，郭无为被砍头示众，刘继业从此不得重用。

当年主降，如今主战，朱大鲧大概能猜出其中缘由。无敌将军虽然战功彪炳杀人无数，却耳根子软、眼眶子浅，是条看到老百姓受苦自己跟着掉眼泪的多情汉子。当年满城百姓饿得嗷嗷叫，每天游泳出门剥柳树皮吃，晚上睡觉一翻身就能从房顶掉进一人多深的臭水里淹死，刘继业看得心疼，恨不得开门把宋兵放进来拉倒；如今粮草充足，全城人吃饱之外还能拿点余粮换点威士忌喝、买点小玩意儿玩、到青楼去消费一番，物质和精神都挺满足，刘继业自然心气壮了起来，只愿宋兵围城一百年把宋国皇帝拖到老死才算报当年一箭之仇。东城别院盘踞在东城不见外客，除了囚犯之外谁也接触不到这位鲁王爷，刘将军写了封大白话的请愿书留在监狱里，想通过某位忧国忧民的罪犯在鲁王爷耳畔吹吹风。

"哦……"朱大鯀恍然大悟，把字条撕碎了丢进马桶，尿了泡尿毁灭行迹。送饭的狱卒并非自己等待的人，而是刘继业安排的眼线，这事真是阴差阳错奇之怪也。

窗外很快黑了，屋里没有灯，朱大鯀独个儿坐着觉得无聊，吃饱了没事干，往常正是上网聊天的好时间。他手痒痒地活动着指头，暗暗背诵着《千字文》——若对这篇奇文不够熟悉，就不能迅速找到字箕中的活字，这算是当代文士的必修课了。

这时候脚步声又响起，一盏灯火由远而近，朱大鯀赶紧凑到栏杆前等着。一名举着火把的狱卒停在他面前，冷冷道："朱大鯀？犯了网络造谣罪被羁押的？"

翰林院编修立刻笑道："正是小弟我，不过这条罪名似乎没听说过啊……上差是不是有什么话要带给学生的？"

"哼。跪下！"狱卒忽然正色道，左右打量一下，从怀中掏出一样明晃晃、金灿灿的东西迎风一展。朱大鯀大惊失色"扑通"跪倒，他只是个不入编制的小小编修，但曾在昭文馆大学士薛君阁府邸的香案上见过此物，当下吓得浑身瑟瑟乱抖，额头触地不敢乱动，口中喃喃道："臣……罪民朱大鯀接……接旨！"

狱卒翘起下巴一字一句念道："奉天承运，皇帝诏曰：朕知道你有点见解，经常在网上议论国家大事，口齿伶俐，很会蛊惑人心，这回你被人告发受了不白之冤，朕绝对不会冤枉你的，但你要帮朕做件事情。东城别院朕不方便去，晋阳宫的话鲁王爷不愿意来，满朝上下没有一个信得过的人，只能指望你了。你我是沙陀同宗，乙毗咄陆可汗之后，朕信你，你也须信我。你替我问问鲁王，朕以后该怎么办？他曾说要给朕做一架飞艇，载朕通家一百零六口另加沙陀旧部四百人出城逃生，可以逆汾水而上攀太行山越雁门关直达大辽，这飞艇唤作'齐柏林'，意为飞得与柏树林一样高。不过鲁王总推说防务繁忙无暇制造飞艇，拖了两个月没造出来，宋兵势猛，朕心甚慌，爱卿你替我劝说鲁王造出飞艇，定然有你一个座位，等山西刘氏东山再起时，给你个宰相当当。君无戏言。钦此。"

"领……领旨……"朱大鲧双手举过头顶，感觉沉甸甸一卷东西放进手心。狱卒从鼻孔哼道："自己看着办吧。要说皇帝……"摇摇头，他打着火把走开了。

朱大鲧浑身冒着冷汗站起来，把一卷黄绸子恭恭敬敬揣进衣袖，头昏脑涨想着这道圣旨说的事情。郭万超、马峰要降，刘继业要战，皇帝要溜，每个人说的话似乎都有道理，可仔细想想又都不那么有道理，听谁的，不听谁的？他心中一团乱麻，越想越头疼。迷迷糊糊不知过了多久，又有脚步声传来，这回他可没精神了，慢慢踱到栏杆前候着。

来的是个举着猛火油灯的狱卒，拿灯照一照四周，说："今天牢里只有你一名囚犯，得等到换班才有机会进来。"

朱大鲧没精打采道："上差是不是有什么话要带给学生的？"这话他今天都问了三遍了。

狱卒低声道："将军和马老让我通知你，明天巳时一刻东城别院会派人来接你，鲁王爷又在鼓捣新东西正需要人手，你只要说精通金丹之道，自然能接近鲁王身边。"

朱大鲧讶道："丹鼎之术？我一介书生如何晓得？"

狱卒皱眉道："谁让你晓得了？能见到王爷不就行了，难道还真的要你去炼丹吗？把胡粉、黄丹、朱砂、金液、《抱朴子》、《参同契》、《列仙传》的名字胡诌些个便了，大家都不懂，没人能揭你的短去。记住了就早早睡，明天就看你了，好好劝说！"说完话他转身就走，走出两步，又停下来问，"刀带了没？"

不知不觉天色亮了。有喊杀声遥遥传来，宋兵又在攻城，晋阳城居民对此早已司空见惯，谁也没当回事。有狱卒送了早饭来，朱大鲦端着粟米粥仔细打量此人，发现昨夜只记住了灯笼、火把和油灯，根本没记住狱卒的长相，也不知这位究竟是哪一派的人手。

喝完粥枯坐了一会儿，外面人声嗡嗡响起，一大帮身穿东城别院号服的大汉涌进院子。狱卒将朱大鲦捉出牢房带到小院当中，有个满脸黄胡子的人迎上前来。"这位老兄，我是鲁王爷的手下，王爷开恩，狱中囚犯只要愿进别院帮工就能免除刑罚。你头上悬着的左右不是什么大罪名，在这儿签字画押，就能两清。"这人掏出纸和笔来，笔是蘸墨汁的鹅毛笔——在鲁王爷发明这玩意儿以前，谁能想到揪下鸟毛来用烧碱泡过削尖了就能写字？

朱大鲦迷迷糊糊想要签字，黄胡子把笔一收："但如今王爷要的是会炼丹的能人异士，你先告诉我会不会丹鼎之术？实话实说，看老兄你一副文绉绉的样子，可别胡吹大气下不来台。"

"在下自幼随家父修习《参同契》，精通大易、黄老、炉火之道，乾坤为鼎，坎离为药，阴阳纳甲、火候进退自有分寸，生平炼制金丹一壶零二十粒，日日服食，虽不能白日升仙，但渐觉身体轻捷、百病不生，有将欲养性，延命却期之功。"朱大鲦立刻诌出一套说辞，为表示金丹神效，腰杆用力"啪啪"翻了两个空心筋斗，抄起院里的八十斤石鼓左手换右手右手换左手在头顶耍两个花，"扑通"一声丢在地上，把手一拍，气不长出，面不更色。

　　黄胡须看得眼睛发直，一群大汉不由得"啪啪"拍起手来。身后狱卒偷偷竖起一个大拇哥，朱大鲧就知道这位是马峰派来的内应。"好好，今天真是捡到宝了。"黄胡子笑着打开腰间小竹筒，将鹅毛笔蘸满墨汁递过来，"签个名，你就是东城别院的人了，咱们这就进府见王爷去。"

　　朱大鲧依言签字画押。黄胡须令狱卒解开他脚上镣铐，冲狱中官吏走卒作个罗圈揖，带着众大汉离开小院。一行人簇拥着朱大鲧走出半炷香时间，转弯到了一处大宅，这宅子占地极阔，楼宇众多，门口守着几个蓝衫的兵卒，看见黄胡须来了便笑道："又找到好货色了？最近街坊太平，好久都没有新人入府哪。"

　　黄胡子应道："可不是！为了找个会炼丹的帮手，王爷急得抓心挠肝，这回算是好了。"

　　朱大鲧好奇地打量着这座府邸，看门楼上挂着块黑底金字的匾，匾上龙飞凤舞写着一个"宅"字。他没看明白，揪旁边一名大汉问道："仁兄，请问这就是鲁王的东城别院对吧？为何匾额没有写完就挂了上去？"大汉嘟哝道："就是王爷住的地方。这个匾写的不是什么李宅、孙宅、王爷宅，而是鲁王爷的字号，他老人家平素以'宅'自夸，说普天下没人比他更宅。后来就写成了匾挂了上去。"朱大鲧满头雾水道："那么'宅'到底是什么意思？"大汉道："谁知道啊！王爷说什么就是什么吧！"

　　别院门口聚着一群人，有皇家钦差、市井商贾、想沾光的官宦、求申冤的草民、拿着自个儿发明的东西等赏识的匠人、买到新鲜玩意儿玩腻了之后想要退货的闲人、毛遂自荐的汉子和卖弄姿色的流莺。看门的蓝衫人拿着个簿儿挨个登记，该婉拒的婉拒，该上报的上报，该打出去的掏出棍子狠狠地打，拿不定主意的就先收了贿赂告之说等两天再来碰运气，秩序算是井井有条。

黄胡须领众大汉进了东城别院。院子里是另一番气象，影壁墙后面有个大水池，池子里有泉水喷出一丈多高，水花哗哗四溅，蔚为壮观。黄胡子介绍道："这个喷水池平时是用中城的水轮机带动的，现在宋兵攻城，水轮机用来拉动滑车、投石机和铰轮，喷水池的机关就凭人力运动。别院中有几十名力工，除了卖力气之外什么都不会，跟你这样的技术型人才可没法比啦。"朱大鲧听不懂他说的新词，就顺着他手指的方向一看，果然看见五名目光呆滞的壮汉在旁边一上一下踩着脚踏板，踏板带动转轮，转轮拉动水箱，水箱阀门一开一合将清水喷上天空。

绕过喷泉，钻进一个月亮门进到第二进院子，两旁有十数间屋子，黄胡须道："城中贩卖的电筒、黑眼镜、发条玩具、传声器、放大镜等物都是在此处制造的，内部购买打五折，许多玩意儿是市面上罕有的，有空的话尽可以来逛逛。"

说话间又到了第三进院子，这里架着高高天棚，摆满黑沉沉、油光光的火油马车零件，一台机器吭哧吭哧冒着白烟将车轮转得飞快，几个浑身上下油渍麻花的匠人议论着"气缸压力""点火提前角""蒸汽饱和度"此类怪词，两名木匠正"叮叮当当"造车架子，院子角落里储着几十大桶猛火油，空气里有一种又香又臭的油料味道。这种猛火油原产海南，原本是守城时兜头盖脸浇下去烧人头发用的，到了鲁王手上才有了诸多功用。黄胡须说："晋阳城中跑的火油马车都是此处建造，赚得了别院大半银钱，最新型的马车就快上市贩卖了，起名叫作'保时捷'，保证时间，出门大捷，听起来就吉利！"

继续走，就到了第四进院子，这个地方更加奇怪，不住有叽叽呀呀的叫声、噼里啪啦的爆炸声、酸甜苦辣的怪味、五彩斑斓的光线传来。黄胡须道："这里就是别院的研究所，王爷的主意如天花乱坠一转眼蹦出几十个，能工巧匠们就按照王爷的点子想方设法把它实现。最好别在这儿久留，没准出点什么意外哪。"

一路走来，众大汉逐渐散去，走到第五进院子的只有黄胡子与朱大鲧两人。院门口有蓝衣人守卫，黄胡须掏出一个令牌晃了晃，对了一句口令，又在纸上写下几个密码，才被允许走进院中。听说朱大鲧是新来的炼丹人，蓝衣人把他全身上下摸了个遍，幸好他早把圣旨藏在牢房的天棚里，而匕首则藏在发髻之中。朱大鲧是个大脑袋，戴着个青丝缎的翘角幞头，蓝衣人揪下幞头来瞧了一眼，看见他头上鼓鼓囊囊一包黄不溜丢的头发，就没仔细检查。倒是从他袖袋中搜出的《论语》引起了怀疑，蓝衣人上下打量他几眼，哗哗翻书："炼丹就炼丹，带这书有什么用？"

这本《论语》可不是用鲁王发明的泥活字印刷的坊印本，而是周世宗柴荣在开封印制的官刻本，辗转流传到朱大鲧手里，平素宝贝得心尖肉一般。朱大鲧肉痛地接过皱皱巴巴的书钻进院子，只听黄胡须道："这一排北房是王爷的起居之所，他不喜别人打扰，我就不进去了，你进屋面见王爷，不用怕，王爷是个性子和善的人，不会难为你的……对了，还不知老兄怎么称呼？方才签字时没有细看。"

朱大鲧忙道："姓朱，排行第一，为纪念崇伯起名为鲧，表字伯介。"

黄胡须道："伯介兄，我是王爷跟前的使唤人，从王爷刚到晋阳城的时候就服侍左右，王爷赐名叫作'星期五'。"

朱大鲧拱手道："期五兄，多谢了。"

黄胡须还礼道："哪里哪里。"说完转身出了小院。

朱大鲧整理一下衣衫，咳嗽两声，搓了搓脸，咽了口唾沫，挑帘进屋。屋子很大，窗户都用黑纸糊上，点着四五盏火油灯。两个硕大的条案摆在屋子正中，上面满是瓶瓶罐罐，一个人站在案前埋头不知在摆弄什么。朱大鲧手心都是汗，心发慌，腿发软，踌躇半响，鼓起勇气痰嗽一声，跪拜道："王爷！晚生……在下……罪民是……"

那人转过身来，朱大鲧埋着头不敢看王爷的脸。只听鲁王道："可算来了！赶紧过来帮忙，折腾了好几天都没点进展，想找个懂点初中化学的人就这么难吗？你叫什么名字？跪着干什么？赶紧站起来，过来过来。"王爷一连串招呼，朱大鲧连忙起身垂头走过去，觉得这位王爷千岁语声轻快态度和蔼，是个容易亲近的人，唯独说话的音调奇怪非常，脑中转了三匝才大概听出其中意思，也不知是哪里的方言。"小人朱大鲧，是个犯罪之人。"他拘谨地迈着步子走到屋子中间，脚下叮叮当当不知踢倒多少瓶罐，不是他眼神不好使，是屋里塞满什物实在没有下足的地方。

"哦，小朱。你叫我老王就行。"王爷踮起脚尖拍了拍他的肩膀道，"个子真大，有一米九吗？听说你是翰林院的啊，真看不出来还是个搞学问的人。吃饭了没？没吃我叫个外卖咱们垫补垫补，要是吃过了就直奔正题吧，今儿个的试验还没出结果呢。"

这话说得朱大鲧一阵迷糊。他偷偷抬眼一看，发现这王爷根本不像个王爷，个头不高，白面无须，穿着件对襟的白棉布褂子，头发短短的像个头陀，看年纪二十岁上下，就算笑着说话眉间也有愁容。"王爷所说小人听不太懂……"不知这奇怪王爷到底是什么来路，朱大鲧惶恐鞠躬道。

王爷笑道："你们觉得我说话难懂，我觉得你们才是满嘴鸟语，刚来的时候一个字都听不明白，你们说的官话像广东话、像客家话，就是不像山西话、陕西话，我又不是古代文学专业的，还以为古代北方方言都差不多呢！"

这些话朱大鲧倒是每个字都能听懂，其中的意思却天女散花，一丝一毫没传进耳中。他满脸流汗道："小人学识粗浅，王爷所说的话……"

鲁王将手一挥道："听不明白就对了，也不用你听明白。过来扶住这个烧瓶。对了，戴上口罩，你是学过炼丹术的人，不会不知道化学实验中有毒气体的危害吧？"

朱大鲧呆在当场。

桌上的水晶瓶里装着朱大鲧一辈子没见过、没闻过的奇怪液体，有的红，有的绿，有的辛辣扑鼻，有的恶臭难当。王爷给他戴上口罩，指使他扶住一只阔口的小瓮："拿这根棍子慢慢搅拌，速度千万别快了，听见没？"

这话朱大鲧听得懂。他战战兢兢搅着瓮里的黑绿色汤汁，这东西闻起来有股海腥味，热乎乎的如一瓯野菜羹。鲁王介绍道："这是溶在酒精里的干海带灰。你们古代人管海带叫'昆布'，这是从御医那儿要来的高丽昆布。《汤头歌》说'昆布散瘿破瘤'，意思说这玩意儿能治粗脖子病……哦对了，《汤头歌》是清朝的，我又搞混了。"说着话，他取出另一只小罐，小心地除去泥封，罐里装满气味刺鼻的淡黄色汁液，"这是硫酸。你们炼丹的管这个叫'绿矾'对不对？也有叫镪水的。《黄帝九鼎神丹经诀》说：'煅烧石胆获白雾，溶水即得浓镪水。使白头人变黑头人，冒滚滚呛人白雾，顿时身入仙境，十八年后返老还童。'你应该对这个不陌生。"

朱大鲧不懂装懂连连点头："王爷所言正是。"

王爷道："叫老王就行，王爷什么的，听着牙碜。我开始了啊，慢慢搅和，可别停。"他在桌案上斜斜支起三扇白纸屏风，戴上口罩，将罐中绿矾水缓缓倾入小瓮之中。朱大鲧只觉一股又酸又臭的气味直冲鼻腔，隔着棉布熏得脑仁生疼，眼中不禁流下泪来。这时只见小瓮中徐徐升起一朵紫色祥云，飘飘悠悠舒卷开来，朱大鲧吓得浑身一凉，却听王爷笑道："哈哈哈，终于成了！只要这土法制碘的试验能够成功，我的大计划就算成了一多半！继续搅别停啊，等整罐都反应完成了再说，我得算算一斤干海带能做出多少纯碘来。想不想听听我是怎么造出硫酸和硝酸的？这可是基础工业的万里长征第一步啊。"

"想听，想听。"朱大鲧只知道顺嘴答应。

王爷显得兴致很高："我中学的时候化学学得不赖，上大学专业是机械制造，总算有点底子在，才能搞到今天这局面。刚开始想按炼丹术用石胆炼硫酸，谁知全城也凑不出两斤来，根本不够用的；后来偶尔看到炼铁的地方堆着几千斤黄铁矿石，这不是捡到宝了吗？烧黄铁矿能得到二氧化硫，溶于水得到亚硫酸，静置一段时间就成了硫酸，最后用瓦罐浓缩，当年陕北根据地军工厂就是这样土法制硫酸的。硫酸解决了，硝酸就没什么难度，最大的问题是硝石的数量太少，还要拿来制造黑火药，害得我发动整个别院的人去刮墙根底下的尿碱回来提炼硝酸钾，搞得整个院子臊气哄哄臭不可闻，幸好城里人素有贴墙根随地乱尿的习惯，若非如此，晋阳城的工业基础还打不牢靠哩。"

朱大鲧脸红道："有时尿来势不可当，无论男女脱裤就尿，也是人之常情。乡人粗鄙，让王爷见笑了。"

说话间两罐已并做一罐，紫云消失不见，王爷将白纸屏风平铺在桌上，拿小竹片在上面一刮，刮下一层紫黑色粉末来。"海带中的碘在酸性条件下容易被空气氧化，这样就制造出碘单质来了。很好，等我布置下去让他们照方抓药批量生产，再进行下一个试验。"

他转身穿过大屋，坐在屋角的字箕前噼里啪啦敲打起来，朱大鲧走过去瞧着，发现这位奇怪王爷打起字来快如闪电，眼睛都不用瞅着活字，盲打的功力着实了得，不禁开口道："王爷这台字箕似乎型号不同啊。"

"叫老王，叫老王。"鲁王道，"原理一样，不过每个终端用了两套活字系统，下面一套用来输入，上面一套用来输出。瞧着——"他按下回车键结束会话，站起来抓住一个曲柄摇动起来。曲柄带动滚筒，滚筒卷着一尺五寸宽的宣纸，宣纸匀速滚过字箕，字箕中刷过墨汁的活字忽然起起伏伏动了起来，将字迹"嗒嗒"印在宣纸上。朱大鲧弯腰拈起宣纸，读道："试验结果记录无误，已着化学分部督办——回车……这样清楚方便多了，白纸黑字，看起来就是舒服！何时能在两市发售，我辈定当鼎力支持！"

王爷笑道："这只是个半成品，2.1版本会按照打印机原理将输出文本印在同一行上，不会像现在这样东一个字西一个字看得费劲。你也喜欢上网？到了这个时代我最不习惯的就是没有网络，所以费尽心机搞了这么一套东西出来，总算找回一点宅男的感觉啦。"

"王爷千岁……老王。"朱大鲧偷偷抬眼瞧着王爷的脸色，改口道，"小人斗胆问一句，您原籍何处，是中原人士吗？毕竟风骨不同呢。"

鲁王闻言叹息道："应该问是哪个朝代的人吧？我所在的年代，距离现在一千零六十一年三个月又十四天。"

朱大鲧不确定他是在开玩笑还是说疯话，扳着指头一算，赔笑道：

"这么说来，您竟是（汉）世宗孝武皇帝时候得道、一直活到现在的仙人！"

王爷悠悠道："不是一千年以前，是一千年以后。还隔着九千亿零四十二个宇宙。"

王爷的疯话朱大鯠听不懂，他也没心思弄懂，因为下一个试验开始了。鲁王将一块镀银铜板放进一只雕花木箱，把刚才制得的一小盅纯碘搁在铜板旁，盖好箱盖，在旁边点起一只小泥炉来稍稍加热。不多时，氤氲紫气从箱子缝里四溢出来一好家伙，这就炼出仙丹来了一朱大鯠如此思忖道，依王爷吩咐小心摇着扇子，大气都不敢出一口。

等了一会儿，鲁王挪开小火炉，揭开箱盖，用软布垫着小心翼翼将铜板拎出来，只见那亮铮铮的银面上覆盖了一层黄色的东西。朱大鯠偷偷探头向箱中望了一眼，没发现什么灵丹妙药，可王爷满脸喜色手舞足蹈道："真成了，真成了！你瞧，这层黄澄澄的东西叫作碘化银，用小刀刮下来装瓶放暗处保存就可以了。我还会变一个把戏：把这块铜板摆在暗处曝光十几分钟，然后用水银蒸汽显影，再用盐水定影，洗净晾干之后铜板上就会有一幅这屋子的画像了，保证分毫不差！这是达盖尔银版摄影法，利用的是碘化银易被光线分解的特性，不过我们搜集碘化银备用，下次再变给你看吧！"

朱大鯠疑惑道："没有画师，何来画像？……另外，这黄粉末有什么奥妙之处，喝下去能身轻体健白日飞升吗？"

王爷笑道："可没那么神。碘化银在我们那个年代主要就两个用途，一个是感光剂，刚才说过了。另一个嘛，等用到的时候你自然能知道。"他边说话边动手，将铜板上的粉末刮进一只小瓷瓶仔细收好，摘下口罩伸了个懒腰，"行了，上午的活儿干完了，我把碘化银的制备方法传出去之后就可以歇一会儿了。没吃饭吧？等会儿一起吃。你长得人高马大，手还挺巧，不愧是炼过丹的人。有些问题要问你，可别走远了，我去去就来。"

鲁王坐到字箕前开始噼里啪啦打字，不时摇动滚筒吐出长长的宣纸，捧着纸页边看边点头。朱大鲧在屋里束手束脚什么都不敢碰，生怕搞坏了什么东西，触犯了什么神通。这会儿他终于想起此行的目的，伸手在袖袋里一摸那本《论语》，深深吸一口气，低头道："王爷，小人有一事不明，想要请教。"

"说吧，听着呢。"字箕前的人忙着"咯吱咯吱"卷宣纸筒，没顾上回头。

朱大鲧问道："王爷是汉人还是胡人？"

"别矫情，叫老王。"对方答道，"我是汉族人，北京西城长大的。"

朱大鲧已经习惯无视王爷的疯话："王爷是汉人，为何偏居晋阳不思南国呢？"

王爷答道："说了你也不明白，我是汉人，但不是你们这个年代的汉人。我的计划一实现就能回到出发点，到时候你们这个宇宙的这个时间节点与我之间就连屁大点的关系都没有了，知道吗？"

朱大鲧走近一步："王爷，宋军围城一事何解？"

王爷回答："解不了，一没兵，二没粮，又不能批量生产火枪。燧发枪虽然容易造，可黑火药用到的硫黄根本不够，全城搜刮来几十斤，只够大炮隔三岔五打几发吓唬人用。话说回来，想灭了宋朝人是没戏，撑下去倒是不难，只要赵光义一天没发现辽国送粟米过来的水下通道，晋阳城就能多撑一天。一个空桶绑一个满桶，从汾河河底成排滚过来，这招你们古代人肯定想不到。"

朱大鲦提高音量:"可百姓饥苦不得温饱,守军伤疲日夜号啕,晋阳城多守一日,几万居民就多苦一天啊王爷!"

"咦,问得好。"鲁王从凳子上转过身来,"每个来我别院打工的人都是欢天喜地,不光能免了刑罚,还能挣到铜子儿,唯独你说话与别人不同。来聊聊吧,这几个月真没跟正常人说过话。我调到这个地方来已经——"他从怀里摸出一张纸瞧瞧,在上面打了个叉,"已经三个月零七天半了。距离观测平台自动返回还剩下二十三天半,时间紧迫,不过从进度来说应该能赶上。"

朱大鲦只听懂了对方话里淡淡的乡愁,立刻朗声道:"子曰:'父母在,不远游,游必有方。父在,观其志;父没,观其行;三年无改于父之道,可谓孝矣。'王爷离家日久,必当思念父母,狐死首丘,乌鸦反哺,羊羔跪乳,马不欺母……"

王爷叹口气:"好吧,咱俩还不是一个频道的。你先闭嘴听我说行吗?"

朱编修立刻闭起嘴巴。

王爷悠悠道:"你肯定不知道什么叫平行宇宙理论,也不明白量子力学,简单说两句吧。我叫王鲁,是一名普普通通的宅男、穿越小说业余作者和时空旅行从业人员,在我们那个时代由于多重宇宙理论的完善,人人都可以从中介那里花点小钱租借一个观测平台进行时空旅行。此前人们认为彼此重叠的平行宇宙数量在 10 的 10 的 118 次方的次方个左右,不过随后更精确的计算结果指出由于平行宇宙选择分支结果的叠加,同一时间存在的宇宙数量只有区区三十万兆个左右,这些宇宙在无数量子选择中不断创生、分裂、合并、消亡,而就算彼此之间差异最大的两个平行宇宙也具有惊人的物理相似性,只是在时间轴上的距离越来越远。这挺无聊，因为人类深空探索的脚步一直停滞不前，对宇宙全景的了解仍然非常浅薄（即使在我到达过的最远宇宙人类的触角也只不过到达近在咫尺的半人马座）；这也挺有趣，因为波函数发动机的发明使我们随随便便就能跨越平行宇宙，从拓扑结构来说，去往越相似的宇宙，所需的能源就越少，目前最先进的观测平台可以把旅行者送到三百兆个宇宙之外的宇宙，而我们这种业余人士租用的设备最多是在四十兆的范围内徘徊。"

朱大鲧连连点头，偷偷摸着袖袋里的东西，心里盘算着等王爷的疯话说完了，是该掏出匕首动之以情，还是拿出《论语》晓之以理。现在屋里没有别人，是动手的大好时机，沙陀人不是不想立即发动，只是自己心里还有点迷惑，没想好到底该按哪位大人物的指示来行动。

拿起茶杯喝了口茶，王爷接着说："我接了个活儿，是北大历史系对五代十国晚期燕云十六州人口数量统计的研究课题，你们这样的平行宇宙处于时间轴的前端，是历史研究的最好观测场所。别以为持有时空旅行许可证的人很多，要经过系统的量子理论、计算机操作、路面驾驶和紧急状况演习等培训与考试后才能上岗，若要接团体游客的话还得去考时空旅行导游许可证咧。由于平行宇宙的物理相似性，我在北京宣武门启动观测平台穿越九千亿零四十二个宇宙后来到这里，计算一下公转自转因素，应该准确地出现在幽州地界。谁知道这个观测平台超期服役太久了，波函数发动机居然在旅行途中水箱开锅了，我往里头加了八瓶矿泉水、一箱红牛饮料才勉强撑到目的地，刚到达这个宇宙，发动机就顶杆爆缸彻底歇菜，坠毁在山西汾河岸边的一个山沟沟里。我携带的行李、装备和副油箱全部完蛋，花了十天时间好不容易修好发动机，却发现能源全都漏光了，凭油路里那点残油顶多能蹦出两三个宇宙去，那顶什么用啊，最多差了几个时辰的光景。"

这时候外面喊杀声逐渐增强，看来是宋军开始攻击东城城门，王爷回头瞧了一眼字簸上唰唰打出的宣纸报告，啪啪敲打了几个字，笑道："没事，例行公事罢了，我调两台尿脬炮过去就行……说到哪儿了？哦对，波函数发动机勉强能启动，转速一提高就烧机油冒蓝烟跟拖拉机似的，关键是没油啊。人口统计的活儿是别想了，要回家的话得想办法弄到能源才行，我实在没辙了，就把东西藏在山沟沟里，溜溜达达到了晋阳城。"

"王爷，您说没有油，城里有猛火油啊。"朱大鲦忍不住插嘴道，"街上马车尽是烧猛火油的。"

老王叹道："要是烧油的还发什么愁啊。这么说吧，油箱里装的不是实实在在的油，而是势能，平行宇宙间的弹性势能。想要把油箱充满，就得制造出宇宙的分裂，当一个宇宙因为某种选择而分裂出一个崭新的宇宙的时候，我就可以搜集这些逃逸掉的势能作为回家的动力了。这势能不是熵值那种虚无缥缈的东西，就好比一根竹竿折断变成两根，'啪'的一声弹开的那种力道吧？我是不太懂啦，总之必须制造出足够大的事件，使得宇宙产生分裂才行。要怎么做到这一点呢？比如历史上来说，今年三月十四日有个人从晋阳城头一脚踏空跌死在汾河里，这事情有二十位目击者看到，被记载在某本野史当中。倘若三月十四日这天我揪住此人的脖领子救了他一命，一个改变产生了，可它不够大，因为在所有已发生的十万兆宇宙当中，有一千亿个宇宙里他同样得救了。在这个时刻，其中一个宇宙的所有常数特征变得与我们现在存身的宇宙完全相同，所以两个宇宙合并了——当然身处其中的你我什么都感觉不出来，但势能是消减了的，还得从我的油箱中倒扣燃料哪……要使宇宙分裂，必须做出足够大的改变，大到在全部已发生的十万兆宇宙中没有任何一个先例。用坏掉的波函数计算机我勉强算出了一个可能性，一个在没有任何现代设备帮助的条件下能做到的可能性。"

朱大鲧没吭声，老老实实听着。

王爷忽然拉开抽屉拿出个册子来，念道："公元 882 年六月季夏，尚让率军出长安攻凤翔，至宜君寨忽然天降大雪，三天之内雪厚盈尺，冻死冻伤数千人，齐军于是败归长安。这事你知道吗？"

"黄巢之乱！"朱大鲧终于能搭上话了，"尚让是大齐太尉，中和二年六月飞雪之事在坊间多有流传，史书亦载。"

"就是这样。"老王道，"我是个现代人，一没带什么死光枪核子弹之类的科幻武器，二没有企业号和超时空要塞在背后支援，我能做到的只有利用高中大学学到的一丁点知识尽量改变这个时代。宋灭北汉是史实，在绝大多数宇宙的史书中都记载着五月初四宋军攻破晋阳城，汉主刘继元出降，五月十八日宋太宗将全城百姓逐出城外，一把火把晋阳城烧成了白地。而现在，我已经将这个日期向后拖延了一个多月，宋军不可能无限期地等下去，明眼人都看得出，凭这个时代的原始攻城器械根本打不破我亲自加固过的城防。一旦宋军退走，历史将被完全改写，宇宙将毫无疑问地产生分裂！"说到这里，他把玩着装有碘化银的小瓷瓶开怀大笑道，"更别提我现在发明的东西了，这个小玩意儿将立刻改变历史，装满我观测平台的油箱！古代人最迷信天兆，夏天下一场鹅毛大雪，还有比这更能改变历史的事件吗？"

朱大鲦呆呆道："火烧……晋阳城？大雪？"

"多说无益，随我来！"王爷兴致勃勃地站起身来，牵着朱大鲦的袖子走到大屋西侧的墙边，他不知扳动什么机关，机括嘎嘎转动起来，整面墙壁忽然向外倾倒，露出一个藏在重重飞檐之内的院落来。刺眼的阳光蜇得朱大鲦睁不开眼睛，花了好一会儿才看清院里的东西。看了一眼，吃了一惊，因为院里的诸多陈设都是前所未见叫不出名字来的天造之物。几十名东城别院劳工正热火朝天干活儿，看见王爷现身纷纷跪倒行礼，鲁王笑吟吟地挥手道："继续，继续，不用管我。"

"这边在检查热气球。"指着一群正缝制棉布的工人，王爷介绍道，"我答应给北汉皇帝造个飞艇让他能逃到辽国去，飞艇一时半会儿搞不出来，先弄个气球应景吧。我来到晋阳城以后造了几个新奇小玩意儿收买了几个小官，见到刘继元小皇帝，说能替他把晋阳城守得铁桶一样，他就二话不说给了我个便宜王爷来当，这点恩情总是要还给他的。"

转了个方向，一群人正向黑铁铸造的大炮里填充黑火药。"这门炮是发射降雨弹用的，由于黑火药作为发射药的威力不足，所以要用热气球把大炮吊到天上去，然后向斜上方发射。这些天来我一直在观测气象，别看现在天气很热，每到下午从太行山脉飘来的云团可蕴含着丰富的冷气，只要在合适的时间提供足够的凝结核，就能凭空制造出一场大雪！"王爷笑道，"刚才我将配方传过去，另一处的化学工坊正在全力生产碘化银粉末，用不了多久就能制成降雨弹装填进大炮中去。热气球也已经试飞过一次，只等合适的气象条件就行啦！"

此时天气晴好，日光灼灼，远方的喊杀声逐渐平息，一只喜鹊站在屋檐嘎嘎乱叫。有火油马车"轰隆隆"碾过石板路，空气中有血、油和胡饼的味道。朱大鲦站在王爷身旁，浑身不能动弹，脑中一片糊涂。

墙壁关闭，屋里又昏暗下来。两人吃了点东西，王爷一边上网指挥城防和作坊工作，一边问了些炼丹的问题，朱大鲦硬着头皮胡诌乱侃蒙骗过去。

"啊，我得睡会儿，昨晚通宵来的，实在熬不住了。"王爷面容困倦地伸个懒腰，走向屋子一角的卧榻，"麻烦你看着点，万一有什么消息的话，叫醒我就行。"

"是，王爷。"朱大鲦恭敬地鞠个躬，看王爷裹着锦被躺下，没过一会儿就打起了鼾。他偷偷长出一口气，头昏脑涨地坐在那儿胡思乱想。方才鲁王说的话他没听懂，但朱大鲦听出了王爷的口气，这位东城别院之主根本就不在乎汉室江山和晋阳百姓，他是从另一个地方来的人，终究是要回那个地方去的。他创造出的百种新鲜物什、千般稀奇杂耍是为了收买人心、赚取钱财，他设计出的网络是为了笼络文人士族、传达东城别院命令，他售卖的火油马车、兵器和美酒是向武将示好，而那些救命的粮、杀人的火、离奇的雪归根结底都是为了一个目的，为了王爷自己。《韩非子》曰"今有人于此，义不入危城，不处军旅，不以天下大利易其胫一毛……轻物重生之士也"，这鲁王不正是杨朱"重生"之流？

朱大鲦心中有口气逐渐萌生，顶得胸口发胀，脑门发鼓，耳边嗡嗡作响。他想着马峰、郭万超、刘继业、皇帝的言语，想着这一国一州、一州一城、城中万户芸芸众生。梁唐晋汉周江山更替，在这个不得安宁的时代朱大鲦也曾想过弃笔从戎闯出一番事业，然而终安于一隅，每日清谈，不是因为力气胆识不够，而是胸中志向迷惘。上网聊天时文士们常常议论治国平天下的大道理，朱大鲦总觉得那是毫无用处的空谈，可除了高谈阔论文景之治、昭宣中兴、开元盛世，又能谈点什么呢？他要的只是一餐一榻一个屋顶，闲时谈天饮酒，吃饱了捧腹高眠，上网抒发抱负，有钱便逛逛青楼，自由自在，与世无争。可在这乱世，与世无争本身就是逆流而动，就算他这样的小人物也终被卷入国家兴亡当中。如今汉室道统和全城百姓的命运攥在他手里，若不做点什么，又怎能妄称二十年寒窗饱读圣贤书的青衫客？

朱大鲦从袖中擎出那柄精钢匕首。他知道无法说服王爷，因为这鲁王爷根本不是大汉子民；大道理都是假的，唯有掌中六寸五分长的铁是真的。在这一刹那，一个三全其美的念头在朱大鲦心中浮现，他长大的身躯缓缓站直，嘴角浮出一丝笑意，鞋底悄无声息碾过地板，几步就走到了卧榻之前。

"你要做什么！"忽然王爷翻身坐了起来，双目圆睁叫道，"我被蚊子咬醒了，爬起来点个蚊香，你拿着个刀子想干吗？我可要叫人了唔唔唔……"

朱大鲦伸手将王爷的嘴捂个严严实实，匕首放在对方白嫩的脖颈，低声道："别叫，留你一条活路。我方才看见你用网络调动东城别院守城军队，靠的是字箕中一排木质活字。把活字交出来，告诉我调军的密语，我就不杀你。"

鲁王是个识趣的人，额头冒出密密麻麻一层汗珠，将脑袋点个不停。朱大鲦将手指松开一条缝，王爷呼哧呼哧喘着粗气从随身裤裆里拿出红色木活字丢在榻上，支支吾吾道："没有什么密语，我这里发出的指令通过专线直达守城营和化学工坊。除了我之外，没人能在网络上作假……你为什么要这样做？我守住了晋阳城，发明出无数吃的穿的用的新奇的东西供满城军民娱乐，满城上下没有人不爱戴我这鲁王，我到底有哪一点对不起北汉，对不起太原，对不起你了？"

朱大鲻冷笑道："多说无益。你是为自己着想，我却是为一城百姓谋利。第一，我要令东城别院停止守城，火龙、礌石、弩炮一停，都指挥使郭万超会立刻开放两座城门迎宋军入城；第二，宣徽使马峰正在宫中候命，城门一开，军心大乱，他会说服汉主刘继元携眷出降，可我要带着皇帝趁乱逃跑，让他乘那个什么热气球去往辽国；第三，我要将你绑送赵光义，以你换全城百姓活命。宋军围城三月攻之不下，宋主一定对发明守城器械的你怀恨在心，只要将你五花大绑送到他面前，定能让他心怀大畅，使晋阳免受刀兵。这样便不负郭、马、刘继业与皇帝之托，救百姓于水火，仁义得以两全！"

王爷惊道："什么乱七八糟！你到底是哪一派的啊？让每个人都得了便宜，就把我一个人豁出去了是不是？别玩得这么绝行不行啊哥们儿！有话咱好好说，什么事都可以商量着来啊，我可没想招惹谁，只想攒点能量回家去，这有错吗？这有错吗？这有错吗？"

"你没错，我也没错，天下人都没错，那到底是谁错了？"朱大鲻问道。

老王没想好怎么回答这深奥的哲学问题，就被一刀柄敲在脑门上，干脆利落地晕了过去。

王鲁悠悠醒转，正好看到热气球缓缓升起于东城别院正宅的屋檐。气球用一百二十五块上了生漆的厚棉布缝制而成，吊篮是竹编的，篮中装着一支猛火油燃烧器和那门沉重的生铁炮。三四个人挤在吊篮里，这显然是超载，不过随着节流阀开启、火焰升腾起来，热空气鼓满气球，这黑褐色（生漆干燥后的颜色）的巨大飞行物摇摇晃晃地不断升高，映着夕阳，将狭长的影子投满整个晋阳城。

"成了！成了！"王鲁激灵一下坐了起来，冲着天空哈哈大笑，此时正吹着北风，暑热被寒意驱散，富含水汽的云朵大团大团聚集在空中，是最适合人工增雪的气象。时空旅行者盯着天空中那越升越高的气球，口中不住念叨着，"还不够，还不够，还不够，再升个两百米就可以发射了，就差一点，就差一点……"

他想站起来找个更好的观测角度，然后发现双腿没办法挪动分毫。低头一看，他发现自己被绑在一辆火油马车上面，车子停在东城街道正中央，驾车人被杀死在座位。放眼望去，路上堆积着累累尸骸，汉兵、宋兵、晋阳百姓死状各异，血沿着路旁沟渠汩汩流淌，把干涸了几个月的黄土浸润。哭声、惨叫声与喊杀声在遥远的地方作响，如隐隐雷声滚过天边，晋阳城中却显得异样宁静，唯有乌鸦在天空越聚越多。

"这是怎么回事？"王鲁惊叫一声扭动身体，双手双脚都被麻绳缠得结结实实，一动弹那粗糙纤维就刺进皮肤钻心地疼痛。他一直咒骂着却不敢再挣扎，呼哧呼哧喘着粗气，这时候一队骑兵风驰电掣穿过街巷，看盔甲袍色是宋兵无疑。这些骑兵根本没有正眼看王鲁一眼，健马四蹄翻飞踏着尸体向东城门飞驰而去，空中留下几句支离破碎的对话：

"……到得太晚，弓矢射不中又能如何？"

"……不是南风，而是北风，根本到不了辽土，只会向南方……"

"……不会怪罪？"

"……不然便太迟！"

"喂！你们要干什么？别把我一个人扔在这儿啊！"时空旅行者疯狂地喊叫道，"告诉你们的主子我会好多物理化学机械工程技术呢，我能帮你们打造一个蒸汽朋克的大宋帝国啊！喂喂！别走！

别走……"

蹄声消失了，王鲁绝望地抬起眼睛。热气球已经成为高空的一个小黑点，正随着北风向南飘荡。"砰。"先看到一团白烟升起，稍后才听到炮声传来，铁炮发射了，时空旅行者的眼中立刻载满了最后的希望之光。他奋力低下头咬住自己的衣服用力撕扯，露出胸口部位的皮肤，在左锁骨下方有一行荧荧的光芒亮着，那是观测平台的能源显示，此刻呈现出能量匮乏的红色。波函数发动机要达到30%以上的能量储备才能带他返程，而一场盛夏的大雪造成的宇宙分裂起码能将油箱填满一半。"来吧。"他流着泪、淌着血、咬牙切齿喃喃自语，"来吧，来吧，痛痛快快地下场大雪吧！"

每克碘化银粉末能产生数十万亿微粒，五公斤的碘化银足够造就一场暴雪的全部冰晶。在这个低技术时代进行一场夏季的人工增雪，听起来是无稽之谈。可或许是时空旅行者癫狂的祈祷得到应验，天空中的云团开始聚集、翻滚，现出漆黑的色泽和不安定的姿态，将夕阳化为云层背后的一线金光。

"来吧，来吧，来吧，来吧！"王鲁冲着天空大吼。

"轰隆隆隆隆……"一声闷雷响彻天际，最先坠下的是雨，夹杂着冰晶的冰冷的雨，可随着地面温度不断下降，雨化为了雪。一粒雪花飘飘悠悠落在时空旅行者的鼻尖，立刻被体温融化。紧接着第二片、第三片雪花降落下来，带着它们的千万亿个伙伴。

浑身湿透的时空旅行者仰天长笑。这是六月的一场大雪，雪在空中团团拥挤着，霎时间将宫殿、楼阁、柳树与城垛漆成雪白。王鲁低下头，看自己胸口的电量表正在闪烁绿色的光芒。那是发动机的能量预期已经越过基准线，只要宇宙分裂的时刻到来，观测平台就会获得能量自动启动，在无法以时间单位估量的一瞬间之后，将他送回位于北京通州北苑环岛附近那九十平方米面积的温馨的家。

"这是一个传奇。"王鲁哆嗦着对自己说，"我要回家了，找个安全点的工作，娶个媳妇，每天挤地铁上班，回家哪儿也不去就玩玩游戏，这辈子的冒险都够了，够啦……"

以雪堆积的速度，几十分钟后晋阳城就将被三尺白雪覆盖，可就在这时，二十条火龙从四周升起。西城、中城、东城的十几个城门处都有火龙车喷出的火柱，还有无数猪尿脬大炮砰砰射出火球，那是他亲手制造的守城器械，宋人眼中最可怕的武器。

"等等……"时空旅行者的目光呆滞了，"别啊，难道还是要把晋阳城烧掉吗？起码稍微迟一点，等这场雪下完……等一下，等一下啊！"

黏稠的猛火油四处喷洒，熊熊火焰直冲天际，这场火蔓延的速度超乎所有人的想象，久旱的晋阳城天干物燥，时空旅行者召唤而来的降水未能使干透的木头湿润，西城的火从晋阳宫燃起，依次将袭庆坊、观德坊、富民坊、法相坊、立信坊卷入火海；中城的火先点燃了大水轮，然后向西烧着了宣光殿、仁寿殿、大明殿、飞云楼、德阳堂。东城别院很快化为一个明亮的火炬，空中飞舞的雪花未及落下就消失于无形，时空旅行者胸口的绿灯消失了，他张大嘴巴，发出一声痛彻心扉的哀号："就差一点点，一点点啊！"

浴火的晋阳城把黄昏照成白昼，火势煮沸了空气，一道通红的火龙卷盘旋而上，眨眼间将云团驱散。没人看到大雪遍地，只有人看到火势连天。这春秋时始建、距今已一千四百余年的古城正在烈火中发出辽远的哀鸣。

城中幸存的百姓被宋兵驱赶着向东北方行去，一步一回首，哭声震天。宋主赵光义端坐战马之上遥望晋阳大火，开口道："捉到刘继元之后带来见我，不要伤他。郭万超，封你磁州团练使，马峰为将作监，你们二人是有功之臣，望今后殚精竭虑辅我大宋。刘继业，人人都降，为何就你一人不降？不知螳臂当车的道理吗？"

刘继业缚着双手向北而跪，梗着脖子道："汉主未降，我岂可先降？"

赵光义笑道："早听说河东刘继业的名气，看来真是条好汉。等我捉到小皇帝，你老老实实归降于我，回归本名还是姓杨吧。要打不如掉头去打契丹才对吧。"

说完这一席话，他策马前行几步，俯身道："你又有什么要说？"

朱大鲢跪在地上不敢抬头，眼角映着天边熊熊火光，战战兢兢道："不敢居功，但求无过。"

"好。"赵光义将马鞭一挥，"追郊城公，封土百里。砍了吧。"

"万岁！小人犯了什么错？"朱大鲢悚然惊起，将旁边两名兵卒撞翻，四五个人扑上来将他压住，刽子手举起大刀。

"你没错，我没错，大家都没错。谁知道谁错了？"宋主淡淡道。

人头滚落，那长大的身躯轰然坠地，那本《论语》从袖袋中跌落出来，在血泊中缓缓地浸透，直至一个字都看不清。

时空旅行者创造的一切连同晋阳城一起被烧个干净。新晋阳建立起来之后，人们逐渐把那段充满新奇的日子当成一场旧梦，唯有郭万超在磁州军营里同赵大对坐饮酒的时候，偶尔会拿出"雷朋"墨镜把玩："要是生在大宋，这天下定然会成为另一个模样吧？"

宋灭北汉的事在五代史中只有寥寥几语，一百六十年后，史家李焘终于将晋阳大火写入正史，但理所当然地没有出现时空旅行者的任何踪迹。

> 丙申，幸太原城北，御沙河门楼，遣使分部徙居民于新并州，尽焚其庐舍，民老幼趋城门不及，焚死者甚众。（《续资治通鉴长编·卷二十》）

第一次接触

文 / 宝　树

1

蒙蒙细雨中，黑色林肯轿车从第七街驶入宽敞的宾夕法尼亚大道，华盛顿纪念碑矗立在乌云下，白宫的圆顶遥遥在望。尽管下着雨，但大街上愤怒的人潮涌动，高举形形色色的标语，冲击着由警察组成的岌岌可危的人墙。

"他们在抗议什么？"威廉·罗伯逊教授好奇地问，"阿富汗战争还是华尔街金融家？"

"教授，我记得跟您说过了，"美国特勤局探员大卫·库珀苦笑着，"他们在抗议您。"

现在，罗伯逊教授已经可以看到许多标语的内容，并听到民众此起彼伏的愤怒呼声：

"We need God，not Aliens！"（我们需要上帝，不是外星人！）

"No SETI, no signals!"（不要 SETI，不要发信号！）

"SETI betrayed the Earth！"（SETI 背叛了地球！）

"看，"库珀耸耸肩说，"跟我对您说的一样。"

"我……没有想到民众反应会如此激烈，"罗伯逊教授沉默了一会儿后开口说，"我觉得这是件好事。否则我不会那么快就——"

"对媒体披露发现外星人信号的事？"库珀有些不耐地接口，"如果这样的话，事情会好办得多。但现在整个美国——不，全世界——都知道了，这让我们很被动，你应该首先向政府报告的。"

"SETI，或者说搜寻地外文明计划，"罗伯逊教授庄重地说出了全称，"是一个社会项目。我们在宇宙范围内搜寻射电讯号。可惜短视的美国政府多年前就停止了拨款，如今一切资金来自社会，许多人还下载程序帮我们进行分析，我在道义上无权对公众隐瞒自己的发现。"

"这正是问题所在，"库珀叹息说，"如果只是搜寻外星人的信号，那是一回事，但现在你的研究却让民众陷入了极端恐慌之中。"

"太愚昧了，"罗伯逊摇摇头，"他们不知道自己在做什么。"

"愚昧？"库珀冷笑一声，"教授，你没有权利这么说，他们只是普通人，只是想要在这个越来越艰难的世界上生存下去，而你的发现威胁到了这一点。"

罗伯逊转过头盯着库珀看了一会儿："先生，你也是这么想的吗？你认为是我把人类置于危险的境地？"

库珀微微垂下眼睛，避开他的目光："我个人怎么想并不重要，教授，这是公务，我会履行自己的职责的。"

在一个路口，人群冲破了警戒线，一拥而上，拦在了路中央，林肯轿车被迫停了下来，开始被人潮包围，有人开始砸车门。警察朝天鸣枪，催泪瓦斯四处乱飞，局势一片混乱。

罗伯逊有些不知所措："现在怎么办？"

库珀摇头叹息："不知道是谁泄露的消息，说您今天要来白宫接受总统咨询，所以民众都涌到这里来抗议了，如果不是我们提前有所预备的话……"

轿车门被打开了，一男一女被揪了出来，是两个二十多岁的年轻人，人们愣住了，他们年纪都很轻，不可能是年逾五旬的罗伯逊教授。

马路另一边，身穿风衣，戴着墨镜的罗伯逊被库珀带进了胡佛大楼。

"不用去白宫了，总统在 FBI 总部等您。"

2

约翰·曼斯菲尔德总统坐在一张沙发上，他是白人，年龄和罗伯逊相仿，个头不高，两鬓斑白，眼神中透着鹰一般的锐利。罗伯逊一直认为自己对政治不感兴趣也毫无畏惧，但看到面前这个全世界最有权势的人，还是有些惴惴不安，手不知往哪里放。

"罗伯逊教授，"总统站起身，客气地伸出手，"很遗憾我们得以这种秘密的方式见面。"

"总统先生，"罗伯逊和他握手，"抱歉，我也不知道为什么事情会变得这样……我只是一个学者。"

"从你主持下的 SETI 破译出外星人信号的那一天，一切都已经不一样了。现在整个地球都知道了，我们在宇宙中不是孤独的。"

"这是多么激动人心的发现！这是一件好事，不是吗？"

总统微微叹息，做了一个请坐的手势，然后坐在他对面缓缓地说：

"那得看在什么意义上，至少很多民众没法适应，引起的各种反应，政治的，社会的，简直是一团乱麻……很多人认为世界末日就快来了。我刚收到一份司法部的报告：过去两个月的犯罪率比去年同期上升了57%，而且还在不断飙升。"

"这我能理解，但这只是暂时的，是阵痛！等我们和外星人建立联系之后，一切都会……"

"等等，"总统做了一个暂停的手势，"请原谅，我读了有关的报告，但是有好几百页，过于繁复，而且都是用技术性语言写的，我不能确定自己的理解是否正确，所以我请你来，希望从头把事情理清楚。"

"当然，"罗伯逊恳切地说，"事情是这样的，正如您应该已经知道的，在半年前，我们接到了一个来自人马座方向，距离地球三万光年之远的射电信号……"

"对不起，教授，我不是天文学家，三万光年大约相当于……"

"相当于三分之一个银河系的长度，也大致是地球到银河系中心的距离，比我们肉眼所能看到的任何星体都要远。事实上，这个信号就来自银河系核心的恒星密集区域，那里是银河系中最大的能量源泉，我们相信，那应该是银河系中一些最古老也最发达文明的聚集之地。"

"你确定那是智慧生命发出的信号？百分之百确定？"

"百分之百，这个信号有红巨星级别的功率，强度惊人，而且是经过频率调制的，那些外星人在用恒星向整个银河系发射信号，信号长度约为 78 分钟，然后间隔约 245 分钟再重复。这个时间比正好是 π 值，并且精确到了我们无法发现误差的程度，这就是他们拥有文明的标志！如今，我们已经破译了其中蕴含的大部分信息。"

"这正是我疑惑的地方，"总统插口问，"人类如何能破译外星人的信息？我们可能没有一点相似之处，怎么能够知道对方的语言呢？"

"但有一点是宇宙共通的，"罗伯逊接口，"那就是数学语言，您看——"

他从文件夹中抽出一张纸，总统看到上面写满了各种符号，第一行是：

[α] [. β] [.. γ] [... β α]……

"这些符号是我们为了方便随意使用的，"罗伯逊解释说，"每一个代表了一种特殊频率的脉冲，它们彼此交错，结成有机的序列。括号表示长间隔，空格表示短间隔，您能看出这代表什么吗？"

总统沉吟了片刻说："αβγ 与点号本身无关，只与其数量有关，应该是代表了数字 012？"

"完全正确，012，这个体系只用三位数字，到了3，就要用 10 了，所以是三进制。所以您看，我们很容易破译出了数字信息，现在就有了一整套数字系统。接下来还有其他一些信息，如 αxα,βxβ，等等，可以破译出 x 代表等号，有了数字和等号，下面很容易得出一连串的数学符号和公式。当然，越到后面越艰深，但有了前面的基础就比较容易理解，最后有好几种数学符号甚至是人类从未用过的，表达一些我们从未定义过的数学领域。"

"好吧，我大致理解了。但除了数学，这种语言还能传达什么？"

"绝大部分科学理论。宇宙是用数学语言表达自身的，每一种基本粒子都可以视为高维度的不同几何折叠形态，因而可以量化表达，比如六种夸克，它们的关系如果用数学方程表示……"

"请简洁点，教授。"总统皱了皱眉头。

"抱歉，总之破解物理和化学语言是相对容易的，而外星人带给我们的信息主要就在这些方面，它们告诉了我们一些物理方程式，其中一部分我们是知道的，但有很多我们还不清楚。"

"也就是说，银河系中心的某个文明向全宇宙广播重要的科学公式？他们的目的是什么？"

"告诉了我们一件非常重要的事，总统先生，我们是野蛮人。"

3

总统耸耸肩："这还用说吗？相比于他们，我们当然是野蛮人，至少我们没有能力在全银河系范围内进行科学广播。"

"不不，"罗伯逊大摇其头，"意思比这个要具体……实际上，这种广播本身都是野蛮的。您要知道，我们在太空搜索信息的方式相当原始，本质上和古代人瞭望烽火差不多，都是找到远处的电磁波信号，然后猜测其内容大意。但是正如古代人不知道无线电和光缆，我们也不知道更先进的信息交流方式，这个射电信号正是用一种原始的方式告诉我们远为先进的信讯方式。"

"说具体点，教授。"

"关于宇宙间生命体系的多少，向来有很多争议。但是这个广播里给出了一个公式，告诉我们如何通过恒星的数量和类型比例计算大致的生命系统数量，结果证明，银河系中有生命的行星是相当少的，总共不到一百万个。"

"100万个有生命的星球？你把这叫作'少'！？"总统大是不解。

"可是银河系中有数千亿颗恒星，这就意味着十万颗恒星里只有一颗是有生命的，在地球周围数百光年内，可能什么都没有。而按照相对论，我们无法以超过光速的速度航行，因此很难找到另一个有生命的星球，更不用说是文明了。

"但这只是表象，总统先生，最粗浅的表象。好像一个野蛮人'正确'地推理出人要靠双脚走遍世界是不可能的，他就以为人不可能走遍世界。但外星文明的公式向我们揭示了一种全新的可能，那些相隔亿万光年的伟大文明之间可以轻松往来，因为在物质结构的底层，在时间和空间的最细微处，有一种高维度的通道，这个结构虽然蜷缩在微观世界里，却以一种巧妙的超空间构造将整个宇宙连成一体。从这里，可以打通相隔亿万光年的空间，这是真正的星际之门。只要将这个结构宏观化，我们就可以不再受光速的愚蠢束缚，而是瞬间到达宇宙的任何一个角落！"罗伯逊越说越兴奋，神采飞扬起来。

总统皱起眉头："你是说外星人教我们制造星门？看来报纸上的说法是对的，他们说你要打开一个虫洞，让外星人来这里。"

"不，还没那么容易，事实上我们对如何制造星门毫无头绪。他们传授的知识和技术只是教我们如何制造一台机器，接收和发送一种能够在高维通道中传递的信号波，如此而已。"

"这台机器真的能制造出来吗？"

"是的，外星人在射电信号中显然考虑到了可能接收到这种信号的文明的一般技术状况，他们给出了几个巧妙的方案，其中最简单的一种是制造粒子加速器，通过特殊类型的高能对撞制造出能够传递信号的虫洞并加以稳定，这样就可以接收和发送信号波，当然这种方法相当粗糙，但是正适合地球的技术水平。在外星人已传递技术的帮助下，我们有把握在十年内就制造出高维波收发机。"

"等一下，我还有一个问题，外星人在射电信号中除了这些科学指导外，没有透露出其他任何信息吗？比如他们的社会形态，历史发展，伦理价值观什么的？"

"没有任何多余的信息，总统先生，而且即使他们告诉我们，我们可能也无法翻译。但如果能收到高维波就不同了，从理论上，这种波能够负载的信息量要高出电磁波好几个数量级，而且是瞬时性的。如果我们往银河系中心发射信号，即使他们能收到并且愿意回复，一来一回也需要六万光年，但通过高维波，我们就像在地球上打电话一样方便，可以立刻收到回复。"

"但那些沸沸扬扬的传言呢？比如说，这样一台机器会暴露地球的位置，让外星人入侵我们，占领地球什么的？"总统紧锁眉头。

罗伯逊反而笑了起来："总统先生，这是完全不必要的担心。地球只是宇宙中的一颗尘埃，地球表面这薄薄一层碳水化合物——我是说包括人类在内的一切生物——对宇宙的价值几乎是零。太阳，作为一颗恒星或许有作为能源的价值——虽然说银河系中有上千亿个太阳——但太阳的位置早就向整个宇宙暴露了——它无时无刻不在发光。"

"但外星人可能无法随意到达宇宙的任何一个角落，"总统尖锐地指出，"我们必须在这边主动打开虫洞，建立星门，他们才能过来。也许这是个陷阱。"

罗伯逊有些勉强地承认这一点："的确有这种可能性，但他们没有理由这么做。他们的技术可以利用银心黑洞的引力势能，光那个黑洞就有四百万个太阳的质量！我看不出他们对一颗普通恒星特别感兴趣的理由。"

"或许他们想研究宇宙中其他生命的构造，或者只是拿我们取乐呢？"

"这个……好吧，但是制造高维波收发机可不意味着建立星门，我的手机能用来和我母亲通话，并不意味着能把她整个人都传送过来。"

"但问题在于，是否外星人的技术如此先进，以至于他们可能通过一个小小的收发机就在那边做什么手脚，让自己能被传送过来？"

"我看不出这种可能性……"罗伯逊想了想说，"不过外星人的技术我们无法确凿断言。"

"所以，"总统总结说，"为了安全起见，联邦政府不能同意建造收发机，即使同意了，国会也不可能批准，你也看到了民众的反对。"

罗伯逊愤怒起来，为什么无论他怎么苦口婆心地解释，这些人都不明白真正重要的是什么？"这种顾虑几乎是多余的！这是我们融入星系文明社会的绝佳机会！我们能够获得无尽的知识，探索宇宙最深的奥秘！"

"比起你的科学追求，我觉得人类的生存和发展更重要。"

"即便如此，如果我们能够得到外星文明的神级技术，地球上的一切问题，战争、饥荒、疫病、环境污染、金融危机……转瞬间就可能不复存在！"

"可是如果我们猜错了，地球和人类文明可能会被彻底毁灭。也许来自银河系中心的广播，就是一个巨大的陷阱。"

"不会错的。"罗伯逊说，"我直觉他们是很善良的文明。"

"您的直觉在此毫无意义。"总统冷冷地说。

罗伯逊眼看已经无法说服总统，绝望地摊了摊手："总统先生，虽然我个人强烈支持和外星人建立联系，但是我尊重您和国会的决定。

既然您不赞同，现在我只能要求您把这个计划暂时搁置，并且不要禁止相关的研究。也许将来大众会改变主意的，等到碰到什么灾难的时候，他们就会想起向外星人求助了。"

"不，"总统高深莫测地摇摇头，"我们必须立刻建造这台收发机，越快越好。"

"您……说什么？"罗伯逊以为自己听错了。

"教授，或许我不懂科学，但你不懂政治。"总统讥讽地一笑，"现在 SETI 发现外星人信号的消息已经传遍了全世界，而这个信号不是只有我们才能发现，中国、俄罗斯和印度人都能接收到，或许他们的科学家已经开始破译这些密码了。"

罗伯逊仿佛明白了一些："你是说他们的国家也许会批准建造收发机？"

"不是也许，是必然会。即使他们本身不愿意，也会怀疑其他国家是否建造了收发机，从而陷入无尽猜疑中。"

"所以，"总统疲倦地靠在椅背上，仰天长叹，"我们必须立刻开始工作，而且为了国家的利益，我们还必须绕开国会和公众，秘密进行。罗伯逊教授，我现在正式任命你为'接触'计划的总负责人。"

4

9 年后，内华达州沙漠，地外文明与高维波研究中心。

曼斯菲尔德总统在四名特勤探员的簇拥下，走进了地下 500 米的中央控制室。通过四面的强化玻璃可以看到，巨大的粒子同步加速器如同潜伏在地底的银色巨蟒，首尾相接，卧在面前的洞穴中，控制室中一面墙壁都是显示屏，上面不断变幻的图形和数据提示出目前各单元的情况极为良好，随时可以开始工作。

头发已然花白的罗伯逊教授上前迎接总统。9 年来，总统秘密视察过好几次这个项目，数十亿不明来历的资金绕过政府和国会，源源不断地流向项目组。罗伯逊依稀听说，这是一些大财阀集团的资本，他们和政府有秘密协议，投资这个项目，如果得到超级技术，可以从中分得第一笔好处。罗伯逊不喜欢被这些人利用，他是为了全人类的福祉工作，不是为了这些大财阀，不过他也没有办法。

"总统先生，欢迎！现在可以开始了。"罗伯逊对总统说。

"真的要开始了吗？"总统来回踱了几步，望着四周的机器、屏幕和工作人员慨叹说，"这些年真不容易，我们好几次差点就被鼻子比狗还灵的新闻界发现了。上次竞选的时候反对党领袖甚至已经发现了蛛丝马迹，拿来要挟我们，还好他死于心脏病突发，否则我可能成为第一个被判刑的美国总统。"

总统换届对于"接触"计划是一个不小的麻烦，新任总统可能并不支持这个计划，或者在交接过程中不慎泄露出去。为此，曼斯菲尔德首先争取了连任，而在第二届任期将满的时候，又因为南美战争的爆发而仿效富兰克林·罗斯福之例，延长了一届任期，保证计划可以不受干扰地执行下去。

"但您最终获得了胜利，"罗伯逊恭维他说，"最好地捍卫了美国和全人类的利益。"

"不过俄国人和中国人差点赶在我们前头，后来印度也开始进行试验，连好几个小国也想分一杯羹……还好，总算都解决了。"

为了做到这一切，美国当然也付出了巨大的代价，全球金融危机再度爆发，失业率居高不下，数万士兵死于南美战争，美国受到联合国的谴责，几个大城市遭到了恐怖分子的生化袭击，死者上万……这些事经常让罗伯逊感到不安，因为都是由建造高维波收发机引起的，但他安慰自己说，对于即将到来的伟大事业来说，这些只是暂时的问题，很快一切代价会得到报偿。

"我们的命运将在接下来的几小时内决定，"总统感叹，"或者我们将获得无与伦比的超级技术，走上幸福的康庄大道，或者奇形怪状的外星怪物出现在我们面前，将地球夷为平地。"

"我相信绝不会是后者，"罗伯逊说，"我们肯定不会生活在一个邪恶肮脏的宇宙里。"他咽下了后一句——"他们总不会像你们这些政客一样肮脏"，而是说，"总统先生，请您亲自迎接宇宙时代的到来吧！"

曼斯菲尔德走上操作台，郑重地向"开始"按钮按去——

"住手！"一声暴喝后，一支枪管指向了罗伯逊教授，"总统先生，你不能按下这个按钮！"

是保护总统的一名探员，手中拿着一把黝黑的 SIG P229 手枪，对准了罗伯逊的脑袋。其他探员反应极快，立刻掏出配枪对着他。

"大卫，你干什么？"总统说，"快放下枪！"

罗伯逊在片刻的震惊后，认出了那张因兴奋而扭曲的脸："你是那年陪同过我的……库珀探员？"

"总统先生，"大卫·库珀面对总统，咬着牙说，"对不起，但是我不能看到你亲手葬送地球。如果你按下按钮，我就会杀了这个疯子科学家，到时候就没有人知道怎么操作了。"

"冷静点，大卫，你忘记了你的职责吗？"

"当然没有忘记，"库珀说，"但是我对全人类的职责更加重大。"

"我就在为人类的利益而工作。"罗伯逊冷冷地说。

"不,你是要让那些外星人来占领我们,侵略我们!或者你早就被他们用高维波心灵控制了,或者你是一个蠢到家的书呆子!你真的相信那些外星人耗费天大的力气在银河系中心发射信号是为了白给我们好处?这么明显的陷阱你看不出来?"

"你是用人类的敌对思维去揣测比我们高得多的文明,"罗伯逊说,"好像一只叼着老鼠的猫不愿让人靠近,以为人会和它夺食。"

"你这套废话我听得太多了,"库珀冷笑,"人类也许不需要和猫夺食,但是美国的动物收容所每年处死五百万只流浪猫,只是为了不让它们破坏人类的居住环境。也许在外星人看来,我们也是这样的麻烦。"

"别这样,大卫,"总统上前一步,站在了库珀和罗伯逊之间,"你的想法有一定道理。我本人对此也是有疑虑的,但很明显,如果我们不和外星人取得联系,其他国家也会抢在我们前面去做的,最后还是什么也改变不了。把枪给我吧,我可以担保你不受追究。"

"总统先生,别过来!你再过来我就开枪了!"库珀后退了一步,歇斯底里地叫着。

"你不会的,大卫,"曼斯菲尔德自信地微笑着,"我知道你不是那种——"

砰!

一朵血花在总统胸口溅开,他带着错愕的表情倒在了血泊中。其他探员一拥而上,把库珀死死按倒在地上。硝烟味在空气中弥漫着。

罗伯逊不敢相信地看着这一切,他知道曼斯菲尔德的被刺意味着什么,这件事再也没法保密了,很快会曝光在全世界面前。如果现在停止,恐怕以后再也没有机会去进行,至少不会由他来做。

他扑向了那个按钮，死死按下——

5

一连串的绿灯先后亮起，电脑屏幕上图形开始变换，数据一行行涌现，高能粒子开始在上百公里长的真空管中被电场加速，直到接近光速，然后轰然对撞，获得创世级别的能量密度。

"愣着干什么？我们是科学家，立刻去工作！"罗伯逊对着周围或怔怔地看着，或交头接耳的几十个专家和助手吼道。看人们还没回过神来，他指着大屏幕说："即将发生的事情，比已经发生的重要一百倍！如果你们不想让曼斯菲尔德总统白白牺牲的话，那就做好自己的工作！"

在他的提示下，人群中的不安平息下来，人们恢复了科学家的冷静头脑，有条不紊地投入操作之中。

"罗伯逊教授……"总统挣扎着对他说，鲜血正从他的胸口汩汩流出，"美国，不，地球的命运……就交给你了……"

"放心吧，总统先生，"罗伯逊郑重地说，"我保证不会有问题的。"

总统被抬走了，库珀也被五花大绑地押走。罗伯逊面对着加速器，焦急地等待着结果。

粒子对撞的高能反应后，探测器检测到了空间畸变，虫洞果然出现了，外星人没有骗我们，我们在宇宙的深层结构上钻了一个洞，罗伯逊想。他忽然紧张起来，以往的自信荡然无存，如果这一切都是错的怎么办？如果这个虫洞并非通向某个寰宇智慧网络，而是一颗恒星或黑洞内部，那么地球可能会彻底毁灭！天，如果那样的话，我就是最大的罪人——

但高维波已经溢出了虫洞，在接收器中变成了电磁波的形式，再由电脑破译其数据，转换成三维图像。气势磅礴的亿万星河出现在电脑屏幕上，但颜色极为古怪，有的红，有的紫，如同百花盛开，大概是因为对方所表达的不只是可见光，而可能是所有的能量输出。

无数星河旋转着，可以明显看到，在每个星系之间都有淡蓝色虚线的连接，罗伯逊知道那是高维波的连接，将整个宇宙的文明世界连成一体，那该是一个何等浩大的寰宇网络啊！

熟悉的银河系出现了，并迅速放大，在银河系内部也有大量蓝色虚线的连接构成网络状。在太阳系的大致方位上有一个复杂的符号闪动着，看上去有点像楔形文字，但是三维的，罗伯逊大致猜出了对方的意思："你来自这里，对不对？"

图像长久持续着，楔形文字不住闪动，仿佛在等待着什么回答。罗伯逊想了想，命令将太阳系的资料转换成高维波发送给对方，这是早就准备好的方案，很快完成了。他们发送了一张太阳和八大行星的示意图，其中地球上方标注了箭头，表明这里是智慧生命所在的地方。

回复几乎在瞬时出现了，屏幕上出现了太阳系的立体图，令人感到不可思议的是，图像基本依照天文的比例，太阳是一个极小的圆点，各大行星被广袤的空间分开，如同悬浮在黑暗中的微尘。而他们发送给对方的图案只是简单的示意图，只有大致大小，没有合比例的距离。

图像由远而近，掠过各行星的轨道，各行星数据一一显现，与人类的知识所差无几。

"那一定是根据八大行星的大小推算的，"罗伯逊感叹说，"他们显然通晓提丢斯—波得定则，而且比我们懂的精深十倍，甚至推算出来原图上没有的小行星带和柯伊伯带的存在。"

图像聚焦在第三颗行星上，那是地球。地球上方出现了各种数据，包括组成地球的几种基本元素的比例，在场的地质专家告诉罗伯逊，和人类测定的数据误差大约只有 2% 左右。

"他们从太阳光谱和地球的大小位置推测出了 50 亿年前原始星云的成分和结构，"罗伯逊感叹着，"从而知道了不同位置上的元素比例，这个我们勉强也能做到，但是不可能这么精确。"

屏幕上的画面变了，出现了一堆复杂的分子图案，几十种不同的分子立体结构旋转着，罗伯逊并非专家，看不懂，但是在场的分子生物学家认出其中有几种是氨基酸和核酸的模型，另外几种可能是硅化合物，还有一些无法索解。罗伯逊明白过来，这是询问地球生命的基本构造。

"向虫洞发送二十种基本氨基酸和四种碱基对的分子图式。"罗伯逊命令说，很快完成了。

但是图案没有变动，似乎发送的内容不符合对方要求，无法获取进一步信息。

"看来他们要更多的信息？也许他们想知道我们长什么样子的，那就发给他们人体图像。"

一男一女的裸体图像开始被发送，那是在"旅行者号"上就携带的图案。但仍然没有反应，图像继续转动着，不耐地等待着应答。

"他们究竟需要什么？"助手问。

"让我想想，"罗伯逊眉头紧锁，"氨基酸类型和人体外形……看来这些还不足以让他们知道我们究竟是什么。我想他们要知道的是，我们究竟是什么，发送完整的人类基因组吧！"

助手犹豫了一下："教授，这可能会暴露出人类的某些弱点，也许外星人想知道这个，然后对付我们。"

"你想得太多了，也许这只是寰宇网络中的实名注册方式，以便其他文明更好地了解你，就跟社交网站上传照片一样。"

"可是万一我们猜错了呢？"

罗伯逊教授迟疑了一下，然后说："即使他们心怀恶意，如果他们能够从这个虫洞钻出来的话，人类就是由中子星物质构成的，也无法抵御；如果不能的话，发送什么都不要紧。无论怎么样，对我们没有损失，执行吧。"

人类基因组包含 30 亿个碱基对，远比之前的数据大好几个数量级，项目组事先也没有准备，不过在链接的数据库有储存。很快，海量的基因组数据源源不断地在发送器中变成高维波，发送到虫洞深处。

1.5 小时后，发送完成了。

虫洞沉默了片刻，大约 2 秒钟后，源源不断的技术信息就从虫洞中涌了出来。

控制室内一片欢腾，罗伯逊和同事们激动相拥。

"全人类都会记得这一天，"他眼含热泪,默默地念道,"我们成功了，宇宙之门向我们开启了！"

6

177 岁的罗伯逊站在繁花似锦的奥林匹斯山顶，望着天边的落日。一位漂亮的金发姑娘依偎在他身边。这是他的第六代孙女莎莉，比他小一百多岁，但看上去，两人都是 18 岁的少男少女，毫无年龄差别。

如今太阳的赤道附近明显出现了一个深蓝的圆环，如同土星环一样奇幻瑰丽。那是一个戴森环，由上千亿个能量采集器组成，从太阳表面汲取无尽的能量，并通过无线传输，输送到整个太阳系的各个角落。

而这个环，是用水星和金星制造的。

太阳沉下去了，橙红色的西方天空上出现了第一颗星星。

"曾曾爷爷，那颗蓝色的星星是什么？"莎莉拉着罗伯逊的手，娇憨地问。

"那是地球，你祖先的地球……"罗伯逊出神地说，虽然已经进行过多次太空旅行，但每次从远方眺望地球，还是有着巨大的震撼。

又是一年火星的春季，奥林匹斯山上游人如织，许多人从各星球赶来，在太阳系最高的山峰上游赏美景。如今，火星以及木星和土星的几颗卫星都经过了环境改造，建立了人口繁多的移民地，数十亿人生活在这些星球上，除了戴森环外，小行星带有规模巨大的采矿场，还有许多较小的太空站在海王星外轨道采集稀缺材料，供全太阳系的人类使用。地球解决了一切环境及资源问题，变得如花园般美丽。

全人类早已摆脱贫困与战乱，世界大同，国与国的界限不复存在，人们自由在各大行星间游历，学习，观光，恋爱……

"真美啊……"一个青年走到离他们不远的地方，赞叹着。

罗伯逊望向他，觉得有几分面熟，但又想不起来是谁，不由得多看了两眼。对方也看着他，犹疑地问："你是……威廉·罗伯逊教授？"

"你是……库珀探员？"罗伯逊一听他的声音，就想了起来，不由得退了一步。

库珀愣了一下，然后带着歉意地说："不用担心，教授，我不会再伤害您的。事实上我一直想向您道歉。"

"你……怎么会在这里？"

"当年我犯下了大罪，"库珀沉痛地说，"杀害了曼斯菲尔德总统，被判处的刑期长达1二十年，去年才出来，现在我在太阳系各处旅行，熟悉新的生活。没想到在这里遇到您。"

"是这样……"罗伯逊说，"不用叫我教授，我早就不做科研了。这次是来火星探望家人的，对了，这是我的玄孙女莎莉。"

"教授，"库珀却仍然这么称呼，"我说过，我欠您一个道歉，真的很对不起。"

"算了，都过去了，"罗伯逊摆摆手说，"那是个意外，你当时也是为了你的理念才动手的。"

"可是我错了，这120年来，我一直在忏悔。"

"我想曼斯菲尔德总统的在天之灵会宽恕你的。"

"至少希望您能宽恕我，教授。我曾经怀疑过您的话，但是这一百多年来，特别是我出狱后看到的一切，都证明了您是正确的，您的工作带给了人类以无限幸福和繁荣的未来，您让人类永久生活在了天堂里。"

"不是我，是超级文明的资料带来的。"罗伯逊说，脸色变得有些奇怪。

"是的，我后来在报纸上都看到了，您的看法是正确的。外星人是友善的，在那些资料里有我们难以想象的超级技术，一个公式就可以解决一大堆技术问题。"

"但除了那，什么也没有了。"罗伯逊说，望着天穹上初现的繁星，脸上出现了深深的，真正属于一个百岁老人的悲哀，"持续了27秒的交流，然后什么也没有了。"

他仿佛又回到了121年前的那个深夜，信息传递维持了27秒钟，然后陷入长久的沉寂，只有沙沙的背景噪音。欢呼的人们停止下来，脸上出现了困惑的表情。大概是虫洞坍缩了，当时他想。

但无论如何，这一天的发现已经是伟大的成就，他们兴奋了好多天，分析和验证接收的信息。等到想再次链接寰宇网络的时候，却发现再也无法生成新的虫洞了。

"我们得到了先进技术，"罗伯逊苦笑着摇头，"但只是其中最粗浅的一层，可控核聚变、行星际航行、戴森环、行星表面改造、基因优化、返老还童……这些算什么？最多相当于教一个茹毛饮血的野人学会用弓箭和篝火。

"那些超级文明有着不可思议的力量，他们才是宇宙真正的主人。我们本来可以像他们那样，打开星门，纯能量化，也许能在一秒钟内出现在银河系的中央，也许能移动恒星就像弹玻璃球，也许能进行时间旅行，也许能创造新的宇宙……但这些什么都没有了，信号被屏蔽了，永远。"

美国后来又进行了多次试验，其他国家也建造了粒子加速器和信号收发机，但再也无法制造出虫洞，高维波的寰宇网络对人类关闭了。即使五十年后在冥王星上建造的超级加速器也是一样，整个太阳系内，或许更大范围内都无法接收到任何高维波信息。

"可我不明白，他们为什么要这么做？"库珀问，"为什么中断和我们的交流呢？"

"这个问题，我想了100多年，"罗伯逊凝视着天边的地球说，"我想我猜到了答案。

"那些超级文明，他们在瞬间就从我们的基因组信息中建立了人类的数字模型，从而知道了我们的一切，至少是一切本质性的东西。我们的生理结构，欲望和冲动，基本心理模式，也许还有很多文化形态的内容。"

"这怎么可能呢？很多都是后天形成的！"

"先天对后天的作用远比人们一般想象得要大，绝大多数伦理观念都源于先天遗传。再说，最微小的事物都蕴含着海量信息，只要你有相关知识就能够分析出结果。以他们对万物无与伦比的认识，毫无疑问可以从人的大脑结构中推出人类的基本政治经济制度，婚姻家庭关系，甚至宗教和军事形态。"

"然后呢？"

"很简单，"罗伯逊说，"他们知道了我们的一切，并判断我们没有资格加入寰宇文明网络，所以他们拒绝了我们加入的请求，屏蔽了高维波。"

"为什么没有资格？我们回应了他们！"库珀愤愤地问。

"一只猴子有时也可以回应人的召唤，这不代表猴子能够进入人类社会。"罗伯逊冷冷地说，"也许他们判断出，我们的智力水平永远无法具备进入寰宇文明网络的资格，也许他们厌恶我们人性中的种种疯狂和愚蠢。"

"可是……那他们为什么又和我们交流了片刻，提供给我们这么多先进技术呢？"

莎莉插口说："因为我们也提交给他们很多信息，这大概是一种报答吧？或许是一种平衡。"库珀不由得点了点头，这个解释说得通。

"恐怕不是这么简单，"罗伯逊悲凉地摇头说，"库珀探员，我想我们都错了，外星人没有你想象的那么邪恶，但也没有我认为的那么善良。

"如果地球技术落后，发展不平衡的话，我们会遇到一个又一个的危机，金融危机、环境崩溃、大国战争……地球可能会完蛋，人类可能会飞向宇宙去寻找希望，去其他的星球，在大宇宙中散播开来，这些可能给他们带来一些麻烦。但现在他们提供给我们的是可以使用到太阳熄灭之后的技术，让我们永远在太阳系舒舒服服地生存下去，人类就没有动力去探索宇宙了，自然也就不会骚扰他们。"

"但人类现在仍然可以进行科学探索啊！你们不是知道了高维波的秘密吗？他们还提供给人类那么多知识！"

"他们提供的知识都是精心选择的，我们无法从中得到任何宇宙深层结构的知识。同时他们在我们所能到达的一切范围内破坏了微观维度的通道，任何进一步的探索都会遇到不可逾越的技术障碍。他们肯定屏蔽了整个太阳系，也许还包括周围的恒星，范围可能有几万光年，要设法打开星门，唯一的方法是去别的星系，但我们的飞船最快也只有百分之十的光速，去最近的恒星来回也要八十年。而且即使我们获得这种技术，能够在外星系打开星门，对地球也没有意义，除非我们把整个地球都移动到外星系去。我们没这样的技术，更没这样的决心。"

"但如果我们愿意，还是可以设法进行探索的。"

"人类已经不想了，他们对我们的判断完全准确，他们从一开始就预测到了提供那些先进技术的后果。我们得到了技术，就再也没有动力去发展星际航行。既然现在过得很好，又为什么要去寻找那些虚无缥缈的东西？很可能千辛万苦到了外星系，也一样被屏蔽，再说就算能再度接收到高维波，如果触怒那些神级文明，他们难道不会让我们化为齑粉？为什么要自讨苦吃？"

"这……也挺有道理的嘛。"库珀说。

"大家都这么觉得，不是吗？现在太阳系政府已经开始在地球深处建造超级电脑，准备进行意识上传了，他们说可以在虚拟实在中建立绝对理想的世界，嘿嘿，绝对理想！第一次接触也就是最后一次接触，宇宙的广阔天地和深邃奥秘，已经永永远远地对人类关闭了。”

库珀困惑地想了一会儿，然后耸了耸肩："管他呢，如果人类根本就不是这块料，只要全人类获得安定和幸福，也就够了。不管怎么说，我觉得你做了一件好事。"

"我也是这么认为的，"莎莉赞同说，"曾曾爷爷，我不清楚你们时代的想法，但从我们这一代人来看，人类的繁荣幸福才是最重要的，而不是虚无缥缈的探索宇宙。现在这样，也挺好的。"

罗伯逊怆然不语，转身面向火星夜空中初升的银河，他知道，三万光年外的银心某处仍然在以恒星功率向整个银河系内输出广播，在每个恒星系内都有这样的广播，召唤着适合加入寰宇网络的候选者。在整个宇宙的范围内，正在有许多文明接收着，而有更多的文明曾经听到过，并和地球一样建立了高维波接收装置，但最后却被无情地淘汰，在从天而降的先进技术中丧失了进取意志，在自己的世界里自生自灭，再也没有对外探索的兴趣……

银河退向不可及的远方，宇宙浩渺而又冷漠。罗伯逊的嘴角泛起一丝苦笑，泪水湿润了他的眼眶，他听到自己喃喃地说："是啊，也挺好的。"

中国科幻"国际化"的忧思

文／宝 树

长期以来，中国科幻文学无论是在国内文学界，还是在国际科幻界，更不用说国际文学界，都是可有可无的边缘存在。但在 2010 年后，随着刘慈欣《三体》系列迅速走红，情况已发生了重大变化。2015 年，幻想作家刘宇昆翻译的《三体》英译本获得星云奖提名和雨果奖最佳长篇小说，随后不仅一路畅销，更成为奥巴马、扎克伯格等世界名人钟爱的读物。如果说《三体》的成功还可以看成个例，2016 年青年女作家郝景芳的另一篇科幻小说《北京折叠》再获雨果奖最佳中短篇小说奖，则无疑昭示了中国科幻在更广阔范围内的崛起。此外，包括笔者在内的多名科幻作者，近年也都有不少作品被译为英文，在美国的知名科幻期刊上发表，有的还被收录入一些重要选集。可以说，中国科幻这支"寂寞的伏兵"终于气势磅礴地杀出一片新天地。

这些都是过去所无法梦想的。在二十多年前，中国科幻才再一次从荒芜中艰难起步，许多早年的作品以现在的标准看来都稚嫩可笑；十多年前，年轻的科幻作者和科幻迷们面对《计算中的上帝》《深渊上的火》等译介进来的当代美国科幻佳作望洋兴叹，每每慨叹中美科幻的巨大差距；甚至在几年前，《三体》英文版在美国出版后，笔者还亲眼看到一些自诩了解美国的读者斩钉截铁地预言，在每年优秀作品不可胜计的美国，此书不会引起什么反响。至于拿星云奖或雨果奖，就更是痴心妄想了。

这些如今已成笑谈的说法是可以理解的。如果说 20 世纪七八十年代之交的科幻热尚处于相对封闭的环境中，九十年代中叶以来中国科幻的再次启航，从一开始就直接处于欧风美雨的浸润之下，直接从西方科幻文化（除小说外，还有影视、动漫等）中汲取养分，比对之下，对自身的缺陷与不足也有比较清醒的认知。然而这也导致了某种过头的仰视心态和自卑情结，看不到自身的后发优势，也想不到走向国际的一天会来得那么快。

刘慈欣、郝景芳和其他科幻作家的优秀作品被介绍到海外，并屡屡有所斩获，对打破这种西方至上的迷信很有意义。从此，国人有了我们也能写出被世界认同的作品的基本自信。但不能不说，举国欢庆中类似"孔北海知世间有刘备耶"的惊喜，以及作家们获奖后出口转内销式的洛阳纸贵，在深层意义上又固化了这种自我否定的逻辑。即对作家作品的认可，最终依赖于"国际主流"的承认。并且，因为今天有了以前不敢奢望的，在国际上获得认可的诱人前景，科幻圈一时争相"国际化"，中国科幻甚至比以往更加远离自身主体性的建构。

这不仅仅涉及部分科幻从业者的心态，也关涉到中国科幻的内核所在：中国的科幻小说书写的究竟是谁的故事？在 20 世纪七八十年代，这一问题的答案是很清晰的：是未来实现高科技和现代化的故事。但今天，这一共识已经不复存在，定位变得暧昧不清。对未来的想象和西方式的背景难舍难分，许多读者都抱怨过，国内的科幻作品往往过于西化，不接地气。即使是写遥远未来或异星的故事，也仍然化不掉西式人物和社会的影子。偶尔有中国元素出现，反会令人感觉"出戏"。笔者最近读过一本发生在未来的科幻小说，其中提到主角登上一艘星际飞船，参加了一个宴会，桌上摆着宫保鸡丁、鱼香肉丝等中餐名菜，总觉得行文有些滑稽，但丹·西蒙斯《海伯利安》的开头，主角们在宇宙飞船上享用红酒和牛排却十分自然。这种心态似也不对，谁规定了未来的飞船上就只能吃红酒牛排，不能吃宫保鸡丁呢？但这的确是很多人的客观感觉。

实质的问题当然不在于飞船上是吃中餐还是西餐，而在于科幻想象中中国自身的形式或实质缺席。科幻对未来的想象往往以科技为重点，但构成完整生活形式的是文化和价值观的建构。中国的科幻作家能否想象出一种不同于西方式的、更多中国性所构建的未来？当然，这不是指中国作家非得把四书五经、唐诗宋词等"国粹"写到未来去，才够"中国"，这些可能反倒是异域风情的猎奇。毋宁说，中国科幻所需要的是一种对中国读者更为本己的、源于中国历史与现实的审美结构和情感体验。

经典科幻作品与其文化母体之间往往具有深层的契合和呼应。譬如《基地》背后就是一部罗马帝国衰亡史，《星际迷航》体现了欧洲人大航海时代的探险精神，《星球大战》中共和和专制斗争的主题更横贯了从恺撒到希特勒的西方历史……成功的中国科幻也具有这样的特质。《三体》中隐然再现了每个中国人都熟悉的、压抑和苦难的近现代史：

技术发达、几乎不可战胜的外星殖民者，正如带来"三千年未有之大变局"的西方舰队，利用黑暗森林法则的苦心制衡，又像是在列强争霸中无奈的"以夷制夷"，三体人对地球的奇袭和统治，也令人想起日本人在中国……当然，这并非简单对应的影射，而是来自经历过的种种苦难的忧患意识向未来的投射。而西方科幻中处于重要位置的宗教体验、种族冲突、性别性向等主题，在《三体》三部曲中就并不显著。

《三体》中借助恣睢想象表达的中国经验，赢得了中国读者，最终赢得了世界。而《北京折叠》讲述的也是一个切中时弊的中国故事。当然，在每一部走向国际的中国科幻中寻找某种特殊的中国性也是荒诞的，更重要的是故事本身的精彩和趣味。一旦我们将中国性视为评判标准，就会再次跌入自我异化的怪圈。将自身定位为西方文化的"他者"，同样是从西方出发的东方主义，甚至可能成为为了"国际化"的刻意迎合。

或者可以说，对中国科幻而言，写什么并不重要，最根本和迫切的需要是在和中国读者的互动中，找到自身的主体性和意义生发结构，拥有自身的独立品位、自治评判乃至不断推陈出新的根本活力。这是单纯国际化不可能带给我们的，而仍然要扎根于吾国吾民，扎根于每一个作者在现实中国的生存经验。

宏观来看，中国科幻在国际上的成功不只依赖于科幻作家的努力，也是中国迅速崛起以及有能力向西方推广自己的结果。过去几年中，许多其他的文化领域也都实现或接近实现了和国际接轨。如莫言、曹文轩等作家也荣获了诺贝尔奖、安徒生奖等知名国际大奖；麦家的谍战小说在美国屡登畅销榜；在学术方面，根据 2016 年的一项统计，中国学者发表的国际论文数量已经跃升世界第二位，被引论文排世界第三，即便在《自然》《科学》等顶尖刊物上，发表论文数量也位居前茅。在中国已经是一个相当"国际化"的国度的现状下，科幻的国际化才能顺水推舟，一日千里。

但是这个日益国际化的中国是实质性的还是一种表象？它到底又走向何方？是走向后冷战时代的"历史终结"，还是要走上一条全新的道路？自然，这个问题已经远远超出了对中国科幻发展的讨论，但奇妙的是，二者在最深层的意义上恰恰是不可分的。中国的未来正是中国科幻所需要想象的未来，也正是中国科幻本身的未来。